GRAN DIVER

暗黒戦鬼
グランダイヴァー

Tetsuya Honda

誉田哲也

角川書店

暗黒戦鬼グランダイヴァー

装丁　原田郁麻
写真　PhotopankPL/Shutterstock

第1章

1

自分たちは一体、何と戦っているのだろう。
この雨は、いつになったら止《や》むのだろう。
制圧隊仕様のヘルメット内は、無音ベンチレーションをオンにしていても常に息苦しい。そもそも、モニター画面を兼ねたシールドの結露を防ぐための機構。不快指数はさして軽減されない。閉塞感も密閉感も、如何《いかん》ともし難い。
骨伝導イヤホンを通じて入ってくる、無線連絡の音声。
《こちらD分隊、異状なし。どうぞ》
《D分隊異状なし、本部了解。E分隊どうぞ》
《こちらE分隊……》
眼前を覆うモニター画面には、無線の交信者と時刻、自身の脈拍、血圧が表示されているのみ。周辺に展開している狙撃手のライフルカメラ映像は、今のところオフ。動くものがあれば自動でオンになるポインターも、リアカメラも、ここしばらくは反応なしだ。

河川の如《ごと》く水を湛《たた》えた路面。跳ねる飛沫《ひまつ》。ヘルメットのシェルを、あるいは全身を覆う装甲防護服を叩《たた》く、こもった雨音。

いつになったら、始めるんだ——。

深町辰矛《ふかまちたつむ》が睨《にら》んでいるのは、都道七号線の向こうにある、古びた住宅街だ。

老朽化で、街灯のカバーが変色するからだろうか。地方自治が崩壊したエリアの夜は、一様に黄色く見える。オレンジ色といってもいい。まるで街全体が錆《さ》び付いているかのようだ。

実際、このエリアの建造物は錆《さび》と腐食でボロボロだ。

治安の悪化から、住民の多くは都下へと移り住んでいった。中小企業も撤退を余儀なくされた。残ったのは朽ちかけの空き家と、外装まで赤黒く錆びた廃工場。

それと、異人どもだ。

ナニ人なのかはよく分からない。たいていは日本人より肌色が濃く、眉が太く、顔の彫りが深いという共通する特徴はあるものの、年齢も国籍も、使用言語すらもはっきりしない外国人。多くは、短期就労ビザで入国したにも拘《かかわ》らず、そのまま居座り続けた不法滞在者たち。あるいはその末裔《まつえい》。

戸籍も住民票もない彼らには、当然、教育を受ける機会もない。彼らは、自分の家族が話している言語と、近所の遊び仲間から習ったスラングと、自然と耳に入ってくる日本語とが交ざり合った、奇怪な言語でコミュニケーションを図るだけ。またそれで、彼らは充分だと思っている節がある。

そんな異人たちに、真っ当な仕事など回ってくるわけがない。

男性なら違法建築現場での荷運び、不法投棄とセットになった解体作業。女性なら無許可風俗店での就労、もしくは直接的な売春行為。

警察官が口にすべきことではないが、正直、廃棄物処理法や風営法に違反するくらいならまだいい。違法薬物の製造、使用、販売。銃器の密造、販売、それを使用しての恐喝、襲撃、強盗、殺人、挙句の果てにはテロ行為。そもそも、言葉の通じない異人たちに遵法精神を説いたところで意味はない。

今夜の作戦も異人関連だ。

警視庁公安部が内偵に内偵を重ねた上で特定した、東京都第十五区にある、異人グループの銃器密造工場。これを警視庁警備部の特殊制圧隊が現在、完全包囲している。

少々面倒なのは、今回のこれはあくまでも警備部第一課「特殊制圧隊」が主動する作戦であって、辰矛が所属する警備部第三課「機動制圧隊」は脇役、応援要員に過ぎない、という点だ。

そもそもの規模が違うのだから致し方ない、といってしまえばそれまでの話ではある。

一課の特殊制圧隊は、機動隊や特殊部隊と並ぶ大型の実力部隊。一方、三課の機動制圧隊は方面ごとに配置される少人数部隊。一般企業でいったら、同じ営業部でも法人向けの大口担当と、個人向けの小口担当の違い、みたいなことだろうか。

ではなぜ、今回は特制（特殊制圧隊）と機制（機動制圧隊）の合同作戦になったのか。

これもよくある話だが、特制には特制なりのセクショナリズムがあるようなのだ。

特殊制圧隊には第一から第五まで五つの中隊があるのだが、これらは決して一枚岩ではなく、それぞれが意識し合い、成績を競い合っているという。

この作戦に関していえば、立案、指揮、遂行するのは第二中隊だが、人員的には若干の不安がある。頭数が足りなければ隣の中隊にでも応援を頼めばいい、と辰矛などは思ってしまうのだが、どうやらそれはプライドが許さないらしい。他の中隊に頼むくらいなら、小隊もしくは分隊単位で調達できる機動制圧隊にやらせる方が、後腐れがなくていい。それが特制第二中隊の、延《ひ》いては特殊制圧隊全体の本音なのだという。

今回の作戦は、具体的にいったらこうだ。

都道の向こうにある住宅街。その奥まったところにある、銃器密造工場に特制第二中隊が突入し、中にいる対象者全員を漏れなく拘束する。目的は射殺ではなく、あくまでも拘束。つまりは「生け捕り」だ。

こういった、銃撃戦を伴う可能性が高いオペレーションの場合、周辺住民を秘密裏に避難させるパターンもあるのだが、今回その必要はなかった。密造工場のあるワンブロックは、全戸が完全なる空き家。ホームレスも寄り付かないゴーストタウンだったのだ。

そうなると、あとは道路関係だ。

現場を管轄する第十五区南署の交通課が、作戦開始の一分前に周辺道路を封鎖、一般車両の進入を遮断する。その上で第二中隊が突入するのだが、だったら、辰矛が所属する第二機動制圧隊の応援など不要だろう、と思いきや、そうではないという。

工場には、公安や特制も把握していない裏口や地下道があるかもしれない。そうでなくても、隙を衝《つ》いて工場から逃げ出し、逃走を図る異人がいるやもしれない。そういう特制が取りこぼした対象者は、機制が責任をもって確保しろ、その上で、作戦終了後に引き渡せ、というわけだ。

ジッ、という無線の接続音と同時に、【指揮本部】の文字がモニター上部に表示される。

《こちら指揮本部。フタサン、フタマル、作戦を開始する。総員、装備を再度点検し、待機》
二十三時二十分。あと四分弱だ。
ライフルカメラ映像のウィンドウが立ち上がると同時に、また無線の接続音が入る。モニターには【2機3－2】とある。
《こちら二機制、K分隊。最終確認。奥田《おくだ》巡査部長どうぞ》
正式には「第二機動制圧隊、第三小隊、第二分隊」なのだが、この作戦中は「二機制K分隊」と呼称される。機制からは二個分隊が参加している。
《こちら奥田、異状なし。どうぞ》
《K分隊了解。高岩《たかいわ》巡査部長、どうぞ》
《こちら高岩、異状なし。どうぞ》
《K分隊了解。大迫《おおさこ》巡査長、どうぞ》
《こちら大迫、異状なし。どうぞ》
さらに富樫《とがし》、吉山《よしやま》と続き、最後が辰矛だ。
《……K分隊了解。深町巡査部長、どうぞ》
「こちら深町、異状なし。どうぞ」
一個分隊の編制は、狙撃手が四名、装甲防護服の装着員が二名、と分隊長の計七名だ。
再び【指揮本部】と表示され、《道路封鎖、用意……開始》の下命がある。二、三十秒すると《封鎖完了》の報告が三回連続で入る。
辰矛はリアカメラ映像を常時表示に替え、しばし待った。
指揮本部がカウントダウンを始める。

《十秒前……七、六、五》

いよいよだ。

しかし、辰矛の視界にはなんの変化もない。それはそうだ。こっちはあくまでも外周担当の後方支援。逆にこの場所から動くわけにはいかない。もうしばらく、このコンクリート塀の陰に身を潜めているしかない。

《四、三、二……開始》

現場ではまず、特制の装甲防護服装着員が、二ヶ所ある工場出入り口の施錠を破壊し、そこから進入という段取りになっている。以降の展開は相手の出方次第だろう。

いきなり銃撃してくるようであれば、狙撃手が応戦。鎮圧し次第、装着員が入って拘束。向こうからの銃撃がなければ、大盾を持った装着員を先頭に進入。対象者を発見し次第狙撃。鎮圧ののちに拘束、となる。しかし今のところ、銃声は聞こえてこない。

狙撃といっても、制圧隊が使うのはいわゆるライフルやサブマシンガンではない。昨今、この手のオペレーションでは主流になりつつあるコードレス・テーザーガンだ。

テーザーガン、つまりは電撃銃だが、従来のそれは有線式だった。要はコード付きだ。銃身から放たれる二つの電極が相手の皮膚に刺さり、スイッチを入れると本体と繋《つな》がったコードを伝って電気が流れ、相手を感電させるという仕組みだ。

だが新型のテーザーガンにコードはない。撃ち出される「シェル」には電源が内蔵されており、シェル先端の電極が対象に当たると、反動でシェル側面から針が出てもう一つの電極となり、そのまま四十秒間、断続的に電気を流すというものだ。これによって、射程距離が飛躍的に長くなった。コード式の従来型では最長でも二十メートル、ただし十五メートルを超えるとほとんど当たらないといわれていたが、コードレスの新型なら四十メートル先でも正確に当てられる。シェルも一度に四発まで装塡できるので、連射が可能になった。

今、初めて銃声が聞こえた。

たぶん、二発連続で。

だがそれ以上は続かない。

特制にせよ機制にせよ、「制圧隊」の通常作戦行動とは——そう、今まさに都道の向こう側で始まったのが、それだ。

こっちに向かって走ってきた対象者を、狙撃手が後方から狙撃。シェルが命中し、感電して倒れたら、直ちに装甲防護服の装着員が確保に向かう。装甲防護服には「ケブラー57」を中心としたアラミド繊維が使用されており、極めて高い防弾性、防刃性、耐熱性を備えている。フルフェイスのヘルメットも、見た目はバイク用のそれと大差ないが、スーツ部分と違って柔軟性は必要ないため、さらに防弾性、防刃性、耐熱性が高くなっている。

スーツの胸部、腹部、下腹部はプロテクターで守られており、肘《ひじ》、前腕部、膝《ひざ》、膝下やグローブ、ブーツもパッドで分厚くなっている。色は全身濃紺。表面の質感がゴムに近いため、見た目はウェットスーツのようだが、性能は全く違う。装着すると、まるで一人用の戦車にでも乗っているような気分になる。それくらい重く、ある意味、鈍い。全力で走っても、せいぜいジョギング程度の速さにしかなり得ない。

今ようやく、特制の装着員が俯《うつぶ》せに倒れた対象者の確保にやってきた。

まずは自身の膝を相手の腰に置き、体重をかける。その状態で、両足首を「キャプチャー」で固定。すぐに両手首を取って、それも固定。これで一名、確保完了だ。幸い、銃器も刃物も持っていなかったようだ。
　早速無線に報告が入る。
《Ｇ分隊、一名確保》
　同時に、遠くから銃声も聞こえた。
　装着員は、一般の警察官と同型の自動式拳銃《けんじゆう》に加え、グローブ型のスタンガン「スタンナックル」と、やはりグローブと一体化した自動拘束機「キャプチャー」を装備している。これによって装着員は、起き上がってきた対象者を再び感電させることができるし、反対の手で拘束用バンドを巻き付け、確保することもできる。ちなみにスタンナックルが右、キャプチャーは左と決まっている。左利きだからといって、左右反対に装着することはできない。
　モニター上部に【２機３－２】の表示。
《二機制Ｋ分隊、現状報告》
《こちら奥田、異状なしどうぞ》
　奥田、高岩が狙撃手で、大迫が装着員。これで一個班。富樫、吉山が狙撃手で、辰矛が装着員。これでもう一個班。この、狙撃手二名と装着員一名という「班」が、制圧隊における最小単位であり、二個班で一個分隊となる。
《こちら吉山、異状なしどうぞ》
　吉山恵実《めぐみ》巡査長、二十八歳。第二分隊の紅一点だ。
《Ｋ分隊了解。深町巡査部長、どうぞ》
「こちら深町……」
　だが、辰矛が「異状なし」と返す間はなかった。

吉山の声で《アッ》と聞こえ、彼女のライフルカメラが何かを大映しにする。

空き家の、暗い二階の窓に、人影。

異人か。

辰矛は歩道に出て、都道の向こうを見渡した。

吉山が見ている空き家はどこだ。あれか。あの駐車場の左隣にある——そう、思った瞬間だ。二階の窓ガラスが砕け散り、そこから異人らしき人影が、四肢を抱え込むようにして飛び出してきた。すぐに空中で体を伸ばし、再び柔らかく屈《かが》んで、着地。見事、全身のバネで衝撃を吸収してみせた。そればかりか、間髪を容《い》れず左、大通りに向かって走り始める。二メートル近い巨体だが、さすがは異人、筋力と俊敏性が半端ない——などと感心している場合ではない。

辰矛は異人を追った。後方からは富樫の援護射撃。だが惜しい。シェルは電柱に弾《はじ》かれ、異人を捉えるには至らない。

吉山も撃ってはいる。実際、左上腕に着弾はしたが、角度が悪かったのか振り落とされ、これも感電させるには至らなかった。やはり、動く対象に横からシェルを撃ち込むのは難しい。

なおも辰矛は異人を追った。しかし、追いつける気は全くしない。異人は黒色のTシャツにチノパン。こっちは分厚い装甲で守りを固めた、二足歩行する一人戦車。距離は広がる一方だ。

いや、そんなことはない。

異人の行く先にはパンダ（白黒パトカー）が四台、都道を封鎖する恰好《かっこう》で停まっている。その前後に立つ制服警察官たちは、それぞれ拳銃を構えている。

異人もそれに気づいたようだった。

普段は「チェリー・コップ」と揶揄《やゆ》し、日本の警察官など全く取り合わない異人だが、さすがに撃鉄を起こした拳銃を向けられると、マズいと思うらしい。

ほんの少し歩幅が乱れ、それだけで、異人の巨体は大きく前に崩れた。雨ですべった、というのもあったかもしれない。

とにかく、しめた。

水飛沫《しぶき》と共に、勢いよく地面を転げる異人。吉山か富樫か、おそらく吉山だろう。ようやく一発命中させると、異人は寝転んだまま、ピーンと体を真《ま》っ直《す》ぐに伸ばし、ビクビクと小刻みに震え始めた。

十秒もかからず、辰矛はその場にたどり着いた。

ここからは装着員の仕事だ。

先の特制隊員と同様、辰矛も異人の腰に膝を落とし、まず左手のキャプチャーで異人の両足首をひと括《くく》りにする。やり方は簡単。左拳《こぶし》を押し付ければ、甲の部分に設置された装置の小指側からバンドが射出され、それが親指側に戻ってきて、結束。拳を引くとバンドが切断され、拘束が完了する。角度が悪いと結束されない場合もあるが、拳を引けばバンドは切断されるので、上手《うま》くいくまで何度でもやり直すことができる。

それよりも危険なのは、

「……ン、ンノァァアーッ」

対象者が、こういう異常な生命力の持ち主だった場合だ。四十秒間の電撃が終わった、その瞬間に暴れ出す。武器は持っていなくても、全く侮れない。普通の日本人とは腕力、体力が桁違いなのだ。

むろん、そんなタフガイにはスタンナックルをお見舞いするまでだ。

「イブッ……ウブブブ……」

スタンガンのような音もなければ火花も出ない。テーザーガンのそれと同じように、ただ相手を硬直させ、動けなくする。

瞬時に重心を上半身に移動。今度は相手の頸《けい》部を膝で圧迫し、さらに動きを封じる。その姿勢を保ったまま左腕を捻《ひね》り上げ、肘関節を極《き》める。スタンナックルを離しても反撃してこないようであれば、右腕も捻り上げ、キャプチャーで拘束するのだが、仮にできなくても、その頃にはさすがに仲間の一人や二人は駆け付けてくる。

吉山、富樫、道路を封鎖していた制服警察官も三人、異人の頭を押さえたり、脚や腰に乗っかって確保に協力してくれた。

最終的に、手錠を掛けたのは富樫だった。

無線連絡は吉山だ。

《分隊、一名確保しました》

微妙に遅れて、イヤホンにも同じ音声が入る。

銃声はどうだ。まだ鳴っているか。


結果、十三名の被疑者を確保。警察側の受傷事故はなし。特制第二中隊は工場内と周辺エリアを捜索したのち、本日の作戦終了を宣言した。

辰矛たちも、確保した被疑者一名を特制に引き渡し、任務終了。自分たちの無線基地を兼ねたパネルトラックに戻った。

「お疲れ。お手柄だったな」

無線台の前にいた、分隊長の種田《たねだ》警部補が立ち上がり、小さく拍手してみせる。

テーザーガンを肩から降ろした高岩が、おどけたように両手を広げる。

「俺たちは、しゃがんで待ってただけですけどね」

苦笑したのは装着員の大迫だ。

「いいからよ、こっち、手伝ってくれよ」

装甲防護服は、基本的に一人で脱ぎ着できるものではない。

グローブをしたままでも、スイッチは押せるのでヘルメットは脱げる。グローブも外せる。グローブを外せば、前側にあるプロテクターは外せる。だが背面にある電源ボックスは、自力ではどうにもならない。その下、首から尾骶骨《びていこつ》まであるジッパーも、スーツで肩の可動域が狭まっているので上げ下げできない。

なので、後ろの諸々《もろもろ》は同じ班の誰かにやってもらうことになる。

富樫が横から覗《のぞ》き込んでくる。

「電源切った?」

「待って……はい、切れた」

「じゃ、抜きます」

まず電源ボックスのプラグを、スーツのコンセントから外す。ゴゴッ、と挿さっていたものが抜ける感覚があり、同時に、急に体が軽くなる。

「はい、下ろします」

ジッパーはたいてい、吉山が上げ下げしてくれる。スーツ内部は相当汗臭くなっているはずだが、そんなことを気にしている余裕はない。

「……ああ……サンキュウ」

スッ、と吉山が鼻息を漏らす。振り返ると、口を結んで笑いを堪《こら》えている。

「なんだよ」

辰矛は三十三歳で巡査部長。年齢でも階級でも、明らかに辰矛の方が上だ。

吉山が、小さく首を横に振る。

「……いえ」

「なんだよ。なんで笑ったんだよ」

少し強めに言えば、吉山も白状する。

「いや、なんか……深町さんって、ジッパー下ろすと、いつも、温泉に浸《つ》かったみたいな、気持ちよさそうな声出すな、と思って」

確かに。毎回、それに近い解放感はある。

いや、それ以上かもしれない。

2

辰矛たちの待機所は、第十六区中央分駐所の中にある。

ここには、第二機動制圧隊から三つの小隊が配置されており、四交替制で勤務している。四交替制とは、朝から夕方までの第一当番、午後から翌朝までの第二当番、翌日は休み、という四日サイクルを繰り返すシフト制のことをいう。

今回のような他部署の作戦に加わるような場合でも、基本的にはこの四交替制の中から出動することになる。よって辰矛たちは、作戦が終わったからといって家に帰れるわけではない。分駐所内の待機所に戻って、朝までは第二当番勤務に就かなければならない。

とはいえ休憩はあるので、いったんスーツを脱ぐくらいはできる。その時点で出動要請がなければ、シャワーを浴びることも可能だ。

「大迫さん、お先にどうぞ」

「あっそう。悪いね」

今回の作戦は、終わってみればさして長いものではなかった。だが、長い場合は半日、丸一日、最悪、日を跨《また》ぐこともないではない。

そんなとき、当然のことながら装着員はトイレになど行けない。自分で脱ぎ着できないのだから当たり前だ。

ではどうするのか。もちろん、スーツの「中にする」のだ。ただし、ちゃんとそれ用のパンツを穿《は》いた上で、だ。要は「オムツ」なのだが、これがある意味、非常によくできている。

用を足しても、スーツ内に臭いが回ることもなければ、汚物が漏れ出ることもない。汚物は専用のカップ内に溜《た》まり、洗浄すればカップもパンツも繰り返し使える仕様になっている。まあ、汚物を処理するのもカップを洗浄するのも自分なので、結局、辰矛はギリギリまで我慢してしまうのだが。

「……深町、お先」

「あ、はい」

その後、辰矛も軽く汗を流し、だが出てきたときにはもう、大迫たちの班は待機所にいなかった。

どうした、という意味で目を向けると、富樫が応えた。

「五区西でなんかあったらしくて、一応来てくれって」

班単位で動くときは、それ用のワンボックスカーを使用する。通常勤務ではこちらに乗る方が圧倒的に多い。

「マジか。なんか、かえって悪かったな……」

先にシャワーを勧めたりして。

無線台に座っていた吉山がこっちを向く。

「ほんと、優しいですよね、深町さんって」

すると「あー」と富樫が割り込んでくる。

「そういうことじゃ、ないんじゃないの？　優しいとか、そういうことだったら、俺の方が優しいかもよ。いや、むしろ俺の方が優しいと言っても、過言ではないかもしれない」

吉山は馬鹿ではないし、意地悪でもないので、ちゃんと富樫の気持ちを汲《く》んだ上で、答えることになる。

「富樫さんが優しいのは、私だって分かってますよ」

「えっ、俺の？　たとえば、どんなとこ？」

「暑いとき、道端の蟻《あり》んこに、アイスクリームあげたりするところとか」

「あれは、ただ……溶けて、こぼしちゃっただけだろ」

「カラスにも、お弁当の唐揚げ分けてあげてましたよね」

「あれも、ピューッて飛んできて、勝手にパクッて……ねえ、ひょっとして吉山って、俺のことおちょくってる？」

吉山が意地悪ではない、というのは、もしかしたら違うかもしれない。

当番が明けて、昼過ぎには辰矛も二十区にある自宅に戻った。昨年、警視庁の待機寮を出て住み始めたワンルームマンション。八畳より少し狭いが、充分快適に暮らせている。

「はあ……疲れた」

まず風呂に入ろうと思ったのだが、給湯器のスイッチを入れ、床に寝転んだら、そのまま夕方まで寝入ってしまった。幸い、体は頑丈にできているので床で寝るくらいは全く問題ないが、失った時間は戻らない。それから慌てて洗濯機を回し、風呂に入って、出てきたら洗濯物を室内に干し、冷蔵庫にも戸棚にも碌《ろく》な食べ物がなかったので、買い物に行くことにした。

この辺は、二十区中央署が近くにあるためか、治安は比較的いい方だ。昨夜の、十五区のあのエリアと比べたら天と地ほどの差がある。

それでも、異人はあちこちにいる。

「いらっしゃいませ……」

コンビニエンスストアの店員など、三人に一人は異人だ。地域によっては、全員が異人という店舗もある。

ただし、これに関しては細心の配慮が必要だ。

見た目が異人だからといって、みんながみんな、昨夜の銃器密造グループのような反社会的勢力に属しているとは限らない。中には正規のパスポート、ビザを取得して日本に留学、あるいは働きに来ている外国人もいる。日本人と結婚して家庭を持ち、すでに帰化している外国人もいる。血筋は異人だが法的には両親共に日本人で、もちろん自身も日本国籍を持っている、という人だっている。

「お弁当は、いかがしますか。温めますか」

「はい、お願いします」

「少々お待ちください」

ただ残念ながら、割合として、そういった外国人は少数であると言わざるを得ない。

日本の風土や気候を気に入り、文化を愛し、日本人と同化して共に生きていこうという外国人なら、こちらも大いに歓迎する。むしろ積極的に受け入れたい。しかし悲しいかな、そういった善良な人々より、昨日のような「異人」の方が圧倒的に多いのだ。数倍では利かない。軽く十倍以上。ひょっとしたら二十倍近く、反社会的異人の方が多くいるのではないだろうか。

しかもここ数年、その傾向はさらに顕著になってきている。

自分たちは肌の色、顔立ちから、日本ではあまり良いイメージを持たれない。そう考え、来日を控える外国人が増えているのだ。

その逆もある。

日本の暴力団が異人グループと結託したり、取り込んだりするケースが増えている。年月が経《た》てば、異人と日本人とのハーフだって増えてくる。今後、見た目で異人かどうかを判断するのは、さらに難しくなっていくだろう。

だからこそ、なのだ。

警視庁は慎重に捜査、内偵を進め、これは間違いなく犯罪行為が行われていると、そう判断できた場合にだけ制圧隊を送り込む。それでも射殺はしない。生け捕りにした上で取調べをし、裏付け捜査もし、起訴したら裁判。判決に従って服役させ、刑期を終えたらむろん釈放する。

必要ならば、出入国在留管理庁が国外への退去強制手続を執る場合もある。

「ありがとうございました」

コンビニを出たところで、辰矛の携帯電話が震え始めた。

ディスプレイには【吉山恵実】と出ている。個人的な連絡をもらうのは初めて、というわけではないが、でもそんなに多くもない。まだ三回とか、四回目くらいではないだろうか。

「……もしもし」

『もしもし、お疲れさまです。吉山です』

いつも思う。吉山はとても澄んだ、真っ直ぐな声をしている。

「ああ、どうした」

『お休みのところ、すみません』

「いや、いいけど……なに」

『深町さん、あの……』

しばし間が空いたが、辰矛から急《せ》かすことはしなかった。待てるだけ気持ちに余裕がある、みたいなことではない。単に、なんと言っていいか分からないから待っていたに過ぎない。

『……明日の休みって、予定、ありますか』

様々な解釈の成り立つ質問だが、ここはあえて、こちら側の事実だけを回答しておく。

「別に、ないけど」

吉山は、ほんの息だけの声で『よかった』と呟《つぶや》いた。

『あの、実は、私……五つ上の、兄がいて』

「……へえ」

『今は仕事で、福島にいるんですけど、来週、こっちに来るっていうんで、久しぶりに、ご飯でも行こうかって』

「へえ。仲良いんだ、お兄さんと」

辰矛の実家は鹿児島。桜島《さくらじま》のすぐ近くだ。もう十年以上、辰矛は実家に帰っていない。連絡も滅多にとらない。

吉山は、照れたように『そんな』と漏らした。

『仲良いってほどじゃ、ないですけど……ただ、兄の誕生日が近いんで、何か、プレゼントとか用意できたらな、って思って』

「やっぱり、仲良いんじゃん」

『あ、まあ……でも私、男の人の、そういうの、何買ったらいいか、全然分からなくて』

先に浮かんだ「様々な解釈」の一つに該当する用件だ。

「そう、なんだ」

『なので、あの……もし、お時間があるようでしたら、明日、その……買い物に付き合っていただくことは、可能でしょうか』

吉山なりに、勇気を振り絞って今の台詞《せりふ》を言いきったのであろうことは、辰矛も感じた。

それでも、答えには迷う。

辰矛は、富樫の気持ちを、知ってしまっているからだ。

吉山が赴任してきたのは八ヶ月前、去年の秋だ。

以来、富樫は辰矛に、ことあるごとに言った。

「吉山ってさ、よく見ると、けっこう可愛《かわい》いよな」

「吉山ってさ、けっこう可愛いよな」

「吉山って、実はスゲー可愛いよな」

辰矛はそのたびに「ああ」とか、「そうだね」みたいに答えたのではなかったか。

一度だけ「付き合ってって、言えばいいじゃん」と言ってみたこともある。

そのとき富樫は、変に笑みを引き攣《つ》らせ、首を横に振った。

「俺は、ダメだよ……そういうんじゃないから」

「そういうって、どういうんだよ」

「お前みたいに、背も高くないし、顔もよくねえしさ」

歳は辰矛の方が二つ上だが、同じ巡査部長なので、富樫との会話はたいていこんな感じだった。

「俺だって、別に……」

「いやいや、モテる奴《やつ》は、すぐそういうこと言うんだよ」

「モテねえって、そんな」

「自覚がないってのが、もうモテてる証拠なんだって」

説得力など全くないに等しい理屈だったが、富樫が吉山を想《おも》っていることだけは、よく分かった。

では、辰矛自身はどう想っているのか。

吉山恵実のことを。

富樫の言う通り、確かに吉山は、可愛い顔をしていると思う。勤務態度も良好だし、よく気がつく、女性らしい一面も持っている。

でもそれだけだと、辰矛は思っている。

自分は富樫ほど、吉山のことを想ってはいない、と。

それなのに、だ。

「……分かった。何時に、どこに行ったらいい」

そんなふうに、応えてしまった。

その夜は、とうとう一睡もできなかった。


待ち合わせは午前十一時半。十三区南駅の、駅前交番の前。

十三区南はかつて「渋谷《しぶや》」と呼ばれていた、日本文化の中心地だ。呼び名が変わっても、その本質は変わらない。若者からお年寄りまで、東京生まれも地方出身者も、日本人も外国人も、この街は分け隔てなく受け入れ、弄ぶようにシャッフルする。その混沌《こんとん》を心地好《よ》いと感じる者は通い詰めるだろうし、なんならこの街に住みたいとすら思うだろう。逆にその濁った水が合わなければ、他の街で用を済ませるようになるだろう。

辰矛は、明らかに後者だ。プライベートではまず来ないし、仕事でも管区外なので、近くを通りかかることもない。

だが、吉山は違うようだった。

十分前に辰矛が着いた時点で、彼女はすでに、交番の丸い柱を背にし、真っ直ぐ前を向いて立っていた。

カットソーというのだろうか。白い、ふわっとしたTシャツみたいなのを着ている。胸には、たぶん「ゼッケン」などと言ってはいけないのだろうが、何か布が貼り付けてある。なんと書いてあるのかは読めない。下は、これもふわっと太めの白いパンツ。足元は銀色のサンダル。

バッグは——これも「ビニール製」と言ってはいけないのだろう。茶系の透明な素材でできており、中の荷物が透けて見えている。

ひと言で言うと、お洒落《しゃれ》だと思った。勤務中の吉山とは大違い。別人と言ってもいいくらいの変貌ぶりだ。十三区南という風景にも、よく馴染《なじ》んでいる。

そういえば辰矛は、仕事を終え、私服に着替えて帰っていく吉山を、あまり見たことがなかった気がする。歓迎会や、その後も二回くらい一緒に飲みにいった記憶はあるが、そのとき何を着ていたのかなんて全く覚えていない。綺麗《きれい》だったとか、可愛かったとか、お洒落だったとか、そういう印象もない。

「……あの……待った？」

まだ十分前なのだから、待ったとしても辰矛が悪いわけではないのだが、でもそれしか、かける言葉が思いつかなかった。

吉山は体ごとこっちを向き、トン、と両足を揃《そろ》えた。遠心力で広がった髪が、真下に落ちてまとまる。

「いえ、全然。こちらこそ、お休みのところすみません」

時刻は十一時二十一分。

とりあえず、昼飯でもどう。っていうか、お腹《なか》空いてる？　朝とか、しっかり食べる方？　俺は、まあ、どっちでもいいんだけど。

そんな台詞はただ思い浮かべるだけで、一つも口からは出てこなかった。

吉山が、スッと半歩前に出てくる。

「もうちょっと、静かなところに行きませんか」

「あ、うん……そうだね」

「私、朝けっこうバタバタしちゃって、何も食べてきてないんですけど、深町さんは、朝食べました？　少し早いですけど、もうお昼にしちゃいます？　それともまだ、お茶くらいの方がいいですか？」

そうか、休日の吉山ってこんな感じなのか、という以外、全く何も思いつかない。良いとか悪いとかいう以前に、あまりにも普段と違い過ぎて、自分は少し、パニック状態になっているのかもしれない。

「ああ、じゃあ……飯に、しようか。なんか、腹減った」

「はい、じゃあそうしましょう」

さすがに手を引かれることはなかったが、でも、極めてそれに近い現象が起こっていた。自分の胸は、吉山のどこかと、太い紐《ひも》のようなもので繋がっていて。それで引き寄せられて、彼女のあとを――あとを付いて歩くのは恰好悪いから、少し先を歩こうともしたのだけど、でも行き先が分からないから、結局は横に並んで、前を見たり、横を見たり、ときどき彼女の横顔を確かめたりして、また前を向くことになる。

なんかあるよな、こういうの、とずっと考えていた。

ようやく思いついたのは、犬だ。犬の散歩だ。

むろん、犬は辰矛だ。

辰矛が吉山に、散歩をしてもらっているのだ。

どんなお洒落なレストランに連れていかれるのだろうと思っていたが、

「ここで、いいですか」

「俺は、どこでも」

彼女が案内したのは妙にレトロな、昭和初期の洋食屋みたいな店だった。

メニューもかなり古風だ。

「この、ハンバーグとナポリタンうどんのプレートが、美味《おい》しいんですよ」

「……うどん？」

「そう。麺がパスタじゃなくて、柔らかめのうどんなんですけど、それが美味しいんです」

「へえ。じゃあ、俺もそれ、いってみようかな」

意外にも、本当に美味しかった。

「……ん、なんか、甘くて……旨《うま》い」

「でしょ？　でも跳ねないように気をつけなきゃ。わたし今日、オール白なんで」

食べ終えたら、ようやく買い物だ。

百貨店の紳士服売り場を、吉山はえらく楽しげに歩き回る。

「深町さんは、どういうバッグが好きですか」

「……俺は、大きくて、頑丈で、ポケットがいっぱいあるやつ、かな」

「デザインとか、ブランドとかは」

「特に……っていうか、分かんない。ブランドとか」

それに対するコメントはなかった。

吉山はただ、柔らかな笑みを返すだけだ。

「……兄は普通にサラリーマンなんで、ネクタイはいっぱいあると思うんです」

「ああ、だろうね」

「深町さん、タバコは吸いませんよね」

「うん、吸わない」

「兄は吸うんで、ライターもいいかなって、ちょっと思ってて」

だったら俺の付き添いは要らねえだろ、とは思ったが言わずにおいた。

「……確かに、ライターだったら、何個あってもいいかも」

「やっぱり、そういうもんですか」

「妹が選んでくれたんなら、嬉《うれ》しいんじゃないかな」

「分かりました。じゃあそうします。ライターにします」

それから、エリアで一番大きなディスカウントショップに行って。

「いっせーのせで、気に入ったの指さしましょう」

「分かった」

ところが全然、意見というか、趣味が合わなくて。

「でもこっちにします。深町さんのセンスを信じます」

「やめてよ。自信ないよ俺、そんなの」

「いいえ、これにします」

「吉山が選んだ方がいいって。俺、分かんないって」

結局、吉山は辰矛が選んだライターを購入した。

猫の後ろ姿が、エッチングで彫刻されているジッポー。猫の絵柄にした理由は特にないが、強いて言えば、吉山の顔が猫っぽいから、かもしれない。

それから、少し早いが焼き鳥屋に入って。串を頬張りながら、少しサワーなんかも飲んで。

その店を出たのが、二十時くらい。

「今日はどうも、ありがとうございました」

「いや、送ってくよ」

「そんな、大丈夫です」

吉山の住まいは、二十一区南にある警視庁の女子寮。最近、最寄り駅から寮に帰るまでのエリアに異人が増えている、という話を、ついさっき吉山から聞いたばかりだった。

「今日だけ……今日お前になんかあったら、俺、責任感じるし」

「私これでも、一応警察官なんですけど」

「分かってるけど、でも今日だけ。最初だけ、そうさせてくれよ」

「最初だけ？　それって、次もあるってことですか？」

吉山。ちょっとお前、面倒臭いな。

3

芹澤孝之《せりざわたかゆき》は、警視庁本部の自身の席でレポートを読んでいた。

内容は先週、警備部特殊制圧隊が実施した掃討作戦についてだ。

【東京都第十五区南N８F　銃器密造工場内強制捜索・掃討作戦】

この手の事案で、まず目星を付けるのは公安部だ。

警視庁公安部、外事第四課。

第一課は欧米とロシアを担当、第二課は中国、第三課は朝鮮半島。第四課はもともと国際テロリストや中東の担当部署だったが、近年はもっぱら「異人担当」のようになってしまっている。芹澤のいる外事四課三係などは、もうまるっきり異人監視の専門部隊だ。

通常は統括主任の芹澤以下、十三名で動くことが多い。その活動の多くは「ＨＵＭＩＮＴ（ヒューマン・インテリジェンス）」に費やされる。あらゆる手段を駆使して相手側と接触、協力者として獲得、運営し、そこから情報を取るという地道な作業だ。

今どきの公安警察がなぜ、そんな古臭い手法を用いるのか。疑問に思われる向きもあるやもしれない。

昨今は街のあらゆるところに防犯カメラが設置されている。地方自治体や警察、商店会等が管理するカメラだけではない。個人商店、民家、自動販売機など、電源がある場所には必ずカメラがある。しかも、その全てがオンラインで繋がっている。警察が所定の手続きを踏めば、全国のどんな場所の映像でも入手できる。それを活用すれば、わざわざ協力者など作らなくても情報は入手できるだろう。

その見識は正しくもあり、ある意味、間違ってもいる。

確かに今はそういう時代だが、異人が多いエリア――いや、正直に言おう。異人に「占領」されてしまったエリアには、防犯カメラなんぞ一台もない。なぜか。あっても全て壊されてしまうからだ。

だったら器物損壊で捕まえればいいじゃないか、と言われそうだが、それは、現実には難しい。

まず、多くの異人には戸籍がない。名前も年齢も、性別すらも不明な不法滞在者たちが、日本の行政に管理されることを嫌って、集団でカメラを壊して回るのだ。誰が壊したのかなんて、特定できるわけがない。特定できたところで、匿《かくま》われて逃がされてしまえばお終《しま》いだ。

警察が聞き込みに行ったところで、異人は証言など絶対にしない。そもそも警察官の言葉が分かっているのかどうかも定かではない。

これが特定の、出自の確定している民族ならまだいい。中国人なら中国語、インド人ならヒンディー語の通訳を連れていけば会話は成立する。だが異人には、共通言語というものがない。最も通じやすいのは日本語だが、これも分からない振りをされてしまえばそれまでだ。

そこまで日本の警察力は脆弱《ぜいじやく》なのかと、国民は大いに落胆するだろう。だが他でもない、現場の警察官はそれ以上に落胆している。もはや絶望と言ってもいいかもしれない。自分たちの警察力とは、整った戸籍制度と国民の高い遵法精神あってこそだったのか、と。自分たちが、他国のそれより優れているわけではなかったのだ、と。

それもこれも、企業が安い労働力ほしさに、無分別に外国人を誘致したのが原因だ。そんな財界の組織票ほしさに、言われるがまま法整備を進めた政治家どもの責任だ。

結果、日本の治安は木っ端微塵《みじん》に砕け散った。東京の、いや全国の至る所に、異人の「領地」が増殖していった。

しかし、嘆いてばかりいても仕方がない。相手が何者であろうと、警察はその犯罪を抑止し、摘発し、逮捕し、有罪判決が出るよう証拠を揃えて検察に送り付けるだけだ。そのために、今ある法律を駆使し――いや、法の範囲を多少逸脱しようとも、失われた日本の治安を取り戻さなければならない。

芹澤たちの手掛ける情報提供者獲得工作にも、厳密にいったら違法な要素はある。異人も携帯電話は普通に使うので、その傍受は手続きなしで行っている。報告書にそのような記載はなくても、情報提供の過程に女性が介在したケースでは、性的なアプローチもあったのだろうことは容易に察しがつく。

だが、そんなのは些末《さまつ》なことだ。

仮に情報収集の経緯に違法性があったところで、それを元に異人グループのアジトを特定し、警備部の制圧隊を送り込み、一網打尽にして物証も押さえてしまえば、そんなものは帳消しになる。こっちだって、尻尾を摑《つか》まれるような情報の出し方はしない。警備部には、制圧隊が作戦の立案に必要とするであろう要素だけを抽出し、レポートの形にして提供している。

今回のこれも、同様のプロセスを経て策定されたものだ。

池本《いけもと》という外事四課三係の警部補は、「ファルウ」という異人を情報提供者として運営している。

ファルウは、背はあまり高くないが女顔の美形で、これが見事なくらいよく女を誑《たぶら》かす。あちこちのグループの女と関係を持っているので、嘘《うそ》か実《まこと》かはさて措《お》き、いろんな話を聞き込んでくる。

池本は、その情報を金で買う。加えて、ファルウの身の安全も保障してやる。地方で現行犯逮捕でもされたら、さすがに池本にもどうしようもないが、警視庁の捜査や入管（出入国在留管理庁）に摘発の動きがあるようだったら、それとなく教えるくらいはする。場合によっては揉《も》み消してやってもいい、くらいのことは吹き込んでいると思う。

そのファルウが、十五区南に銃器の密造工場がある、という情報を持ってきた。自動小銃と散弾銃を製造しており、一部は日本の暴力団にも流れているということだった。

ファルウの情報を元に、外事四課三係は内偵を開始した。

御多分に漏れず、周辺エリアに使用可能な防犯カメラは一台も残っていなかったので、基本的にはドローンを飛ばしての探索だった。昨今はドローンもＥＭＰ（電磁パルス）で撃墜されるおそれがあるが、内偵の間はまず問題ないと考えている。ＥＭＰはあらゆる電子機器を機能不全に陥れるため、仮に異人側が装備していたとしても、滅多なことでは使用できないはずだからだ。

内偵の結果、出入りしている関係者十七名をリストアップすることに成功。七ヶ月にわたる尾行によって、それぞれの住居を特定。交友関係もほぼ解明できた。

銃器密造に関しても、十一区南の港を経由して部品を密輸入、工場に運び込んでクリーニングののちに組み立て、完成品として販売していると分かった。

何丁かは実際に入手し、分解、分析してみたが「しょせんは密造銃」という出来だった。足りない部品は工場内で自作して補ってあるのだが、これの仕上げが非常に粗いため、発砲したら、銃本体が一発で分解する可能性があるということだった。むろん、実際に発砲まではしていない。科捜研（科学捜査研究所）物理科の専門家がそう言っていたというだけだ。

ここで注意しなければならないのが、十七名の中にはファルウの女も含まれているという点だ。こういう人物は逮捕するよりも、いったん見逃して、あとで協力者として獲得した方がいい。そのためには、女が工場にいないタイミングと作戦日時を合わせる必要がある。それでいて、その他十六名ができるだけ多く工場に集まる日が望ましい。

結論として、芹澤が提案したのが先週水曜の夜だった。この日なら少なくとも十一名、多ければ十六名全員が集まる可能性があった。結果、警備部が逮捕したのは十三名。まずまずの成果といっていい。

一つ残念だったのは、「ジェイ」と呼ばれる異人グループのカリスマ的リーダーを逮捕できなかったことだ。

そもそもジェイは、今回の十七名の中には入っていなかった。そういった点では逮捕できなくても仕方ないのだが、ジェイは内偵期間中に一度だけ工場を訪れており、偶然逮捕できる可能性も決してゼロではなかった。

ジェイは、外事四課がいま最も逮捕したい異人の一人だ。

彼は特殊な方法を用い、すでに日本国籍を取得している可能性がある。別に、日本国旅券が調達可能になるとか、それによる高飛びを危惧しているわけではない。警察は入管とも密に連携しているので、出入国時に逮捕することはさして難しくない。

問題は、彼が日本人であると主張できるありとあらゆる材料を取り揃え、政治家になろうとすることだ。国会議員になどなられたら目も当てられないが、地方議員になられるだけでもかなりマズい。

異人は、地方自治が手薄な地域を好む。そういった場所に狙いを定めて棲《す》み付く。ジェイが何を目論《もくろ》んでいるのか、現時点では分からない。とある地域の自治崩壊か、あるいはすでに異人が占領した地域の、治外法権の獲得かもしれない。

ジェイについては、今後も最重要人物として情報収集を継続する方針だ。今のところ居住地も突き止められていないが、今年中にはなんとか、その行動半径くらいは摑みたいと思っている。

それとは別に、芹澤は作戦に参加した制圧隊員の名簿に、よく知った名前を見つけていた。

深町辰矛巡査部長、三十三歳。

芹澤が所轄署の警備課係員だった頃、警察学校の卒業配属で同じ署に入ってきたのが深町だった。だからもう、十五年も前になるか。当時の芹澤は二十五歳で巡査長。まだまだ若かった。ちょうど、警視庁が機動隊内に「特殊制圧班」を創設したばかりで、警備部はあらゆる部署から情報を取り、適任者を見つけようとしていた。

適任者とはつまり、あの装甲防護服の装着員のことだ。

かつてのケブラー繊維には、種類が三つしかなかった。ケブラー、ケブラー29、とケブラー49。だが二十年ほど前、国に防衛装備品なども納めているヤマト電通が、第四のケブラー「57」の開発に成功。従来品より圧倒的に水に強いため、より汎用性の高い防護服が製造可能になるだろうと期待された。

その試作品は防衛省と警察庁の両方に納入されたが、当時のそれはまだ繊維が硬く、これでは碌に動けないとすこぶる評判が悪かった。防衛省は「全く使えない」と、二日で送り返したと聞いている。

ヤマト電通が、その後にどんな開発努力をしたのかは分からない。だが徐々に柔軟性も兼ね備え、やがて実戦配備されるようになった。

当初は「装着員」という呼び名がなく、見た目がウェットスーツに近いことから「ダイバー」と呼ばれていた。中には「それじゃ『陸《おか》サーファー』じゃないか」と、揶揄した年配幹部もいたとか、いなかったとか。

しかし、この実戦配備の陰には、ヤマト電通の開発努力とは別の側面もあった。

それが「適任者」という括りと大きく関わってくる。

実は、防衛省と警視庁警備部が重視していたのは、装着員候補の血液型だった。どういう血液型が望ましいのか、詳しいことは芹澤にも分からない。ただ、装着員が現在も防護服装着前に服用する、薄緑色の錠剤。あれと血液型とが関係していることは、おそらく間違いない。

あの錠剤を服用した結果、血液が「望ましい状態」になる者。それが防護服装着の「適任者」ということらしかった。

深町辰矛は、間違いなくその一人だったわけだ。


芹澤は夜になって、第六区東にある「拠点」に向かった。

第六区東はその昔、花街として大変栄えた地域だが、今は見る影もなく荒廃しきっている。特にE16というエリアがひどい。

もともとは全長五百メートルもあるアーケード商店街だったのだが、今はほとんどの商店がシャッターを閉めきり、営業もしないまま放置されている。十軒に一軒、二十軒に一軒くらいは明かりを灯《とも》している店もあるが、まず碌な商売はしていない。扱っているのは違法薬物、密造拳銃、そうでなければ売春の斡旋《あっせん》。中でも比較的まともなのは酒屋とタバコ屋だが、商品の中身がラベルの通りかどうかは怪しいものだ。

対向二車線の車道、その両側に歩道。いずれの歩道にもアーケードが架かっているため、ここにはとにかくホームレスが多い。

ホームレスのほとんどは日本人だ。しかも重度の薬物中毒で、歩くことは疎《おろ》か、腰を真っ直ぐ伸ばして立つこともできない者が多い。仮に立ったとしても、前屈みの姿勢でいるのがやっとという有様だ。

まるで、背中の曲がったゾンビだ。両腕をだらりと垂らしているのも、非常にゾンビっぽい。その前屈状態のまま歩こうとするのだが、まず三歩も前には進めない。たいていは一歩目で顔面から地面に倒れ込み、それで諦めたのか失神したのか、死んだのかは分からないが、とにかく動かなくなる。そんな連中が昼夜を問わず、アーケード下の歩道を占拠している。

当然、誰もゴミなど片づけないし、掃除もしない。道端には使用済みの注射器が放置され、糞尿《ふん》も嘔吐《おうと》物も垂れ流される。お陰で、公衆便所のような悪臭が地域全体に充満している。

建物と建物の隙間ではゾンビ同士がセックスをしている。相手が死体でもお構いなし。それでも終わったら、ズボンを上げて股間《こかん》は隠す。

そう。不思議と、こんな街でも股間を露出している者はわりと珍しい。人間に残る最後の理性とは、案外そういうところにあるのかもしれない。

そんな街の一角に、外事四課三係の張込み拠点が一つある。

アーケード商店街から二ブロック離れたところにある、十階建てマンションの六階。オーナーが日本人で、オートロックや防犯カメラ等のセキュリティシステムがしっかりしており、地元警察との連携もとれている。ただ、こういった捜査活動をすることは伝えていない。公安の活動は秘密裏が原則。大家に許可を得る必要はない。

ここは普段、上川《かみかわ》警部補を筆頭とする六名に任せている。彼らは十四台、多いときは二十台ものドローンを巧みに操り、街で暗躍する異人グループの動きを監視している。

芹澤は、部屋の前に設置されたスキャナーで顔認証、指紋認証、静脈認証を受け、直ちに十二文字のパスワードを入力。最後にチタン製のキーで解錠し、ドアを開けた。

「……お疲れ」

ほんの少しだが差し入れを持ってきた。それをダイニングのテーブルに置く。

六人はベランダに面した洋室にいる。

「ああ、統括。お疲れさまです」

「お疲れっす」

それぞれは二台ないし三台のモニターを注視しながら、画面上の気になる人物にマークを付けたり、過去のデータと照合したりしている。雰囲気からして、今はさほど緊迫した状況ではなさそうだ。

右側のデスクにいる上川が、自身の端末に繋がったインターフェースのキーをいくつか叩く。おそらく自動監視モードに切り替えたのだろう。

きちんと切り替わったかどうか確かめた上で、立ち上がる。

「……統括、お疲れさまです」

「ああ。様子はどうだ」

「相変わらずです。イールァンが不動産屋の裏に入るところまでは追えるんですが、そのあとがどうも……下水道でも使って、街を出るんですかね。三日も四日も出てこないで、急にまた外からやってきたりする。訳が分かりませんよ」

イールァンはジェイのグループの若手リーダー。ジェイが社長なら係長か主任くらい。ヤクザなら、指定暴力団の四次団体組長クラスだろうか。違法薬物を大量に扱っており、グループ内では一定の影響力を持っているといわれている。

芹澤は首を傾《かし》げてみせた。

「あれクラスの大物が、下水道ってことはないだろう。変装か、他に抜け道があるのか……」

上川が小さく頷《うなず》く。

「まあ、多めに飛ばしても二十台ですからね。見逃してない、とは言いきれません」

「清掃局は入ったか」

「一応。でも可哀相《かわいそう》に、まるで万引きかコソ泥ですよ。ジャンキーどもがいない場所に車を停《と》めて、手の届く範囲にあるゴミ袋を、コソコソッと回収して……ジャンキーって、あるとき、急に速く動いたりするじゃないですか。だから局員たちは、近づいてくるのを見たら即撤退ですよ。下手に振り払って、死なせでもしたら大事《おおごと》ですからね」

ジャンキーといえども、一応は人間だ。そして、たぶん日本人だ。死亡させたら殺人罪ということにだってなり得る。

「それでも清掃局が入るようになったんなら、一歩前進だよ」

「まあ、そうですね」

先月までは、地元警察が死体撤去のついでにゴミも回収していたのだ。だが地元警察にも、それ以上のことは何もできなかった。違法薬物の取締り、死亡者の身元確認、死亡原因の調査、事件性があれば捜査。そういったことは何一つ満足にできない状態が、今なお続いている。

上川が、急に「そうだ」と端末の方に向き直る。

そこにあったタブレットをすくい取り、芹澤に、ニヤリと頬を吊《つ》り上げてみせる。

「統括、ちょっと面白いもの、見せますよ」

「ほう」

上川はタブレットをしばらく操作してから、改めて芹澤に向け直した。

「一昨日《おととい》の、夜の映像です」

画面端にある時刻表示は【02：43】。アーケード商店街も暗く静まり返っている。適当な建物にもぐり込むのか、路上に寝転んでいるゾンビの数は少ない。そんな状況を、ドローンは三階くらいの高さから撮影している。こういうとき、ドローンは建物の庇《ひさし》などに降りていることが多い。安全な場所を見つけたら、できるだけそこからは動かさない方がいい。

だが突如、画面の右端が慌ただしくなる。

路地から三人、Tシャツやタンクトップといった軽装の若者が、つんのめりながら駆け出してくる。逃げ出してきた、と言った方が正しいかもしれない。さらにもう一人出てくる。計四人の若者は、ドローンから離れる方向に全力疾走していった。この街で、あんなに速く走れるのは異人だけだ。

何があった。

ドローンはゆっくりと飛び立ち、周囲を警戒しながら路地へと近づいていく。高度を上げ、建物の屋根を飛び越えて、四人が出てきた路地を上空から撮影する。

最初は、暗くて何が映っているのか分からなかった。数秒すると、奥の方がほんの一瞬だけ明るくなった。発砲による閃光《せんこう》と思われたが、同様のことは以後なかった。

映像が赤外線暗視モードに切り替わる。それでも暗いことに変わりはないが、ゴミ袋や壊れた自転車、椅子、ビールケースなどは見えるようになった。

ドローンは、高度を保ちながら奥に進んでいく。障害物は自動で避《よ》けるようになっているが、同時に映像も自動補正されるので、ほとんどブレることはない。

「この奥です」

「ああ」

何か見えてきた。

人か。人が、倒れているのか。

暗視モードなので、色はほとんど飛んでしまって分からない。ただ白っぽい人形が、細い路地に横たわっているのが見えるだけだ。

「……これが、なんなんだ」

「ちょっと重なってるんで分かりづらいですが、異人が三人、倒れてるんです。しかも全員、死亡しているものと思われます」

それ自体は、さほど珍しいことではない。

「仲間割れとか、そういうことか」

「その可能性もゼロではありません。ただ、前情報として、そういうことは一切なかった。あとで探りを入れても、グループ同士が対立している、みたいな噂《うわさ》は聞こえてこない。特にこの界隈《かいわい》では」

仲間割れではないとしたら、じゃあなんなんだ。

この街のジャンキーどもに、異人を襲撃する元気などあるまい。

「全く違う系列のグループの襲撃、ということか」

「その可能性はあります。ただ、この逃げていった四人の内、一人は名前が分かっています。バウアギという、十八区生まれの男です。バウアギは今、八区の仲間のところに身を寄せていますが、そこにイングゥという女がいます」

その女なら、たぶん知っている。

「ひょっとして、マッヒバの妹か」

「確か、坂間《さかま》主任のレポートで読んだ記憶がある。なんでも……十二区の暴動以来、やけに『使える』ようになったとか」

「ご存じでしたか」

なぜ「使える」ようになったのかという、その理由については何も書かれていなかったが。

上川が眉根に力を込める。

「そう、そのイングゥから、聞いた話なんですが」

どうやら、ここからが本題らしい。

「……バウアギは、E16の仲間三人は、悪魔に殺された、と言って、震え上がっているそうです。黒い悪魔が、大きな杖《つえ》で、仲間たちを次々と殴り殺していったと」

馬鹿馬鹿しい。

「よくまあ、あんな無教養な連中が『悪魔』なんて、詩的な表現を知ってたもんだな」

「教養がない分、ああいう連中はオカルトを信じやすいんですよ。ま、それはいいとして……バウアギがなぜ、その襲撃犯を『悪魔』と称したのかというと、シンプルに、角が生えていたからだそうです」

角で、悪魔か。なるほど。

「タロットカードとかに描かれてる、あの山羊《やぎ》の頭をしたアレ、みたいな感じか」

「『バフォメット』ですね。そこまで知ってて、バウアギが『悪魔』という比喩を使ったかどうかは分かりませんが、しかしですよ。ヤクザも警察も恐れないあの手の輩《やから》が、逃げ込んだ先でまだ震え上がってるってのは、ちょっと面白いと思いませんか」

確かに。あまり聞かない話ではある。

4

休みの翌日は、また第一当番に入る。

辰矛は、一当の朝は五時五十分起床と決めている。一応アラームもセットしてはいるが、鳴る数分前にはたいてい目が覚める。思った時間に起きられる、そういう体質なのだと思う。お陰で警視庁入庁以来、寝坊で遅刻というのは一度もしたことがない。

身支度を整えたら六時半に出発。途中でパン屋に寄っても、七時十分前後には第十六区中央分駐所に着く。

「おはようございます。お疲れさまです」

受付の係員に挨拶し、階段の方に進む。

二階にある二機制の待機所には、前日から二当に入っている隊員がいる場合もあれば、分隊長が一人残っているだけ、という場合もある。いずれにせよ、待機所が無人ということはまずない。もし無人になるとしたら、もうその時点で、かなりの大事件が起こっているものと思った方がいい。

「おはようございます。お疲れさまです」

待機所の広さは百平米ほど。五十人分のロッカーと、休憩用の椅子、テーブルがフロアの大半を占めている。あとはシャワールームが三つ、更衣室が五つ。他の分隊も合わせると女性隊員は十一名いるので、更衣室はもう少しあった方がいいのでは、と辰矛は思う。

入って左奥。無線台の前にいた、第一分隊長の石水《いしみず》警部補がこっちを向く。パッと見、石水以外に隊員の姿はない。

「おう、おはよ……早いな、いつも」

「早く来ないと、これ、買えないんで」

駅の近くにあるパン屋の、手作りサンドイッチ。辛子の利いたハムサンドと、マヨネーズ多めの玉子サンドが人気で、これが買えるか買えないかで、その日のやる気は変わってくると言っても過言ではない。

辰矛の次に来るのは、同じ装着員の大迫巡査長か、吉山だ。

今朝は吉山の方が早かった。

「おはようございます……」

昨日の休みに買い物に付き合って、の今日なので、なんというか、照れ臭さと、ある種の、緊張感みたいなものがある。

昨夜、二十一区にある女子寮まで吉山を送っていき、「じゃあ」と別れるまで、辰矛は結局、何も言い出せなかった。

今日のことは、隊内では黙っていようとか、富樫にはそれとなく伝えておいた方がいいかも、とか、そういうことも言えなかった。なので、今ここで「昨日はありがとうございました」みたいに吉山に言われたらどうしよう、というのがまずある。

「おはよう……」

だが、すぐに大迫が来て、続いて種田警部補、一緒に第一当番に入る第三分隊のメンバーも入ってきたので、そんなプライベートじみた会話をすることは、結果的にはなかった。

吉山は朝食まで済ませて出勤するようだが、大迫は辰矛と同じく、待機所に来てから何かしら腹に入れる。

食べ終えたら、血圧と脈拍の安定剤を服用するのも一緒だ。

「大迫さん。それ、牛乳で飲むのはマズいんじゃないっすか」

「変わりゃしねえよ、こんなもん。飲んだって飲まなくたって」

「そうっすか？　自分はなんか、やっぱり飲んだ方が、動き、楽な感じありますけど」

「迷信だよ、迷信。じゃなかったら、なんとか効果だろ」

プラセボ効果のことかな、とは思ったが、大迫が別の隊員と話し始めてしまったので、それは言いそびれた。

装着員は装甲防護服に、狙撃手は出動服に、それぞれ勤務開始までに着替えておく。

辰矛の場合は、背中のジッパーを吉山に上げてもらって、

「上げますよ」

「……はい、サンキュ」

電源ボックスは富樫にセットしてもらう。

「接続……はい、完了」

「じゃ、電源入れます……はい電源、確認しました。オッケーです」

八時半には、今日第一当番に入る、第三小隊第二分隊及び第三分隊向けの朝会《あさかい》が開かれる。

その頃には、第二当番の隊員も何組か戻ってくるが、彼らは参加せず、思い思いの場所で休憩をとる。

朝会では主に、第二当番隊からの申し送りや注意事項、本部からの通達、前日から今朝にかけて発生した事件の概要などが伝えられる。

種田分隊長がそれらを、淡々と読み上げる。

「……四区、Ｓ７に急行したものの、犯人グループは逃走。マル害（被害者）を保護し、本件は四区中央署刑事課に引き継いだ。本件に関する捜査本部設置の有無は未定。昨日から今朝にかけての、取り扱い事件については以上。本日も、受傷事故等ないよう充分留意し、任務にあたってください。よろしくお願いします」

「気をつけ。敬礼……休め」

朝会が終わったら、とりあえず待機状態になる。

管区の巡回に使用する、ワンボックスタイプの車両が余分にあればいいのだが、この分駐所には全部で五台しかない。それらが戻ってこないことには、当たり前だが次の当番隊は出動できない。

使用する車両は概《おおむ》ね班ごとに決まっている。辰矛たちが乗るのはいつも四号車だ。

それが、ようやく戻ってきた。

「お疲れさまです……すんません、遅くなりました」

頭を下げながら入ってきたのは、第二小隊第三分隊の森田《もりた》巡査部長だ。

遅くなったといっても、管区を巡回するのはあくまでも任務。別に遊んでたわけじゃないんだから謝る必要ないのにな、と辰矛はいつも思ってしまう。

その森田が、車両の点検表を石水分隊長に渡す。石水は帳簿に必要事項を記入したのち、その点検表を種田分隊長に渡す。種田がそれに確認の判を捺《つ》き、富樫が受け取る。

「じゃ、行ってきます」

ここからは班ごとの行動になる。

それぞれの装備品を持ち、待機所を出る。困るのは、装甲防護服を着ていると、廊下で誰かとすれ違うのが難しい、ということだ。壁に張り付くようにして、それこそ「すんません」などと詫《わ》びながら、先に相手に通ってもらう。最悪なのは、装着員同士の鉢合わせだ。そうなったら車と同じ。どちらかが広いところまで下がって、融通し合うしかない。

今朝は、誰ともすれ違わず階段まで来られたのでよかった。

「富樫さん、肩に糸屑《くず》付いてますよ」

「吉山、優しい」

「自分で取ってください」

「吉山……厳しい」

一階まで来たら、富樫が点検表を受付にいる配車係に見せ、配車台帳に所定事項を記入し、四号車のキーを受け取る。

「お気をつけて」

「はい、行ってきます」

庁舎の一階は、面積の半分以上が駐車場になっている。そこに駐《と》めてある四号車の前まで行き、富樫が点検表を構える。

車体はどれも、濃い紺色だ。

「では車両点検、お願いします」

「はい。車両点検、開始します」

車両点検は狙撃手の仕事。というか、装着員は屈んだりしづらいので、やらなくていいことになっている。

吉山が、一ヶ所ずつ指差し確認していく。

「右後輪……異常なし」

「右後輪異常なし、了解」

所定事項の確認が終わったら、乗車。

「では、本日もよろしくお願いします」

「よろしくお願いします」

今朝は富樫が運転席、吉山が助手席。装着員は二列目に座るが、利便性を優先してその他のシートは取り外されている。なので、制圧隊仕様のワンボックスカーは基本三人乗りになる。また、二列目以降は窓がないので薄暗いが、前を向いていればさほど苦にはならない。

分駐所を出て、まず国道の方に進む。どこかから応援要請がくるまでは、このまま管区を巡回することになる。

当然、隊員同士で無駄話くらいはする。

富樫がぼんやりと呟く。

「あれ、いつ頃のなのかな……『スワロウテイル』って映画、昨日、たまたま見ててさ。なんか、ちょっと今と重なる部分あるんだよな、設定が……深町、見たことある？」

巡回中はヘルメットを装着しないので、会話は普通にできる。

「いや、でもタイトルは知ってる」

「吉山は」

「知らないです。私、映画とかあんまり見ないんで」

「ああ、そう言ってたね、前も」

国道から左折して、十四区方面に向かう。

富樫が、ハンドルを戻しながら訊《き》く。

「じゃ吉山は、昨日、何してたの」

ヒヤリとしたのは、辰矛だけだろうか。

吉山の横顔に動揺の色はない。

「昨日は、買い物に行きました」

「へえ。どこに？」

「十三南です」

そこ、正直に言うのか。

富樫の質問は続く。

「なに買ったの？」

ジッポーの、ライター。

「ライターです。ジッポーの」

「え、吉山ってタバコ吸うんだっけ」

兄へのプレゼントです。

「いえ、私、兄がいるんですけど。近々東京に来るっていうんで、じゃあ、誕生日も近いから、何かプレゼントでもしようかな、と思って」

嫌な予感が、軽い痺《しび》れとなり、全身に広がっていく感覚が、ある。今こそヘルメットをかぶって、自分の脈拍と血圧がどうなっているのか確かめたい。

「吉山、優しい……いいなぁ、吉山みたいな妹がいるなんて。羨ましいよ」

おい、吉山、そこで黙るな。二人で会話を続けろ。

「じゃあ、深町は？　昨日、何してたん？」

ほら、こっちに回ってきたじゃないか。

「あ、俺……俺は、寝てた」

「ずっと？　一日中？　そんなことねえだろう、さすがに」

面倒臭いことになってきた。

「……まあ、飯くらいは、食いに、出たけど」

「なに食べたの」

マズい。それっぽい嘘が、すぐには思いつかない。

「えっと……ナポリタン、うどん」

「ハァ？　なんだって」

失敗した。ラーメンとでも言っておけばよかった。

「だから……ナポリタン、うどん」

「ナポリタンと、うどんってこと？　それとも、ナポリタンな、うどんってこと？」

「ナポリタンな、うどん……かな」

吉山、今は黙ってろ。知らん振りをしろ。会話には入ってくるな。

「あ、でも私、それ食べたことあります。けっこう美味しいんですよね」

やめてくれ。もう、勘弁してくれ。


当番隊は休憩も交替制。

一定時間巡回したら、待機所に戻って食事を摂《と》ったり、用を足したりする。休憩は長くても二十五分程度。済んだら速やかに巡回に戻る。

「じゃ、行ってきます」

「はい、よろしく」

庁舎から出たところで、ちょうど大迫たちの班と入れ違いになった。

「どいてどいて。漏れる漏れる」

ヘルメットを脱いだ装甲防護服姿の大迫が、ドスドスと庁舎に駆け込んでいく。そのあとを、奥田と高岩が追いかけていく。彼らが手を貸してやらなければ大迫は用が足せないのだから、ああならざるを得ない。

富樫がぼんやりと呟く。

「ありゃ、間に合わねえな」

「いや、あれはまだ余裕あるよ。間に合うよ」

「ほら、早く……富樫さん、キー貸してください」

再び三人で乗り込み、本日二度目の巡回に出る。後半の運転は吉山が担当する。

雲行きが怪しい他は、特に何もない午後だった。

環状七号線を南下し、十五区から十四区方面に進む。

事件発生率の高い「警戒重点地域」とされているエリアに向かい、辺りを二周、三周してみる。だが、そう都合よく事件が起こるはずもなく、富樫の「異状なし」のひと言を合図に、エリアを離れる。

だが夕方、十六時半を回った頃だ。

突如、車載無線ががなり始めた。

《至急、至急。警視庁から各局、各移動。十七区、C32の96で暴行事件が発生中。捜査中のPMが解体中のビルに連れ込まれ、暴行を受けているとの通報。各移動、各PMは現急されたい。整理番号、三百二十二番。どうぞ》

十七区C32。近い。ここからだと五分くらいか。

助手席の富樫が車載無線のマイクを摑む。

「二機制四、了解。現急します」

しかし、捜査中の警察官がビルに連れ込まれて暴行、とはどういうことだ。通報したのは誰だ。《捜査中》というくらいだから、連れ込まれた警察官は刑事ということか。だとしたら制服ではなく、私服だったと考えていい。私服では、一般人には警察官かどうかの判断はつくまい。つまり、通報したのも警察官ということか。一緒に聞き込みをしていた、相棒が通報したのか。それは一体、どういう状況なのか。

ダッシュボード中央にあるモニター画面には地図が表示されている。赤い二重丸は、通信指令本部が打ち込んだ事件現場を示すマークだ。ちゃんと【322】と整理番号も横に出ている。

吉山がアクセルを踏み込む。

「赤灯《あかとう》、要らないですよね」

富樫が頷く。

「状況が分かんないから、まだいいだろ」

辰矛も同意見だ。赤色灯もサイレンも、まだいいと思う。幸い道は空いている。

すぐに続報が入ってきた。

《至急、至急。警視庁から各局、各移動。整理番号、三百二十二番関係。十七区C32、96の暴行事件について。マル害とされるPMは、十七区西警察署、刑組（刑事組織犯罪対策）課、カドイミツヒコ巡査部長。通報者は同署、同課のアサノマミ巡査部長。マル被（被疑者）は五人以上。外国人のような風貌。各移動、各PMは現急されたい。どうぞ》

やはりそういうことか。《外国人のような風貌》と言うくらいだから、相手は異人と思っておいていい。

その異人たちが、解体現場で働く作業員かというと、必ずしもそうとは言いきれない。建物の解体を請け負い、しかし実際には作業を行わず、異人が棲み付いてしまうというのはよくあること。むしろ、それを狙って解体を請け負うケースすらあるという。そういう「占有物件」が、先日のような銃器密造工場になっていったりするのだ。

もう、現場とは目と鼻の先まで来ているはず。

土地柄としては、どうってことのない住宅街だ。ほとんどは二階建て家屋だが、中には三階、四階建ての集合住宅らしき建物もある。

ハンドルから左手を離し、吉山が前方を指す。

「あれかも」

富樫がモニター画面と見比べる。

「間違いない。そこの、自販機の先だ」

四階建てマンションの向こう隣。銀色の万能塀と建築シートで覆われた工事現場。

その前に立ちすくむ、濃い灰色の、パンツスーツ姿の女性。あれがアサノマミ巡査部長か。

辰矛はヘルメットを装着し、メインスイッチをオンにした。

眼前を覆うモニター画面に、現実の視界より少し明るい車内の様子が映し出される。
今のうちに無線の確認をしておく。
「こちら深町。メリット交換願います」
《こちら吉山、メリット良好》
《こちら富樫、メリット良好》
「こちら深町、メリット交換完了」
吉山が、現場の十メートルほど手前に車を停める。
富樫が車載無線のマイクを構える。
《二機制四から警視庁、二機制四から警視庁、どうぞ》
《こちら警視庁。二機制四、どうぞ》
《整理番号、三百二十二番関係、現着。これから現場に向かいます。以上》
《警視庁了解。受傷事故に留意願います》
マイクを戻したら、富樫と吉山はテーザーガンを携行して降車。辰矛も大盾を持ち、左側のスライドドアから降車した。ドアの開閉は富樫がやってくれた。
吉山が現場前の女性に駆け寄っていく。
《二機制です。アサノ巡査部長ですか》
相手の声もボディマイクが拾ってくれる。
《はい、あの……》
声もだが、もうその顔が、完全に泣いてしまっている。
《カド……カドイ巡査部長が、中に》

《分かっています。中にいる警察官はカドイ巡査部長一人ですか》
《はい》
《相手は何人でしたか》
《分かりません、大勢……でも、五人は間違いなく》
《相手の武器は》
《分かりません》
《建物の内部構造は》
《……分かりません》
《あなたたち、拳銃は》
《持ってません》
所属が所轄署の刑組課では、拳銃を携行していなくても致し方ない。
富樫がこっちを向く。
《とりあえず、行くしかないな》
「ああ。行こう」
辰矛が盾を構え、左に富樫、右に吉山という並びで現場前まで行く。一瞬、大迫たちや第三分隊の到着を待つ、という考えが頭に浮かんだが、敵は少なくとも五人以上、カドイ巡査部長は孤立無援。一秒でも早く介入すべき状況と、辰矛は判断した。
「A隊形、通常進行で」
《了解》
《了解》

辰矛から、現場内に入る。

万能塀の内側には建築シート、さらにその内側には鉄パイプで足場が組まれている。可能な限り上体を反らせて見上げたが、真上に人がいるということはなさそうだった。動くものもない。

右手で「前進」と示すと、富樫と吉山も入ってくる。基本的にはこの動きの繰り返しだ。装着員が先に進んで安全確認をし、狙撃手がそれに続く。銃撃があれば、第一撃は装着員が喰《く》い止め、安全な場所まで後退。そこで狙撃の態勢を整える。いきなり襲い掛かってくるようであれば、スタンナックルで撃退、キャプチャーで確保だ。

現場内に照明の類はない。だが、カメラが自動で暗視モードに切り替わっているので、通路も奥の方までよく見えている。突き当たりから、右に行けるようになっているのも分かる。その手前にドアが一ヶ所。壁も天井も、内装材は完全に剥がされている。床は、石貼りなのかもしれないが、今は砂が載って真っ白に見える。

曲がり角の手前にあるドア。その取っ手に、手を掛ける。

心の中で三つ数え、開けると同時に、ドア口を大盾で塞ぐ。

《……》

銃撃も、襲い掛かってくる者もない。

富樫が、テーザーガンのグリップに内蔵されたサーチライトを室内に向ける。

誰もいない。

ただの空室。

そう、思った瞬間だった。

「……ん」

頭上から、ギイ、と聞こえた気がし、視線を上げた途端、ゴゴッ、とか、バリバリッ、という破壊音が一斉に鳴り響いた。まさに、解体現場で屋根を引き剝がすときのような、雷鳴のような音が連続した。

視界はすでに、白い煙に閉ざされて何も見えない。

しかも、何かが倒れてきたのか、辰矛自身も前のめりに体勢を崩してしまった。近くには摑める物もなく、完全に突っ伏してしまう。

《ンナッ》

富樫、どうした。今、自分たちはどうなっている。

《アアッ》

吉山、何があった。何が、どうした。

白い煙の向こう。人の、下半身のようなものが見えてくる。作業用ズボンを、穿いているのか。

一人ではない。

二人、三人。

《……あっ、イヤァァアアーッ》

吉山、どこだ。どこにいる。

それを問う間もない。

「ンブッ……」

いきなりだった。起き上がろうとした辰矛の、プロテクターのない脇腹を、衝撃が襲った。

車両の下敷きにでもなったかのような、硬さと、圧倒的な重さ。

眼前のモニター画面。波のように揺れる、白い煙。薄くなったそこに浮かんだのは、見覚えのない、だがひと目で「異人」と分かる、たとえて言うなら、閻魔《えんま》のような形相の、男の顔だった。

男は《オルメッックゥゾ》とか、そんなことを口走った。

次の瞬間、男の顔は煙の中に消え、だが一秒もしないうちに、

「んぶオッ……」

またもや、あの衝撃が脇腹を直撃した。

ダブル・ニードロップか。男は高く跳び上がり、両膝を揃えて、そのまま辰矛の脇腹に全体重を浴びせてきたのだ。さらに、ヘルメットを押し潰すような衝撃も加わる。

おそらく、この部屋の天井は最初から崩れかけていた。そこに何人かの異人が乗って、天井ごと、辰矛たちに襲い掛かってきたのではないか。

何メートルか先。床に仰向けになっている、あれは誰だ。

《……》

大きな人影が、真っ白に汚れた出動服の誰かに跨《また》がり、ボウリングの球くらいありそうな拳を、ごつん、ごつんと繰り返し、その顔面に落とすのが、見える。

狙撃手のヘルメットは、フルフェイスにはなっていない。

ヘルメットの中から、何かが飛び散るのが見える。

やめろ、やめてくれ――。

《……》

富樫の無線も、吉山の無線も、沈黙したままだ。

辰矛自身も、とてもではないが声を発せられる状態ではない。

目の前を行き交う脚の数は、増える一方だ。

五人、六人——もう、数えきれない。

また脇腹に、二百キロ級の衝撃を喰らった。

辰矛は、薄れていく意識の中で、奇妙な光景を見ていた。

出動服の誰かに跨っていた異人が、ヒュンッ、とワイヤーで吊り上げられたかのように、宙に浮かび、カメラの視界から消えた。

他にも、吹き飛ばされるようにして、一人。薙《な》ぎ払われるようにして、一人。また一人。もう一人。

異人たちが、次々と辰矛の視界から消えていく。集音マイクが破損してしまったのか、音は全く聞こえない。

依然として、この現場内に明かりはない。よって辰矛が見ているのは、かろうじて損壊を免れたヘルメットのカメラ、それによる暗視モードの映像だ。全ての物が白けて、まるで自ら光を発しているかのように見える。土埃《つちぼこり》も、床を覆った砂も、落ちてきた天井材も、倒れている隊員の出動服も、何もかもだ。

そんな中に辰矛は、真っ黒な人影を、見ていた。

全身が、なんというか、太い。

それを「牛のようだ」と思ったのは、たぶん偶然ではない。

その、漆黒の人影には、頭に二本、角が——。

5

それまでは、楽しかったんだ。

天気もよかったし、まだそんなに寒くもなかった。むしろ、ちょっと動くと暑いくらいだった。だから、たぶん秋の初め頃だったんだと思う。

カンちゃんと、モッくん、アツヒロ。あの日、ミッコはいたのかな。いたか。そうだ、いたよ。だって、ミッコが持ってきたロープで遊んでたんだから。他にも誰かいたっけな。どうだったろう。思い出せない。

山っていったって、ちょっと入っただけだよ。何百メートルも登ったわけじゃない。高さで言ったら、十メートルとか、二十メートルとか、それくらい。少し眺めがよくなった辺り。しょせん、子供のすることだから。

最初は、ブランコを作ろうとしてたんだ。たまたま手頃な丸太が転がってたから、なんてことは、ない。いくら山ん中だからってあり得ない。もう時効だから言うけど、盗んだんだ。薪《まき》にするために、短く切って積んである中から、ちょうどよさそうなのを一本だけ。炭焼き小屋のだったのか、普通に暮らしてる、誰かの家のだったのか。それももう、覚えてない。

丸太を座るところにして、それをロープで樹《き》の枝から吊るして、って思ってたんだけど、なかなか上手くいかなくて。ノコギリでもあれば、丸太に切り込みとか入れてね、引っ掛ける部分を作ってさ。そうできていたら、上手くいってたと思うんだ。でも全然。何しろ子供だから、ロープの結び方も適当だしね。ちょっとやっちゃあ、スルン、って解《ほど》けちゃって。そのたびに、乗ってた誰かが落っこちて。みんながそいつのことを笑って。笑われたそいつも一緒に笑って。そういうのが、楽しかったんだな。別にブランコなんて、できたってできなくたってよかったんだ。

最後はターザンだよ。さすがに結び目くらいは作れるからさ、太めの枝から吊るして、その結び目に足を引っ掛けて、ぴゅーん、ってやるわけ。崖ってほどじゃないけど、足の着かない、谷側に向かってさ、思いきり飛び出すんだ。

本当はね。向こうが海になってるところで、それをやれたら気持ちよかったんだろうけど、そういうところには、ちょうどいい樹がないもんなんだよ。だから、谷間の方に飛び出して、ちょっとだけスリルを味わったら、反動で返ってきて、それを何回かやったら、次のやつに交替する。そういう遊び。

いつ、誰がそうなっても、おかしくはなかったと思う。それがたまたま、俺のときだったってだけで。

枝が折れたんだか、ロープが解けちゃったんだかは、よく覚えてない。ふわっと浮かんで、すぐに墜落していって、ガサガサガサガサァーッ、って。バタバタッ、ゴロゴロゴローッ、って。

岩だか、樹の根っこだか分からないけど、あちこちに打ち付けてさ。頭も、感覚的にはパックリいってると思った。痛くて、熱いんだ。熱いものが、頭からドロドロ、ドロドロ、広がってくるんだ。

タッちゃーん、タツムーッ、って上から聞こえたけど、返事なんてできる状態じゃなかったね。

瀕死《ひんし》。そんな言葉は知らなかったけど、あれはまさに、瀕死の状態ってやつ、だったんじゃないかな。

それから、日が暮れて暗くなっていったのか、それとも意識が遠退《とおの》いていったのかは、分からない。でも、だんだん寒くなってったのは、なんか覚えてる。痛かったし、寒かったし、何しろ怖かった。都会と違って、真っ暗だから。田舎の山の真っ暗は、本当に真っ暗なんだから。なんにも見えないんだから。

でもそんな中で、誰かが助けてくれたんだと、俺は思ってたんだ。あとから聞いた話だと、夜が明けてから、捜索に入った消防団の人に助けられたってことなんだけど、実際そうだったのかもしれないけど、ちょっとね、なんか俺の記憶とは、違うんだよな。

暗い中で、真っ暗闇の中で、誰かが——。

最初に感じたのは、ニオイだった。

薬臭さ。消毒薬とか、そういうニオイだ。

そのあとに、音。低く、途切れることなく続く風の音と、ピッ、ピッ、という電子音。ゆっくりと目を開けると、虫食い模様の天井材と、L字にカーブしたレールと、それに吊るされた白いカーテンが見えた。

病室か。空調と、心電図の音か。

両腕、両肩、首、腰、両脚。軽く揺するように、自分で動かしてはみたものの、思ったように動いたのは左腕と首だけだった。他は固定されているのか、神経が切れてしまっているのか、とにかく動かせない。切断されていてすでにない、という可能性もある。

「……あ……あ……」

酸素マスクの中でだが、声は出せる。目も見えるし、音も聞こえる。ニオイも分かる。

記憶をたどることも、できる。

解体中のビル。十七区の。

落ちてきた天井。

視界を覆った、白い闇。

やっちまったな、という言葉が、浮かんできた。

「ああ……やっちまった」

声に出してみても、何も起こらない。

左の方に、たぶんこの病室の出入り口はある。人が行き来する気配や、ちょっとした話し声が聞こえてくる。右側には窓があるのだろう。もしかしたら朝日なのかもしれないが、イメージ的には夕焼けに近い、橙色《だいだいいろ》の陽光が射《さ》し込んできている。

カーテンで周りは見えないが、近くに人の気配はないので、たぶん個室なのだと思う。差額ベッド代、高いのかな、と思ったのはほんの一瞬だった。職務中の受傷なので、間違いなく公災は下りる。そこは、そんなに心配しなくていい。

それよりも、だ。

落ちてきた天井。渦巻く白い闇。脇腹を襲った衝撃、激痛。鼓膜を突き破るような悲鳴。何人分もの脚。荒れ狂う暴力。恐怖。硬直。激痛。悲鳴。暴力。異人。飛び跳ねる異人。任務。重力。朦朧《もうろう》。暗黒。人影。暴力、暴力、暴力。

吉山――。

叫びが腹の底に膨らみ、胸の内側を迫《せ》り上がり、声門を押し破り、脳内に流入し、激流となって荒れ狂う。

吉山、吉山——。

ふいに、カーテンが引き開けられた。

「……深町さぁん、お目覚めになりましたかぁ」

高く、柔らかな女性の声。

黒髪を、三つ編みにした看護師。

「いかがですか、ご気分は。痛いところとか、ありませんか」

大丈夫です、というひと言が、どうしても出てこない。

「意識が戻られたこと、上司の方に、連絡しておきますね」

それだけ言い置いて、彼女は出ていった。

目尻から、耳に流れ落ちた涙が、冷たい。


種田分隊長が病室を訪れたのは、もうすっかり暗くなってからだった。

「よう……どうだ、気分は」

小さく、頷くのが精一杯だった。

今日の時点で、事件からすでに二日が経っていることは、看護師に確認したので分かっていた。

種田が、その辺にあった丸椅子を引っ張ってきて座る。

「怪我《けが》の具合は、担当医から聞いたか」

それにも、頷いておいた。

右前腕に亀裂骨折、右膝前十字靱帯《じんたい》が部分断裂、右側の肋骨《ろっこつ》が二本折れている他は、何ヶ所かの打撲、擦過傷がある程度。脳波も正常。腕や脚が切断されている、ということはなかった。

しかしこれだけは、自分で言葉にして、知らなければならない。

「分隊長。大丈夫ですか。吉山と、富樫は……」

最後まで、きちんとは訊けなかった。

種田が、まるで詫びるように、俯く。

「富樫は……まだ、意識が戻らない。頚椎を、かなり激しく、やられてるらしい。意識が戻ったとしても、回復には、相当な時間がかかるだろうと、言われた」

じゃあ。

「吉山は。吉山は、無事ですか」

種田は、こっちを見ない。

「吉山は……残念だった。助からなかった」

体温が、消失した。一瞬にして。

吉山、は——。

「富樫の、ボディカメラの映像が残ってた。体重が、百何十キロもありそうな異人に、馬乗りになられて、顔面を……タコ殴りにされてた。正直、遺族にも……見せられる顔じゃ、なくなってて……」

様々な機器に繋がれ、目を閉じた富樫の姿は、想像できる。

だが同じように、吉山のことは、思い浮かべられない。

彼女の顔も、今は、上手く思い出せない。

種田が続ける。

「カドイ巡査部長は、一階の奥の部屋で発見された。吉山同様、撲殺されたものと見られている。現場には、捜査一課が入って、捜査を始めてる……すまん。順番が、逆になったが、犯人グループのうち、三名は逮捕した。大迫たちが、現着してすぐに、その三名を制圧、確保した。ただ、四名は、逃げられた。アサノ巡査部長一人では、何もできなかったらしく、だがそれも、致し方ないとしか……」

あの解体中のビルから逃げていく、四人の異人。

その光景は、思い浮かぶ。

「その四名の中に、一人、かなりデカいのがいたらしい。それが、カドイ巡査部長と、吉山をヤッたんだろうと、見られている。だが……それとは別に、だ」

種田が辰矛に向き直る。

「現場では、異人も二名、死亡している。あれは、どういうことなんだろう」

意味が、分からない。

「……異人が、二人」

「死亡時刻は、吉山と変わらない。つまり、君らが現場に入ってから、ということなんだと思う」

駄目だ。何も、考えられない。

「一人は頸椎の骨折、一人は頭蓋骨の陥没骨折。最初は、二階の床が落ちたのと関係があるものと考えられていたが、すぐにその説は否定された。天井は、数本の角材とロープで吊られていたと、調べによって分かった。これは、通常の建築には用いられない工法らしい。そもそもあのビルは鉄筋コンクリート製だ。常識から言って、二階の床だけ、木造にしたりはしないってことだ」

分からない。種田が何を言っているのか、全く。

「どうやら、誰かに踏み込まれたら……つまりは、警察のガサとか、制圧隊とか、そういうことなんだろうが、ロープを解いて、角材を外すか何かすると、一気に天井が落ちるように、あらかじめ造ってあったらしい。ということは、それに巻き込まれて異人が二人も死ぬってのは、逆に言ったら考えづらいわけだ」

どういう意味だ。種田は、何を言っているんだ。

「深町。今のところ、こっちも全く分からないんだが、その二人、お前がヤッた、なんてことは、ないよな」

ヤッた、ってなんだ。

「……どういう、意味ですか」

「むろん、職務中の正当防衛だってことは分かってる。そんなことを言ってるんじゃない。ただ、現場で何があったのか、それは順を追って、辻褄《つじつま》が合うように、解明する必要はある」

ひょっとして。

「まさか……俺が、異人を二人、殺した、ってことですか」

「そうは言ってない。ただ結果として、相手が死亡することだってあり得るだろう。そういう、混乱の中で起こったことなら致し方ない。それは俺たちだって、監察官だって分かってる」

無理をしてでも、笑いたくなった。

「そんな……あのときの俺に、異人を殺すなんて、できないっすよ。無理です。いきなり、天井が崩れてきて、下敷きになって、身動きが取れなくなって……パッドのない、脇腹に、全体重をかけて、膝を落とされて……俺が殺したんなら、殺したって言いますよ。その方が……」

自分自身、どれほど救われるか。

一つ、気づいたというか、思いついた。

「俺の、ヘルメットのカメラの映像は、残ってないんですか」

種田がかぶりを振る。

「お前のヘルメットは、損壊が激しく、メモリーの復元は難しいみたいだ。お前の、頭が無傷だったことが、不幸中の幸いと、言っていいと思う」

もう一つ、気づいた。

いや、思い出した。

あの白い闇の中で、自分は、黒い人影を見ている。


翌日、特別捜査本部の捜査員三名が、辰矛の病室を訪ねてきた。

警視庁刑事部捜査第一課管理官、黛《まゆずみ》警視。

同担当主任、伊藤《いとう》警部補。

十七区西署刑組課強行犯捜査係、担当係長、戸倉《とくら》警部補。

辰矛の左側、顔に一番近い位置に座ったのは黛警視だが、主に質問をするのは、その向こうの伊藤警部補だった。足の方にいる戸倉警部補は録音係なのか、あまり口は挟んでこない。

「……では、異人が殺される場面は見ていない、ということか」

吉山を殴っていたという巨漢も含め、周りにいた異人が、ひゅん、ひゅん、と飛んでいくのを見たような、そんな記憶はある。それと同時に、黒い人影を見た記憶も、薄《うっす》らとだがある。

だがそれは、明らかにおかしい。

カメラが暗視モードになっているときは、たいていの物が白っぽく映る。黒髪は灰色に。瞳に至っては、白く発光しているようにすら見える。あの場で辰矛が見た「白い闇」というのは、ほとんどは砂埃だろう。ワンタッチで落ちるように仕掛けられていた天井が巻き上げた、大量の粉塵だったに違いない。

そんな中で、人影が黒くなど見えるものだろうか。

あの手の映像で、最も黒く見えるのは通路の奥だ。距離があって、光が全く届かない場所であれば、さすがに暗く、黒く映る。

つまりは、虚無だ。

しかし人影が虚無とは、どういうことだ。

人形《ひとがた》のブラックホールみたいなことか。

あり得ない。馬鹿馬鹿しい。

そう、思ったときだった。

「実は、逮捕した三人の異人のうち、二人が、妙な供述をしている……悪魔が殺しにきた、みたいなことを、口走っている。むろん、異人の言っていることだから、鵜呑《うの》みにできるものではないし、そもそも『悪魔』というのも、何を意図した発言なんだか、汲み取れないというのが正直なところだ。通訳は何人も入れた。英語、スペイン語、アラビア語、ヒンディー語、トルコ語、ポルトガル語……異人のスラングが分かるなんていう通訳も入れて、何度も何度も質問したんだが、やっぱり悪魔とか、怪物、みたいな話になってしまう」

聞きながら辰矛は、顔から血の気が引いていくのを感じた。

実際、顔色が悪くなっていたのかもしれない。

黛管理官が覗き込んでくる。

「深町巡査部長、どうした。気分でも、悪くなったか」

好いか悪いかと訊かれたら、むろん好くはない。

「あ、あの……自分は、その……幻覚か、何かかと、思っていたので、あえて、申し上げませんでしたが……実は、自分も……妙な人影を見た、記憶は、あります」

ガタガタッ、と椅子三つ分の音がした。

伊藤主任が身を乗り出すようにして訊く。

「見たって、正確には何を見たんだ」

「ですから……人影、です」

「なぜそれを早く言わなかった」

「それも、ですから……幻覚かと、思ってしまったので」

「なぜ幻覚だなんて思うんだ、自分で見たことなのに」

「それは……あるまじきことでは、ありますが、混乱した、現場内の出来事でありましたし、視界も悪く、また……モニター越しの、決して明瞭とは言い難い、暗視モードの、映像でしたので……」

黛管理官が伊藤主任に訊く。

「彼の、その映像っていうのは」

伊藤主任はかぶりを振る。

「いえ、メモリーの復元は、現状不可能という回答を、科捜研からは得ています」

黛管理官が短く舌打ちする。

「……で、どうなんだ。君が見たのも、やはり、悪魔みたいな奴だったのか。あるいは何か、怪物じみた、特徴があったとか」

あまり、認めたくはないが。

「そう、言われてみると……そうだったかも、しれません」

「何が。どの辺りが、そうだったかもしれないんだ」

「それは、つまり……自分は、自分の受けた、第一印象は、恥ずかしながら……牛、みたいだな、と」

笑われても仕方ないと思っていたが、黛はむしろ、表情を一層険しくした。

「君の印象は、悪魔や怪物というよりは、牛なんだな？」

「いや、その……その瞬間は、そう思ったような、記憶がある、というだけで」

「それを今はどう思うんだ。異人二人は、悪魔とか怪物とか言っている。君は現場で、おそらく同じものを見て、だが君だけはそれを、牛だと思った。それらに共通するものとはなんで、相違点はなんだと思う」

そんなに、矢継ぎ早に訊かれても困る。

「……たぶん、角、かなと」

黛が目を見開く。

「その人影には、角があった……それは、間違いないんだな」

「申し訳、ありません。角があったかどうか、それが間違いないか、どうかは」

「すまない。私の訊き方が悪かった。君の印象に残っているその人影に、角を思わせる何かがあったことは、間違いないないか」

それなら、たぶん。

「……あくまでも、私の印象に、過ぎませんが……はい。あったように、思います」

黛が短く頷く。

「でも君は、それを悪魔とも怪物とも思わず、牛のようだと思った。なぜだ。何が違う。単純に言って、言語能力の著しく乏しい異人の供述なんざ当てにはできない。だが君の証言なら、日本人であり警察官である君の供述なら、我々も大いに参考にできる……よく、考えてみてほしい。君はその人影を、なぜ牛のようだと感じたんだ」

ザラザラとした、白い砂嵐の中に見た、黒い影。

角の生えた、怪物。

「……えらく、体格がよかったというか、四肢が太く、ガッシリとした印象だったから、だと思います」

今度はゆっくりと、黛は頷いた。

「日本人と比べたら、異人は押し並《な》べて体格がよく、身長も高い。筋骨隆々といったイメージだ。そんな異人に角が生えていたら、牛のようにも、見えたかもしれんな」

無意識のうちに、驚いた顔をしてしまっていたのだと思う。

黛が、照れ隠しのように手を振ってみせる。

「いやいや、本当に角が生えてたなんて、私だって思ってないよ。何かを頭に装着していて、それが角のように見えたってだけだろう。だとしても……うん。今の君の証言は、とても参考になったよ」

まさか、異人が、異人を殺した。

そういうことなのか。

第2章

1

芹澤は係長に呼ばれ、東京都第一区A3にある警視庁本部まで来ていた。

用件は分かっている。十七区で起こった事件について、公安部としての対応を決めておこうというのだ。

十五階にある、小さめの会議室のドアをノックする。

「……外事四課三係、統括の芹澤です」

《入れ》

許可が得られたからといって、そのまま入れるわけではない。ドアの右側にあるマルチスキャナーで、顔認証、指紋認証、静脈認証を受けてからでなければドアレバーは動かない。それでもパスワードの入力がない分、張込み拠点に入るときよりはチェックが簡易といえる。

「失礼いたします」

室内。奥に長い「ロ」の字に並べられた会議テーブル。

正面の議長席にいるのは外事四課長。その右側には国際テロ第二管理官、と第三係長。四課長の左側には第四係長、隣にいるのは第四係の統括主任だ。全員一応、名前も顔も知ってはいるが、そのようには考えないようにしている。佐藤《さとう》は佐藤であっても佐藤ではない。田中《たなか》も田中ではなく、高橋《たかはし》も高橋ではない。公安畑では、そう考えた方が何かと都合がいい。

芹澤は直属の上司、第三係長の手前まで進んだ。

「……申し訳ありません。遅くなりました」

そう口では詫びたが、二十区の拠点にいるところを『今すぐ本部に上がってこい』と言われたのだ。そんな、十分やそこらで着くとは誰も思ってはいまい。

四課長が頷く。

「いいから座れ」

「失礼いたします」

これで全員揃った、ということだろうか。

管理官が、手元のペーパーを手にする。

「では、始めます……配布資料にもある通り、先週土曜、六月の十四日、十七区西署管内で起こった事件についての、刑事部の報告等、情報を課内で共有し、今後の方針について確認しておきたい」

事件の内容なら、芹澤は概ね把握している。

十七区西署の刑組課係員二名が、現場となった解体中の四階建てビルを訪ねたところ、家宅捜索か一斉検挙と勘違いした異人グループが、係員二名を拘束の上、暴行。一名は建物外に退避したものの、一名は内部に引き続き拘束された。退避した一名がこれを本部に通報。四分後に機動制圧隊一個班が現着し、ビル内に入ったところ、異人グループは一階通路と中程にある部屋の天井を意図的に崩落させた。制圧隊員三名はその下敷きとなり、さらに異人から集団で暴行を受け、一名が死亡、一名が重体、もう一名も重傷を負った。異人グループのうち、三名は逮捕したが四名は逃走、二名は現場内で死亡していた。

この件について——。

管理官が訊く。

「件《くだん》の解体中物件を、異人グループが占拠していたというのは、ウチでは把握していたのか」

これの内偵に関して、芹澤は全くのノータッチだった。

代わりと言ってはなんだが、向かいにいる四係の統括が頷いてみせる。

「はい。あの辺に、違法薬物の保管場所があるという情報は、摑んでいました」

「進捗は」

「今回の現場となったビルと、その周辺にある空き物件まで……異人は何しろ、壊すのは得意ですから。壁をぶち抜いたり、地下を繋げたりしている可能性があったので、内偵を進めていました。進捗としては、六割か七割といったところです。まだ、警備部に流せるほど固まってはいなかった、というのが、正直なところでしょうか」

管理官が頷く。

「現場から逃げ出した女性巡査部長の供述によると、あの辺にヤクの密売所があると、そういうタレコミがあって、迂闊《うかつ》にも、先輩巡査部長と一緒に、覗きにいってしまった……と、いうことらしい」

異人が占拠している物件に不用意に接近し、引っ張り込まれて殺される、というのは間々ある話だ。一般市民でも、警察官でも。

管理官が続ける。

「この報告を見る限り、援軍を待たずに介入した制圧隊員の判断は妥当だったのか、という問題もありそうだが、それはまあ……こっちは関係ないからよしとして。多少なりとも内偵を開始していたとなると、その情報が共有されていたらウチの署員はこんなことにならなかった、などと言い出す馬鹿が……出てこないとも限らん」

四係の統括が、ちろりと上目遣いで管理官を見る。

「……焼いた方が、いいですか」

もともとは「書類を焼却する」、つまりは「隠蔽」を意味する隠語だが、むろん現代では書類を実際に火に焼《く》べたりはしない。報告書等のデータを消去、もしくは別の記録媒体に避難させた方がいいか、という意味だ。

それには四課長がかぶりを振った。

「いや、一部分だけ穴が開いても不自然なだけだ。そんなことはしなくていい。情報が回ってきてないと突き上げられたら、自前で収集してから動くよう徹底しろと、ご指導申し上げるまでさ」

管理官が「失礼いたしました」とでも言いたげに頭を下げる。

「はい、では……それとは別に、四名逃走、二名死亡。これに関する、照合可能なデータは公安部にあるか、との問い合わせがあったが、ないわけはないよな」

四係統括が頷く。

「あるには、あります。ただ、逃げた四人のうちの一人と、死んだうちの一人が、ウチの抱き込んでいる女と繋がっている可能性がありまして。殉職者が二名出ているので、情報を出し渋っている場合か、と言われたら返す言葉もありませんが、正直なところ……死んだ方はともかく、逃げた方に関しては、刑事部にタダでネタをくれてやるのは、どうも……気が進みません」

下手を打ったのは十七区西署と機動制圧隊。その尻拭いを任された刑事部捜査一課のために、なぜ公安部外事四課がひと肌脱がなければならないのか、というわけだ。

普段なら、芹澤も同じように考えたかもしれない。

だが今回は、少々事情が違う。

深町辰矛だ。

現場に介入した機動制圧隊員三名のうち、一人はあの深町辰矛だ。死亡してもいないし、重体でもないようだが、重傷を負ったというだけでも気にはなる。

先日の、十五区の掃討作戦に続き、本件。

双方の報告書に「深町辰矛」の名前がある。

ただの偶然かもしれないが、気になるものは気になる。

管理官が資料のページを捲《めく》る。

「一つ気になるのは……逮捕された異人のうち二人が、仲間を殺したのは悪魔だ、と言っている点だ」

新しい情報なのか、それは芹澤も知らなかった。

また、悪魔か。

六区東の路地裏で、異人三人が撲殺された。その現場から逃げ果《おお》せたバウアギという異人は後日、仲間は悪魔に殺された、と語ったという。

今回も、同じだというのか。

もう一枚、管理官が捲る。

「さらに、だ……これについて、唯一、意識を取り戻した機制隊員の深町巡査部長に聞かせたところ、彼は……彼も実は、それに似た何者かを見たと供述した。彼はそれを『悪魔』とは言わず、むしろ『牛のような』と言ったらしいが、これには重要な共通点がある。異人殺害現場で目撃された、その何者かには……その何者かの頭には、二本の角が生えているという点だ」

これも、バウアギの目撃談と一致する。

これが、異人どもが言っているというだけなら、妙な信仰でも流行《はや》り始めているのか、とか、奴らも売り物のクスリに手を出すようになったのだろう、と受け流すことができる。しかし、健康チェックに関しては他の警察官より格段に厳しい制圧隊、その現役隊員である深町が同じ意味の発言をしたとあっては、さすがに無視はできない。

三係長が、ふいにこっちを向いた。

「……どうした」

気づけば、他の四人もこっちを見ている。

どうやら、深町について一人で考え過ぎていたらしい。沈黙を深読みされてしまった。

いや。管理官辺りは、最初からこの機会を待っていたのかもしれない。

「君は、あれだな……十五年ほど前、十区中央署で、この深町巡査部長と一緒だった時期があるな」

この程度の下調べは公安部員ならば常識だ。管理官、自らがそれをしたか否かは別にして。

芹澤の答えは一つしかない。

「はい。彼は卒業配属だったと、承知しています」

「接点はあったのか」

「当時の署長が、武道訓練に非常に熱心で。地域課のみならず、内勤者もできるだけ朝稽古に出るように、との通達があり……そう言われてしまうと、各課から毎朝、最低一人は出ないとマズいだろうということになり、私も何度か、朝稽古に参加いたしました。深町とは、そこで知り合いました。私も彼も柔道でしたので、乱取りなどで、何度か手合わせもしたように記憶しています」

管理官が何度も小さく頷く。

「刑事部は当初、深町巡査部長が異人二名を殺害した可能性もあると見ていたようだが、調べを進めるうちに、その『悪魔』も異人なのではないか、という見方が強くなってきたらしい。外事四課としても、異人グループ内に対立構造があるのだとすれば、ぜひとも把握しておきたいところではある……というわけで、君には、深町巡査部長との接触を試みてもらいたい」

なるほど。

「それは、表でしょうか、裏でしょうか」

これには四課長が直々に答えた。

「表でいい。名刺も、外事四課のままで構わない。むしろ、その方が通りもいいだろう。制圧隊の作戦のお膳立てをしているのは、主にウチだ。怪我の具合はどうだと、見舞ってやるくらいの優しさは、あって然《しか》るべきだろう」

優しさ、ときたか。

馬鹿馬鹿しい。

「本命はなんですか」

「現場にいた四名の警察官のうち、深町一人が生き残った理由が知りたい」

「もう一人、一命を取り留めた隊員もいたのでは」

「あんなのは死んだも同然だ。数の内には入らん」

「深町が生き残ったのは、ダイバースーツを装着していたからではないんですか」

「そうかもしれん。だがそうではない可能性もある」

「悪魔が、深町にだけ手加減をしたということですか」

四課長が、ニヤリと片頬を持ち上げる。

「……かどうかを、探ってくれと言っているんだよ」

なぜ、そんなことを知りたがる。


深町が入院しているのは、十四区にある警察病院ということだった。

名前に「警察」と入ってはいるものの、実際には一般にも開放されている総合病院に過ぎないので、警察官なら顔パスで入れるとか、そういう特典があるわけではない。見舞いが可能な時間に、それなりの手続きを経て病室を訪ねなければならない。

病室は五二五号と、管理官から聞いている。

一階のエレベーター乗り場で一緒になったのは、パンパンに膨らんだバッグを抱えた年配女性と、芹澤同様、スーツ姿の男性二名。二階から乗ってきたパジャマ姿の男性は、年配女性と一緒に四階で降りた。五階で降りたのは芹澤だけだった。

五二五号室はどっちだ。

壁の案内標示を見ながら廊下を進む。すれ違うのはほとんど見舞い客だが、中にはエレベーターで一緒になった男性患者同様、パジャマ姿で歩いている者もいる。見た目ではどこが悪いのか分からない、とても元気そうな患者もいる。

五二五号室前まで来た。

とりあえず、ノックしてみる。

「……失礼します」

重めのスライドドアを開け、中を覗く。

一部、収納扉などが木製になっている他は、真っ白。実に病室らしい内装の病室だ。ベッドを囲っているカーテンも真っ白だ。

「突然、お訪ねして、申し訳ない。警視庁の、芹澤です」

自らカーテンを開けることはしなかった。引いてあるのは足元までなので、そこまで行って覗き込めばいいと思っていた。

だが、実際にそこまで行ってみると、

「……」

いない。縦半分に捲られた布団があるだけで、深町らしき患者はいない。

昼飯は終わっているだろうから、売店に何か買いに行ったとか、そういうことだろうか。あるいは他に見舞い客が来ていて、一緒にラウンジにでも行ったのか。

しばらく五階を歩き回ってみたが、それらしい男性を見つけることはできなかった。そもそも膝の靭帯を損傷しているのだから、そんなにあちこち歩き回れるはずはないと思うのだが。

エレベーター乗り場まで行って、戻ってまた五二五号室を覗いて。戻っていないことを確かめたら、反対側の一番奥にある自販機のところまで行って、また戻って五二五号室を覗いて。すれ違うパジャマ姿の男性の顔は、特に入念に確認して。

そんなことを繰り返し、また五二五号室前に戻ったときだ。

中から女性看護師が出てきたので、訊いてみた。

「恐れ入ります。ここの、深町辰矛さんは、今、検査か何かで出ているんですか」

看護師が、じっと芹澤を見る。

「お見舞いの方ですか」

「ええ」

「失礼ですが」

「警視庁の者です」

答えると同時に身分証も提示しておく。

彼女が短く、ほっと息を吐く。

「あの……いらっしゃらないんです、さっきから。喫煙室まで見に行ってみたんですけど、見当たらなくて」

「深町は、タバコを吸うんですか」

「いいえ、吸わないとは伺ってるんですが、一応、捜しに。どなたかの、お付き合いで行く場合もあるかもしれませんし」

ここまで看護師に捜されて、発見されないとは。

「深町は確か、脚も怪我しているんですよね」

「はい。右膝の前十字靱帯を部分断裂しています」

「それは、歩ける程度の怪我ですか」

「全く歩けないことはないと思いますが、かなりの痛みは伴うと思います。実際、意識が戻ってからも、今日のお昼までは、あまりベッドからお出になりませんでしたし」

「トイレは」

「摑まりながらご自身でされていましたが、でも、トイレは病室内にあるので、それはそんなに、難しくはなかったと思うんですが」

その後も三十分ほど捜してみたが、結局、深町を見つけることはできなかった。

何か分かったら連絡をくれるよう、看護師には部署名が【総務部】となっている名刺を渡しておいた。

病院の玄関を出たところで、係長に連絡を入れた。

「……もしもし、芹澤です。深町、病院を抜け出したみたいで、見当たらないんです。ひょっこり帰ってくる可能性もないではないですが、念のため、これから自宅《やさ》に行ってみます。住所、調べてもらっていいですか」

深町の住まいは二十区ということだった。

タクシーで向かい、少し離れたところから様子を窺《うかが》い、暗くなっても明かりが点《つ》かなかったので、近くまで行って調べてみた。

電気メーターは待機電力程度にしか回っていなかった。裏に回って、外壁にコンタクトマイクを仕掛けてみたが、二時間、内部から音は全くしなかった。

病院にも、自宅にもいない、か。

どこに行ったんだ。あの野郎。

2

彩りのない、銀色の街が、ぐるぐると回っている。

この坂を、吉山と一緒に、歩いて上った。

あれは三日前。いや、四日前。どっちだ。

吉山くらいの歳の女性も、たくさん歩いている。同じくらいの背丈だと、前に回って顔を確かめたくなる。

あれ、なんだ吉山、全然元気そうじゃないか。よかった、無事だったんだな。ほんと、よかったよ――。

この街を歩いていると、ちゃんと吉山の顔を思い出せる。

何か見つけたときの笑顔も。話が嚙《か》み合わず、口を尖《とが》らせたときの横顔も。

私、この曲好きなんですよ。え、どの曲？　いま流れてる曲です。ディスカウント・ストアの歌？　違いますよ、トゥルルルル、ってやつです。そんなの流れてた？　なんて曲？　もういいです。

自分は、本気で誰かのことを好きになんて、たぶん、なったことはなかった。だから吉山のことを、本当に好きなのかどうか、自分では分からなかった。

誰かを本気で好きになった経験があったら、分かったのだろうか。自分はこの人のことが好きだって。命に代えてでも守りたい、守ってみせるって、思えたのだろうか。

自分の気持ちが足りなかったから、結局、吉山を守れなかった。自分だけ、防護服の分厚い装甲に守られて、のうのうと生き残ってしまった。

折れた右腕は、薄型のアルミ製ギプスで固定してあるので、無理に捻ったりしなければ痛みはない。肋骨も二本、折れているという診断だった。確かに、最初は息を吸うたびに痛かったが、早くも痛くない呼吸法を会得してしまったのか、もう右脇腹もそんなには痛まない。いま一番痛いのは右膝だが、これだって、歩いているうちにだいぶ慣れてきた。そのうち、大丈夫になる。たぶん。きっと。

むしろ欲しいんだ。痛みが。腕一本、脚一本失うことなく生き残ってしまったこの俺を、裁いてくれ。もっと厳しく、もっと惨《むご》たらしく、痛めつけてくれ。

映像の復元は難しいと言われたが、辰矛はカメラ越しに、リアルタイムで見ている。誰かが巨漢の異人に組み敷かれ、顔面を殴り潰される瞬間を。あれが富樫だったらよかった、などとはもちろん思わない。でも、吉山であってほしくはなかった。それだけは、認めたくなかった。

吉山と初めて会った日のことは、今もよく覚えている。

「本日付で警備部第三課、第二機動制圧隊、第三小隊に配属されました、吉山恵実巡査長です。よろしくお願いいたします」

制圧隊に配属される警察官は、女性であってもたいていは「いいガタイ」をしている。吉山だって、他の一般的な女性警察官よりは上背があったし、肩幅もあって筋肉質だったし、足腰も強かった。

同じ日に、第二小隊に入ってきた一つ年下の女性隊員と腕相撲《ずもう》をし、負けたときは顔をクシャクシャにして悔しがっていた。それまで、腕相撲で女子に負けたことなんてなかったのだそうだ。

それでも、よく見ると可愛い目をしていた。

「嫌いなんですよ、このツリ目」

そう言って、よく鏡を見ながら両手で左右の目尻を下げていた。それを富樫に見られ、「可愛い」と言われたときも、なぜだか怒っていた。

待機所には、装甲防護服用の乾燥室がある。六着か、詰めれば七着入るくらいの、要は乾燥機付きクローゼットだ。

辰矛は「臭いからいい」と言うのだが、吉山は「大丈夫です」と持っていってくれたり、出してきてくれたりした。

何度か「恰好いいですよね、装甲防護服って」と言うので、装着員になりたいのか、と訊いたこともある。

「そりゃ、なれるものならなりたいですよ。でも、希望出して配属されて……狙撃、ですからね。狙撃から装着員に配転って、かなり珍しいって言うじゃないですか」

そのとき、辰矛は「らしいよね」と答えたのではなかったか。

「つまり、一発で装着員になれなかったら、ほとんど芽はないわけで……それだけ、狭き門ってことなんですよね」

そんな話をしてるときにも、怒られたことがある。

「そんなに、自分で『臭い、臭い』言わないでください。深町さんのスーツ、別に臭くないですから。大丈夫ですから」

あのときは、ああそう、で終わりにしてしまったが、でも本当は、すごく嬉しかった。いくら機械で乾燥させても、消臭剤をスプレーしても、臭くないはずはないのだ。

電源ボックスを外したスーツは、単体でも八キロはある。それを、抱き上げるようにして乾燥機に運んでいく。

あの後ろ姿が、今は——悲しいくらい、愛《いと》おしい。


意味もなく、時間だけが過ぎていった。

空には闇が染み出し、やがて全てを覆い尽くした。

何もなかった。向かうべき場所も、守るべき人も。

だから、自分の部屋に戻った。

二十区に借りた、八畳にも満たないワンルーム。

事件の朝に出かけて以来だから、当然、室内はあの朝のままだ。

あの朝に戻れたら、自分はどうするだろう。

同じように出勤し、同じように巡回し、事件発生の報を受けたら、同じように現場に向かうだろう。

でも、同じように現場には入らない、という選択肢はある。

あの時点では、現場に「介入しない」という選択肢はないと思った。少なくとも、辰矛は「介入」を選択した。富樫と吉山はそれに従っただけだ。

だがこうなってみると、「応援を待つ」という選択肢もあったのではないかと思う。実際「介入」したところで、カドイ巡査部長は救出できなかった。辰矛の選択は、吉山を死に追いやり、富樫を意識不明の重体にし、自身も負傷するという、被害を拡大させる結果にしかならなかった。

じっと暗闇を睨み続けて、知らぬまに眠りに落ちられたら、それが一番よかった。だが病院で寝過ぎたのか、いつまで経っても眠りは訪れない。カーテンを開けたままの窓に、ときおりヘッドライトの明かりが射し込むのを、唯一、自身の生存確認のように眺めている。

こんなとき、他の人だったら、どうするのだろう。何をするんだろう。復讐《ふくしゅう》か？　誰に。あの現場にいた異人どもにか。捜査一課ですらまだ犯人を特定できずにいるというのに、捜査のイロハも知らない自分が、あの異人どもをどうやって捜し出し、復讐するというのだ。

いや、そうとも限らないのか。

殉職したカドイ巡査部長は、捜査一課の刑事ではなかったが、でも十七区西警察署の、刑事組織犯罪対策課の刑事だった。刑事だった彼が、どれほどあのビルの危険性を認識していたかは分からないが、結果的には異人どもに拘束され、殴り殺された。

刑事は、よほどのことがなければ異人のアジトにまで踏み込んでの捜査はしない、と聞いたことがある。嘘か本当かは分からない。でも、あながちデタラメではないのだろうと、辰矛は思う。特にこんな事件だ。下手に聞き込みなんてしに行って、自分まで異人にとっ捕まって殴り殺されたら堪《たま》らない。そう考える者がいても不思議はない。

その点だけでも、確かめてみる価値はあるのではないか。

捜査一課は、この事件の捜査を、本気でやっているのかどうか。

砂色をした雲が、分厚く空に垂れ込めている。

十七区C32の事件現場近くに着いたのは、午前十一時過ぎだった。

本当に、どうってことのない住宅街だ。二階建て、三階建てが多く、四階になると頭一つ飛び抜けている感がある。銃器密造工場のあった、十五区南の街並みとは根本的に違う。

まず周辺に、日本人の生活実態がある。

多くの家が、窓辺やベランダに洗濯物を干している。お年寄りが、カートを押しながら歩道を歩いている。宅配便のワゴン車が路肩に停まっている。自動販売機が破壊されずに稼働している。道端に座り込んでいる人がいない。ゴミも落ちていない。異臭もしない。

だが、それが逆に怖ろしいと思う。

なんの変哲もない住宅街にあるビルが、いつのまにか異人に占拠されていたのだ。十七区西署の二人が、なぜあのビルに連れ込まれ、一人が殺害されたのか。詳しい経緯は聞いていないが、ひょっとしたら、カドイ巡査部長はアサノ巡査部長を逃がすため、自ら囚《とら》われの身となったのかもしれない。

彼は仲間を守るため、自らの命を投げ出したのかも――。

今、ビルの出入り口には黄色いテープが張られている。【警視庁　立入禁止　KEEP OUT】と印字されている、あれだ。

でも、それだけのようだった。

現場検証はとっくに済んでいるのだろうから、現場前に警察車両が見えないのは、ある意味当然だ。また捜査一課を中心とする特捜（特別捜査本部）の捜査員も、基本的には公共交通機関を利用して移動するので、周辺に捜査用ＰＣ（覆面パトカー）が停まっている、なんてことは通常あり得ない。

ただそれと、きちんと聞き込みがされているかどうかは、また別の問題になる。

辰矛は、辺りに開いている店を探した。一番近かったのは、タバコ屋を兼ねた文房具店だったので、とりあえずそこを訪ねてみた。

「ごめんください……」

カラフルなペン、大小さまざまな紙製品、判子、ペンケースといった商品が、棚の足元までびっしりと並べられた店内。

「いらっしゃいませ」

応対してくれた女性は、四十代だろうか。店構えからするとかなりの老舗のようだから、店主の娘さんとか、息子のお嫁さんといったところか。

キャッシャーのあるカウンターから、こっちに出てきてくれる。

「恐れ入ります。私、警視庁の、深町と申します」

分かりやすく身分証を提示しておく。

この、パスケース型警察手帳の身分証には名前と階級が載っているだけで、所属部署名は記載されていない。それでもこういう見せ方をすれば、一般市民はたいてい刑事の聞き込みのように思ってくれる。

申し訳ないが、今日はその勘違いを利用させてもらう。

「先日、そこのビルで起こった事件について、お伺いしたいのですが」

「ああ、はいはい」

彼女の様子に、これといった変化はなかった。こういった聞き込みにはもう慣れた、ということだろうか。

「すでに、他の捜査員が来て何度かお話は伺っていると思いますが」

しかし、これにはかぶりを振る。

「いいえ。今日、今あなたが初めてですけど」

これだ。結局これが、異人絡みの事件捜査の実態なのだ。

「初めて……それは、失礼いたしました。では、あの……事件が起こったとき、奥様は、どこにいらっしゃいましたか」

「奥様、じゃないですけどね。近所に住んでる、昔からの知り合いだから、たまに店番をしてるってだけなんですけどね」

こういう昔ながらの、人と人との繋がりがある、いい街なのに。

「すみません、つい……」

「いえ、いいんですけど……事件のときね。まあ、土曜日だったんで、普通に店は開けてましたよ」

「こちら、定休日は」

「日曜祝日だけ、ですね」

「事件が起こったとき、何か、見えたり聞こえたり、しましたか」

「ええ。なんか、バシャバシャバシャバシャーッて、それこそビルが崩れ落ちるみたいな、物凄《すご》い音がしましたよ。地響きも」

たぶん辰矛が、落ちてきた天井の下敷きになったときの音だ。

彼女は手振りも交えて続けた。

「ブワーッと、土埃みたいのが道まで噴き出してきて。大変でしたよ。夕方だったでしょ、あれ」

「ええ」

「まだ洗濯物とか取り込んでなかったところは、ドロドロになっちゃったんじゃないかしら。ここのほら、お爺《じい》ちゃんお婆《ばあ》ちゃんも、物干し場に普通に干すから。もう一回、洗濯し直したって言ってたわよ」

なるほど。

「ちなみに、現場となったビルについて、何かご存じのことはありませんか」

するると、苦いものでも呑み込むような顔をする。

「あれでしょ……異人」

知ってはいたのか。

「ええ、異人が……具体的には」

「最初はほら、解体の看板が出てたから、とうとう壊すんだなって思ってただけで。そういう業者って、最近は異人が多いじゃないですか。で、道を汚してもそのままだとか、平気でトラックで道を塞いで、文句言っても言葉が通じないから、ギャギャギャーッて、かえってこっちが怒鳴られて……おっかないしね、大きいのが多いから。だから、あんまり文句も言えなくて」

「それは、いつ頃のお話ですか」

「半年くらい前よ。工事が始まったのは」

普通、あれくらいの規模のビルなら、二週間か三週間で解体は完了しそうなものだが。

「でも、いまだにあの状態と」

「だから、壊さないで居座っちゃったパターンなんでしょ。異人が」

実際それは、日本各地で社会問題になっている。

「他には何か、ありませんでしたか」

「ああいう異人って、麻薬作ったり、ピストル造ったりするって言うでしょ。そんなの、怖いじゃないですか。だから、あそこのほら……コインランドリー、あるでしょ。あの角を左に曲がると、不動産屋さんがあるのよ。そこの社長が、イッコ前の町会長だから。その社長に、警察に動いてもらえないかって、相談しに行ったりね、してたんですけど」

その「相談」が、カドイ巡査部長たちの「捜査」に繋がったという可能性も、あるのかもしれない。

「実際に、異人の姿を見ることは」

「ありますよ。ありましたよ、しょっちゅう。我が物顔で歩いてましたよ、それまでは……まあ、事件以降は、ほとんど見なくなりましたけど」

ちょっと、気になる言い方だった。

「ほとんど、ということは、事件後も、少しは見かけるんですか」

それには、首を傾げてみせる。

「……まあ、それっぽい、ってだけかもしれませんけど。顔がそれっぽくても、言葉を聞くまでは、実際は分かんないじゃないですか、異人かどうかなんて。でも喋《しゃべ》れば、分かるじゃないですか。ゴニャゴニャゴニャーッて、なんか、そんな感じじゃないですか」

「です、よね……具体的には、何人くらい見ましたか、事件後」

「でも、見たって言っても一人か二人ですよ。二人か、三人か」

そこは、もう少し調べてみる必要がありそうだ。

「そうですか……分かりました、ありがとうございました。大変参考になりました」

早速その、一代前の町会長にも話を聞きに行った。

「ごめんください」

「はい、いらっしゃいませ」

七十過ぎの、立派な福耳の、恰幅のいい男性だった。

同様に身分証を提示すると、やはりいろいろと話してくれた。

「怖いよな、いつのまにか居ついちまうんだから」

だが、内容は文房具店の女性のそれと似たり寄ったりだった。事件後も見かけた気はするが、異人なのか、それ以外の外国人なのかは分からなかったという。

「ありがとうございました」

次は、どうしようか。

異人とて、腹も空けば喉も渇くだろう。コンビニや、食品を扱うような店には出入りしたのではないか、と考え、辰矛はそういった店を探して話を聞きに行った。しかしその手の店でも、奴らは黙ってレジ横に商品を置き、代金を払って出ていくだけだから、ただの外国人ではなかった、間違いなく異人だった、とまでは断言できないということだった。

十三時を回ったので、ラーメン屋に入って辛味噌《みそ》ラーメンを注文した。客は他に二人いたが、二人とも日本人に見えた。

店主に話を聞こうかとも思ったが、調理中は悪いような気がしたし、ラーメンができたらできたで、今度はこっちが食べるのに忙しくなった。結局、この店では食事をしただけになってしまった。

ドラッグストア、自転車屋、足つぼマッサージ、質屋。

そんなに密集しているわけではないが、探せば店はけっこうある。でも、辰矛が聞きたい話は、あまりそういうところでは聞けないような気がした。

いや、聞けないだろうと高を括って、飛び込むのを躊躇《ちゅうちょ》するから、聞けないのかもしれない。本職の刑事だったら、遠慮なく一軒一軒訪ねて回って、無駄でもなんでもいいから話を聞いて、そういう中から何かを摑み取るのかもしれない。

やっぱり、駄目か。体力自慢の制圧隊員が、見よう見真似《まね》で聞き込みなんてしてみたところで、この街にいた異人の情報なんて、拾えるわけないか。

もう諦めて、大人しく病院に戻って体を治すことに専念するか。それとも、とりあえずこの路地の奥まで行ってみて、探り探りでも聞き込みを続けてみるか。

そんなことを、考えたときだった。

路地の先に、駆け込むようにして二つ、人影が現われた。

別の足音が聞こえ、振り返ると、辰矛が曲がってきた角にも一人、同じように男が走り込んできて、足を止めた。

東京都内なのだから、道の先と後ろに人がいることは、決して珍しいことではない。だが、雰囲気というものがある。前にいる二人、後ろにいる一人。辰矛と同じくらいか、もう少し体格のいい三人。青いTシャツ、白いタンクトップ、黒いタンクトップ。いずれの上半身も筋骨隆々。肌は浅黒い。顔は、一般的な日本人より彫りが深いように見える。

挟まれた。そう思った方が、よさそうだった。

前から来る二人の、左側。青いTシャツを着た男が、口を開く。

「ギジャニギュンニャイア、ジョシホソヘトワイヌテイ、ヌテイッ」

むろん、意味など分からない。

「ヌテイッ、ウヌワッ」

最後のそれが、合図だったのか。

三人が同時に、前後から距離を詰めてくる。横目で確認すると、後ろから来る一人は何か棒状のものを持っていた。

鉄パイプか。

「ヌテェエーイアバッ」

あとは、一気だった。

背後からの一撃はすんでのところでかわしたが、青Tシャツの前蹴《げ》りは避《よ》けきれなかった。肋骨の折れた右脇腹に、もろに喰らった。

「ンぶッ……」

その後はもう、されるがままだった。

腹に膝蹴り、背中に肘打ちか、鉄槌《てっつい》か。後ろ腿《もも》への鉄パイプは効いた。一発で膝がイカレた。

「ンン……」

もう、体を「く」の字に曲げて耐えるしかなかった。かろうじて右側を下にすることはできたので、患部をさらに痛めつけられることは——最初はなかったけれど、でも、蹴られれば転がるし、転がれば右側もがら空きになる。

このまま死ぬのかな、と思った。

吉山も、富樫も、こんなふうに——。

3

意識は、飛んだり戻ったりの繰り返しだった。

乗せられたのは、屋根もないトラックの荷台。それでも逃げることはできない。両手首は後ろで、両足首は前後に交差する形で縛られていた。これでは仮に立ち上がれても、両足ジャンプすらできない。

暮れかけの空。

肌に直《じか》に当たる風。

数十キロの速度で流れていく街の音。荒いエンジン音。タイヤがアスファルトを掻《か》く音。

すぐ後ろにいる、何者かの気配。

薄目を開けていると気づかれたのだろう。右脇腹を殴られ、激痛に悶絶《もんぜつ》し、また意識が遠退いた。

急なブレーキで前方に転がり、運転席とを隔てるパネルに叩きつけられたこともあった。それで意識は戻ったが、直後に側頭部を殴られ、そこでまた記憶は途切れている。

意識がある間に、信号機の下にある案内標識が読めればよかったのだが、そう上手くはいかなかった。結局、自分はどこまで連れてこられ、どんな建物に運び込まれたのか。それを知るチャンスも、ヒントすらもなかった。

奴らの――異人の暴力には、遠慮も躊躇もない。

その多くは不法滞在者か、それらの末裔だ。この国にいるという時点で法を犯しているので、遵法精神なんてものは端《はな》からない。何か咎《とが》められたら、自らを省みるより先に相手を殴る、蹴る、刺す、殺す。それがこの国で生き抜いていく、最も手っ取り早い方法だという考え方だ。

次に意識が戻ったとき、転がされていたのはコンクリート剝き出しの床の上だった。とはいえ、建築途中のそれではない。明らかに、削岩機で削ったガタガタの床だ。おそらく、十七区の事件現場と同様の手口で占拠した物件なのだろう。

正面。かつて窓だった四角い穴に窓枠の類はない。あらゆる金属は取り外され、転売されたのだろう。四角い穴の向こうには、灰色の建築用シートが直接見えている。泥か塗料の類かは分からないが、撥《は》ねた何かが斑《まだら》になってこびり付いている。

時刻は、十七時半とか、それくらいだろうか。真っ暗になるまでには、まだ少し時間がありそうだ。

人の気配がし、慌てて目を閉じた。右側を上に寝かされていたので、できれば反対向きになっておきたかったが、そんな余裕もなかった。

何人か入ってくるのと同時に、パワーランプというやつか、工事現場によくある照明が点けられ、瞼《まぶた》の向こうが強烈に明るくなった。

思わず、眩《まぶ》しい顔をしてしまったのだと思う。

意識が戻っていることがバレてしまった。

また殴られるのかと思ったが、衝撃は、すぐには襲ってこなかった。

とりあえず、声をかけられた。

「ハオーウ……」

言いながら、目の前まで来てしゃがむ。

「ハオーウ、イアーフエ」

ペチペチと頰を叩かれた。

起きろ、というのか。

右目から開けてみると、カーゴパンツの大きな膝があった。そこにだらりと掛かる、大きな手。足音から、三人か四人はいそうだったが、正確なところは分からない。

「ハリイーワ、ナイリサヘ……ナイリ、サッヘ、サッヘウ」

口調は、意外なほど平板だ。少なくとも怒っているふうではない。

「ナイリ、サッヘ……デイール」

せめて首を横に振り、分からない、と示したかったが、それも体勢的に難しい。頰がコンクリート面に着いているので、かぶりを振るだけで頰を擦り剝くことになる。

「サッヘ、デ、イールッ」

段々、語調が荒くなってきた。明らかに苛立《いらだ》ってきている。

「サッヘ、デ、イール、サッヘ、サッヘッ」

ひょっとして、何か訴えているのか。

殴りもせず、蹴りもせず、同じ言葉を繰り返す。だが、今の辰矛にできることは何もない。両手両足の自由を奪われたままなのだから、何かできるわけがない。

だとすると、文句を言っているのか。何かの抗議か。

思い当たるとしたら、やはり聞き込みだろうか。お前は警察か、あそこで何を調べていた、みたいな意味だろうか。

いや、それは異人たちの方がよく分かってるはずだ。異人側も二人死んでいるが、警察側だって同じだけ死んでいる。しかも、その二人を殺したのはお前たち、異人だ。逆にこっちが訊きたい。百キロ超えの、あの巨漢は今どこにいる。名前はなんという。

辰矛の目の前、いわゆる「ヤンキー座り」で話しかける声とは別に、少し離れたところで、さっきから喋り続けている奴がいる。そっちの方が、むしろ口調は苛立っている。こいつらだって、身内だけのときはお互いに笑い合ったり、優しく言葉を掛け合ったりもするだろうに、日本人の目があるところでは、いつもこんなふうに、苛立ってみせている節がある。

ふいに、その喋り声が止んだ。

ヤンキー座りの隣にもう一人、誰かが来てしゃがむ。

「……エンヤハ……ハリ……エンヤル……」

ぼそぼそとした耳打ち。

分かった。

今までのあれは、こいつが電話をかけていたのだ。片手に携帯電話を握っている。その結果を今、このヤンキー座りに報告しているのだ。

日本人なら、聞いている間も頷いたり、相槌《あいづち》を打ったりするのだが、異人は一切、そういうリアクションはしない。ただ辰矛をじっと見たまま、片耳を相手に傾けている。

「……インフィロ」

ヤンキー座りが立ち上がると、電話の男も立ち上がった。何か話がまとまったのだろうか。

その後はしばらく動きがなかった。

それから三十分か、一時間ほどした頃か。とにかく、辰矛が意識を取り戻したときより、格段に外が暗くなってからだ。

軽自動車のような、甲高いエンジン音が窓の下まで来て、停まった。

続いて、薄っぺらいドアを開《あ》け閉《た》てする音がし、何人かの気配がこの建物に入ってきた。

辰矛には、一階のどこに階段があるのか、それがどう折り返しているのか、あるいは折り返していないのか、何も分からない。だが、来訪者がこの部屋に入ってきたタイミングから逆算すると、ここは三階なのだろうと察した。二階にしては遅い。四階にしては早い。そんなタイミングだった。

入ってきたのは二人。

その二人に、ヤンキー座りが早速話しかける。

「ウッハラ、ヒダ、ヒウ、サッヘ、デイール……イノ、ファルウ、ハッイカウ、サッヘ、デイール」

「ウエヒ」

答えたのは、入ってきた二人のうちの、背の低い方だった。男の異人にしては、かなり小柄だ。とはいえ、子供なわけではない。雰囲気的には、辰矛より少し若いくらい。二十代後半といったところだ。

その、小柄な男が続ける。

「ソラサ、ソラサイーア、エノ……エノ、ソル、ソマ、ラニシル、ヘヤ」

喋り方も、他の異人とは微妙に違う。なんというか、知性のようなものが感じられる。

さらにヤンキー座りが何か言うと、やがて、小柄な男は「分かった」とでもいうような顔をした。少なくとも、辰矛にはそう見えた。

小柄な男が、辰矛の前まで来てしゃがむ。彼の尻でパワーランプの明かりが遮られ、少し目が楽になった。

「……ポリス、カ」

ポリス。英語の「police」か。いや、「か」が付いているので、むしろ日本語か。

これなら答えられる。

「……俺が、か」

「オマエ、ポリス、カ」

やはり、そういう意味らしい。

「そうだ。俺は、警察官だ」

すると、小柄な男はヤンキー座りを振り返り、何事か早口で告げた。

なるほど。こいつは通訳に呼ばれたのか。

ふた言三言やり取りがあり、また彼がこっちを向く。

「デヴィール、ケイサツ、デ、ヴィール」

デヴィール。デビル？　警察？

こいつら、悪魔のことが聞きたいのか。知りたいのか。

辰矛は渾身《こんしん》の力で頭を上げ、かぶりを振ってみせた。だがそれにも、解釈はふた通りあると思う。

一つは「悪魔が何者かは、警察も知らない」という意味。

もう一つは「悪魔は警察官ではない」という意味。

いずれにせよ、この否定の意思表示は重要だ。

「ケイサツ、デヴィル？」

「ノウ。警察は、デビル、知らない。デビルは、警察じゃない」

「ケイサツ、デ、ヴィール？」

「違う。警察は、デビルじゃ、ない。警察は、デビルのこと、知らない。分からない」

通訳の彼が眉をひそめる。

「ワイ、コロシタ、デヴィル」

「ワイ」の意味が分からない。「自分」という意味の「わし」みたいな単語なのか。それとも英語の「we」に近い「私たち」みたいなニュアンスか。いずれにせよ「二人の仲間を殺したのは悪魔だ」と言っている、と解釈すべきだろう。

辰矛が頷いて返すと、通訳は微《かす》かに眉をひそめた。

「……ワイ、コロシタ、ケイサツ」

どっちだ。また「ワイ」の意味が分からなくなった。

もしかして、そこは英語の「why」なのか。

「違う。警察は、殺さない」

「ワイ、コロシタ、デヴィル」

「イエス。デビル、悪魔」

「ワイ、コロシタ、ケイサツ」

「ノウ。警察は、殺してない」

通訳が、フンと鼻息を噴く。

それと、同時くらいだった。

アッ、みたいな声が、階下から聞こえた気がした。

ヤンキー座りも通訳も気づかなかったようだが、通訳と一緒に入ってきた男は気づいたようだった。

「……ンムエア」

誰かがパワーランプを消した。

急に、暗闇に放り込まれたように感じたが、でも、まだ真の闇ではなかった。慣れると、窓穴の位置は分かった。

ザリ、ザリ、と、砂を踏むような音が聞こえる。だが、足音としては無音に近い。かなり柔らかい素材の靴底、ということか。

それが、通訳たちと同じように、階段を上がってくる。乾いた砂音と気配だけが、着実に近づいてくる。

辰矛もなんとか首を起こし、部屋の入り口に目を向けた。

窓穴と同様、ただの四角い穴となった出入り口。その向こうには、まだ少しだけ外の明かりが入ってきている。色の薄い闇が広がっている。

そこに、真の闇が、現われた。

人形《ひとがた》をした、暗闇。

ボウリングの球のような、丸みを帯びた肩。

同じような丸みの、頭。

「デイルッ」

そこには、角——いや、正面から見たら角かもしれないが、今この位置から、斜め下から見上げると、違う。むしろ戦闘機の尾翼のような、あるいはサメの背びれのような、そういった形状の突起だ。

頭に、背びれが二枚。

これが悪魔か。

あの日に見た、牛か。

誰かが奇声をあげた。

「アイヒィィィーアッ」

電話で話していた奴か。叫びながら悪魔に殴りかかっていく。

だが、ここまでの動きとは打って変わり、悪魔が、急に素早い反応を見せる。

大振りのパンチを右肘で撥《は》ね上げ、左手を、アッパーのようにして電話男のアゴ下に当てる。

そう。まさに「当てる」動きだった。明らかに「殴る」よりは弱い。

なのに、電話男の反応が、尋常ではない。

「コォッ……」

狂ったように自らの喉を掻き毟《むし》り、その場に膝をつく。

悪魔は止まらない。

次の異人の首を摑み、振り回し、壁に叩きつける。即座に別の異人を殴りつけ、前蹴りを喰らわせ、向こうの壁まで吹っ飛ばす。

速い。日本人より、圧倒的に身体能力が高い異人どもを、スピードで凌駕《りょうが》している。

しかも強い。パンチも蹴りも、一発一発がとんでもなく重い。

ほんの数秒のうちに、残りはリーダー格であろう、あの「ヤンキー座り」一人になっていた。

でも、おかしい。

どんなに目を凝らしても、悪魔の姿が、はっきりとは見えない。

パワーランプが消されてから、もう何十秒かは経っている。目もこの暗さには慣れている。

実際、リーダー格の異人の顔は、ぼんやりとではあるが見えている。怯《おび》えた野犬のように、歯を剝《む》き出しているのまでちゃんと分かる。

だが、悪魔は今も「影」のままだ。人形の「暗闇」のままだ。

人形をした暗闇が、異人を投げ飛ばし、殴り飛ばし、蹴り飛ばし、今、残った最後の一人と対峙《たいじ》している。

その異人の右手には、いつのまにか拳銃が握られていた。

どうせ密造拳銃なのだろうが、必ずしもその一丁が粗悪品とは限らない。一発で爆発するガラクタという場合もあるが、ひょっとしたら、これまでに何人もの命を奪ってきた「使える一丁」という可能性も、ないではない。

しかし、悪魔は構わず前に出た。

同時に「パンッ」と銃声がし、室内が一瞬明るくなる。

それでも悪魔は「影」のまま。

異人が撃てたのは、その一発だけだった。

いとも容易《たやす》く悪魔に組み付かれ、それだけで異人は硬直する。

「オゴォ……」

待て。その震えるような反応、辰矛は、何度も見たことがある。

テーザーガン、あるいはスタンナックルで感電させられた異人、あれとそっくりではないか。

ここに現われたとき、悪魔は徒手空拳だったはず。つまり、装備しているとしたらテーザーガンではない。スタンガンでもない。

スタンナックルだ。

まさか――。

そう思った瞬間、また悪魔が動いた。

左手を、横から異人の首に当てる。

もし、辰矛の推測通りなのだとしたら、その左手に装備されているのは「キャプチャー」だ。押し当てるだけで相手の手首や足首を縛り上げることができる、自動拘束機だ。

そんなものを、首に当てたら――。

「ヌグォ……」

悪魔は、抱えていた異人から手を離した。

最初にやられた電話男と、全く同じだった。

自ら喉を掻き毟りながら、異人はその場に膝をつく。コンクリート床に倒れ込み、ジタバタと両足で空を蹴る。釣り上げられた魚の如く、渾身の屈伸運動で暴れ回る。

それはそうだろう。

拘束ベルトに、首を絞め付けられているのだから。

どんなに掻き毟っても、首に喰い込んだ拘束ベルトが外れることはない。素手で外せるような代物だったら、そもそも拘束ベルトとして採用されるわけがない。

ものの数秒で、最後の異人も動かなくなった。

キャプチャーによる、絞殺――。

これで全員が死亡したかどうかは、まだ分からない。だが、身動き一つしなくなった異人の体が五つ、辰矛の周りには転がっている。

生き残ったのは、辰矛だけ。

立っているのは、悪魔だけ。

その悪魔が、右手を後ろに回す。パチン、と音がし、前に戻ってきた右手には、ナイフが握られていた。大型のサバイバルナイフだ。

ナイフの刃は「影」ではなかった。普通に、室内にあるわずかな光を照り返している。

悪魔が、こっちに一歩踏み出す。

刺し殺されるなら、それも致し方ない。辰矛は抵抗できる状態にはないし、そもそもこの悪魔は、あの屈強な異人どもを、ほんの数秒で殲滅《せんめつ》したのだ。抗《あらが》ったところで敵《かな》う相手ではない。

だが、殺されない可能性もあると、辰矛は思っていた。

十七区の事件がそうだった。

二人の異人を殺したのは、おそらくこの悪魔だ。あのとき、殺そうと思えば辰矛のことも殺せたはずなのに、そうはしなかった。悪魔はあの場から、ただ姿を消した。まだ息のあった辰矛を、現場内に残して。

今回は、どうだ。

悪魔は辰矛の前まで来て、右膝をついた。

覆い被《かぶ》さるようにして、辰矛の背後に両手を伸べる。

ザクッ、という振動と共に、両手首の拘束が解けた。

悪魔はさらに、足首のロープも切ってくれた。足は、特に左足が痺れていた。すぐには立てそうにない。

間近で見てみて、辰矛は確信するに至った。

腰周りの凹凸、電源ボックスをセットした背中、パッドの付いた肘、腿。ヘルメットの形状はともかく、胴体部分はどう見ても装甲防護服だ。なぜここまで真っ黒なのかは分からないが、形は、ダイバースーツそのものだ。

いきなり、悪魔が喋った。

「……立てるか」

ヘルメットの中からの、ひどくこもったひと言だったが、意味は分かった。

低い、男の声だ。

「いや……ちょっと、今すぐは」

「肩を貸す。一緒に来い」

一緒に？　どこへ。

「あ、あの……」

「心配するな。異人殺しの現場を見られたからといって、口封じでお前まで殺したりはしない」

腕を取られ、強引に立たされる。

物凄い腕力だ。普通、装甲防護服を着たら、それだけで動きは鈍る。力も出なくなる。

「あなたは……誰、なんです」

それには答えず、辰矛の脇に腕を入れ、体を支えようとする。

「なぜ俺を、助けるんですか」

フッ、とヘルメットの中で、息が漏れたのが分かった。

笑ったのか。悪魔が。

「こんなところで、自己紹介しろってか……じゃあまあ、今のところは、『グランダイバー』とでも、名乗っておこうか」

グラン、ダイバー。

大いなる装着員、みたいな意味か。

4

病院を抜け出した深町辰矛は、どこに行ったのか。

常識からいったら、二機制の待機所に戻ることはまずない。隊の側だって、重傷を負った隊員が無断で退院、登庁してきたら、普通は病院に送り返す。仮にそういう動きがあったら——あの外事四課の幹部連中が、すぐ芹澤に連絡をくれるかどうかは怪しいものだが、でも察知すれば、いずれは芹澤も知るところとなるだろう。

では待機所以外で、深町が戻る場所といったら。

交友関係に関する情報がない現状、考えられるのは自宅くらいしかない。だが実際に来てみると、戻っている様子はない。電気使用量は待機電力相当。コンタクトマイクを仕掛けてみても、内部に人の気配はない。

二時間が経過し、このまま監視を続けるか、撤収しようか、そんな迷いが生じた頃だ。

通りの向こうに人影が現われた。

身長、百八十センチ強。細身で筋肉質。街灯の、明かりの輪に入った瞬間に目を凝らすと、顔も似ているように見えた。頬には絆創膏《ばんそうこう》がある。わずかにではあるが、右足を引きずるようにして歩いてもいる。

間違いない。深町辰矛だ。

なんだ、やっぱり戻ってくるのか——。

無事発見できた安堵《あんど》と、ごくごく単純な予想の通りという、ある種の落胆が相半ばした。

さて。問題はここからだ。

外事四課長は芹澤に、深町への接触を命じた。

「怪我の具合はどうだと、見舞ってやるくらいの優しさは、あって然るべきだろう」

あの時点で想定されていたのは、病院への見舞いという状況だった。深町が病院を抜け出し、夜になって自宅に戻ってきた今とでは前提条件が異なる。

また四課長は「深町一人が生き残った理由が知りたい」とも言った。二人の異人を殺害した「悪魔」が、深町にだけ手加減をしたのではないかと疑っているのだ。

今この状況下で、自分は深町に接触すべきか、否か。

言うまでもなく、答えは「否」だ。

芹澤は、同じ二十区にある拠点に連絡を入れた。

すぐに部下が出た。

『……もしもし、ヤベです』

この「ヤベ」は任務用の偽名で、本名は「増本《ますもと》」という。

「アライだ。車を一台、これから言う場所に持ってきてもらいたい」

芹澤も、常時七つから八つ、偽名を使い分けている。「アライ」はその一つだ。

増本が訊く。

『張込み、ですか』

「一応な」

『お手伝いは』

「出せるのか」

『二人までなら』

「じゃあ頼む」

深町の自宅の、ワンブロック手前の番地を伝えると、十五分ほどでシルバーグレーのセダンが一台到着した。

深町の部屋から目を離さぬよう、注意しながら車に乗り込む。

「……ご苦労さん。急にすまんな」

運転席にはコグレ、助手席にはサカイ。二人とも三十代前半の若い公安部員だ。

サカイが前を向いたまま訊く。

「マル対（対象者）はどこです」

「あの、コインランドリーの向かいのマンションだ」

「二階ですか」

「そう。角部屋」

「明かり、点いてませんね」

「そうなんだ。明かり、点けねえんだよ。でも、帰って真っ先にカーテンは開けてるんだ。いるのは間違いない」

「変わった奴ですね」

するると、コグレが口を挟んできた。

「まさかアライさん、ヅかれたんじゃないですか?」

ヅかれる。勘づかれる。

「そんなわけねえだろ。相手は素人《しろうと》だぞ」

「っていうか、どんな相手なんです」

現状で分かっていることを、簡単に説明した。

二人も当然、十七区の事件については知っている。

コグレが「ああ」と納得の声を漏らした。

「……じゃあ、二人生き残ったうちの一人、ってことですか」

もう一人の生存者について、四課長が「あんなのは死んだも同然だ。数の内には入らん」と言っていたのを思い出す。

「そう。右腕と、右の肋骨二本を骨折、右膝靱帯を部分断裂してるらしい。そんな体で半日、どこで何をしてたのやら」

「防カメ検索、してみればよかったじゃないですか」

防犯カメラが機能しているエリアにいたのなら、それも有効だったかもしれない。

「俺はそもそも、病院に見舞いに行けと言われただけだ。わざわざ本部に上がって、防カメ検索の順番待ちをするほど、暇じゃねえんだよ」

「でも、ここで二時間張ってたんですよね?」

痛いところを突いてくれるじゃないか。

「文句があるなら帰ってくれていいんだぞ」

「歩きでですか。勘弁してくださいよ」

その後、一時間おきに車両を移動したり、徒歩で近くまで行って様子を窺ったりしたが、深町が部屋にいる状況に変化はなかった。

ただ、少々気になる点はあった。

芹澤が仕掛けたコンタクトマイク。その受信機をノートPCに繋ぎ、三人で聞いていたのだが、途中から妙な音が入るようになった。

初めは鼾《いびき》かと思ったが、違った。

ボリュームを上げたサカイが呟く。

「……泣いてる、んですかね」

どうも、そのようだった。

数秒、数十秒、激しく噎《むせ》ぶように泣いたかと思うと、急に静かになる。寝たのか、と思うと、またしばらく息を乱して泣く。

同僚を亡くしたばかりなのだから、それが普通と言えばそうなのかもしれないが、そんなに繊細な奴だとは、少なくとも芹澤は知らなかった。

コグレが、右手の爪を弄《いじ》りながら漏らす。

「現場で殴殺された狙撃手、女だったらしいですよね……そういうのも、関係あるんすかねどうだろうな。

翌日。深町が外に出てきたのは、十時半になってからだった。白いポロシャツにチノパンという、ラフな出《い》で立《た》ちだ。

コグレが芹澤に訊く。

「出しますか、車」

難しいところだ。

「……いや、いい。お前はここに残ってくれ。奴がどっかに落ち着いたら、そのときに呼ぶ。それまでは二人で行く」

「了解です」

すぐに車を降り、サカイと二人で深町を追う。

方角的には「第二十区中央駅」に向かっているものと思われた。昔でいう「練馬《ねりま》駅」だ。

サカイは芹澤の五メートルほど先を歩いている。深町はさらにその十メートル先にいる。ただ、深町は右膝を負傷しているので、そんなに速くは歩けないし、急に走り出したりすることも、おそらくできない。そもそも尾行をしたことも、されたこともないだろうから、周囲を警戒する素振りすらしない。尾行対象としては最もイージーなタイプだ。

果たして深町は、二十区中央駅まで来て東京地下鉄八号線に乗り、十六区中央駅で東日本十一号線に乗り換え、十七区C30駅で降りた。

十七区の、あの事件現場に向かっているのか。

まさしく、そうだった。

まだ立入禁止テープの残っている事件現場をしばらく眺め、それから何を思ったか、タバコ屋を兼ねた文房具店へと入っていった。奴は喫煙者ではないはず。だとすると、筆記用具か何かが欲しくなったのか。

それとも、聞き込みの真似事でもするつもりか。

これもまた、推測通りだった。

深町は店員に十分ほど話を聞き、丁重に頭を下げて出てくると、今度は一つ先の角を曲がって不動産屋に入っていく。そこでも十数分話を聞き、さらにコンビニ、雑貨屋などを転々としていく。

正直、マズいと思った。

異人は、地方自治が手薄な地域を見つけたら、羽虫の如く何処《どこ》からともなく寄り集まってくる。あそこが事件現場ということは、その周りにも「棲み処《か》」がある可能性は高い。そんな異人たちが、今の深町の行動を見たらどう思うか。また刑事が来てるぞ、何か嗅《か》ぎ回ってるぞ、でも一人だな、追っ払うか、それとも殺《や》っちまうか——もう、何が起こっても不思議はない。

公安部外事課という部署の性格上、目の前で何か起こっても、芹澤たちが「おいおい君たち」と仲裁に入るわけにはいかない。多少遠回りにはなるが、別の人間を動かしてトラブルを回避する方法を考えなければならない。

しかし、そんな悠長なことを言っている場合ではなかった。

ラーメン屋を出た深町が、ぶらぶらと路地に入っていった、その直後だ。

Tシャツやタンクトップにニッカポッカという、いかにも作業員風の異人が三人、辺りを見回しながらやってきた。そのうちの一人が路地を覗き込み、深町の存在を確認したのだろう。

三人はふた手に別れ、深町の前後から路地に入っていった。

サカイが無線で呟く。

《……アウトですね》

「うん。どうしようもねえな」

今この瞬間、芹澤たちにできることは何もない。

異人三人にコテンパンにやられたのであろう深町は、やがてトラックの荷台に乗せられ、どこかへと運ばれていった。解体現場で廃材を積み込むような、幌《ほろ》もパネルもない、アオリを倒したら荷台がフラットになるタイプのトラックだ。色は、暗めの水色。かなり褪色《たいしょく》が進んでいるので、パッと見は灰色かもしれない。ナンバーは、泥撥ねがひどくて読めなかった。

《どうしますか》

「いったん離れよう」

二人で十七区C30駅まで戻り、コグレに連絡を入れ、すぐここまで来るよう命じた。

次に、外事四課三係の池本警部補にかけた。

「もしもし、アライだ。至急ファルウに連絡をとって、探ってもらいたいことがある」

『はい、どのような』

「ついさっき、十七区の例の事件現場近くで、二機制の深町巡査部長が三人の異人に拉致された。青みがかった灰色の、三トンか四トンくらいのトラックの荷台に乗せられていった。ナンバーは読み取り不能。いきなりは殺さないはずだが、早急に監禁場所に関する情報が欲しい」

『了解しました』

コグレが到着したのは、十四時十二分。

「すんません、ちょっと渋滞が」

「仕方ないさ」

それ以前に、池本からの情報がまだないので、こっちは動こうにも動けない。

コグレが芹澤を振り返る。

「動きやすいように、幹線道路まで出ておきますか」

「そうだな」

だが、池本からの連絡はなかなか来なかった。

環状六号線の路肩に停め、ただじっと待つ。

異人だって、何もわざわざ遠いところに運びはしないだろう。そうなると、十四区、十五区、十六区辺りではないか、と個人的には思うのだが、最近は五区、十九区辺りにも「棲み処」は増えている。当てずっぽうで動いて当たるものではない。

とにかく、今は待つしかない。

芹澤とて、ただ待つのは好きではないが、幸か不幸か、公安部員の仕事の九割は「待ち」だ。誰も通らない通路を、開閉しないドアを、動きのないモニター画面を、何時間でも、交替要員が来なければ何日でも睨み続ける。何かが起こるのを「待ち」続けるのが公安部員だ。

サカイの腹が鳴った。

「……すんません」

「何か買ってこいよ。今のうちに、入れておいた方がいいかもしれない」

「じゃあ、ちょっと……」

近くのコンビニでサカイが調達してきたのは、カロリー摂取を主な目的とするクッキーとドリンクだった。こんなものでも、手元にあって食べられる時間があるだけありがたい——と思ってしまうのは、公安部員の性《さが》か。いや、そこは機動隊員だって、なんなら自衛隊員だって一緒だろう。決して特別なことではない。

池本から連絡があったのは、十七時を回った頃だった。

『オザワです。遅くなってすみません』

「いや、何か分かったか」

『あちこちに網張って待ってたら、なんと、ファルウに直接、通訳しろって連絡があったみたいで』

「場所は」

『今からデータ送ります』

送られてきた住所は意外と遠く、十区のN15ということだった。昔でいう目黒区駒場《めぐろこまば》の辺りだ。

「よし、行こう」

「了解です」

渋滞こそなかったが、一般道を通ってきたので三十分近くかかった。とはいえ、高速道路を使うのはやはり怖い。一度詰まってしまったら容易には抜け出せなくなる。やはり、都内の車移動は一般道に限る。

近くまで来たら、スピードを弛《ゆる》めて様子を窺う。

池本が送ってきた住所にあるのは、十七区の事件と同様、解体工事中のビルだった。国道から一本入ったところ、狭い坂の途中にある、五階建て。現場を覆っているのは、あちこちが破れた、泥撥ねだらけのシートだ。その前に、芹澤が十七区で見たトラックが駐まっている。当たり前だが、今その荷台は空っぽだ。

その前にもう一台、ワゴンタイプの軽自動車が駐まっている。前半分が隣家の開口部に掛かってしまっている。普通、日本人の工事関係者だったらこういう駐め方はしない。たとえ短時間でもだ。おそらくこの車の持ち主も異人なのだろう。そしてそれは、ファルウである可能性が高いように思う。

それとなく現場を覗き見ながら、コグレに指示する。

「このブロックを一周して」

「了解」

ゆっくりと左回りで、現場ビルのある一画を流す。

二階戸建て住宅、三階建てビル、四階建てビル、三階戸建て住宅。真裏まで来てみたが、この区画では現場のビルが一番高い。中の様子を探るとしたら、どういう方法があるだろうか。

真裏の道はそこそこ広い。実際、右側に一台、パネルトラックがこっちに頭を向けて停まっているが、それでも余裕をもってすれ違うことができる。

ん、誰だ——。

芹澤は運転席のシートを軽く叩いた。

「このまま行って、そこの角を右に曲がって」

「え、でも」

現場から離れてしまうのは分かっている。

「いいからそうしてくれ……この車、ドローンは」

これにはサカイが答えた。

「トンボなら、二台積んでます」

「少し離れてから、それを飛ばそう」

「アライさん、どうしたんですか」

確信までは、芹澤も持てないが。

「今、すれ違ったトラックの、助手席に乗ってた女の顔に、見覚えがある」

コグレが「えっ」と漏らす。

「ショートカットの、若い女ですか」

「ああ」

「でも、二十歳になるか、ならないかくらいでしたよ」

だから芹澤も困っているのだ。

職務上、あんなに若い女性を捜査対象とすることは滅多にない。滅多にないことが仮にあったならば、逆にすぐに思い出せるはず。しかし、実際には思い出せない。

だが、それにばかり拘《こだわ》ってもいられない。

「あそこでいい。停めて、飛ばしちまえ」

「了解です」

十台くらい入れそうな月極駐車場。そこに頭から突っ込み、いったん停車する。

助手席を降りたサカイが後部に回り、トランクからアタッシェケースを出して戻ってくる。

「現場上空ということで」

「ああ。でも注意してくれ。他にも飛んでるかもしれん」

コグレが怖い顔で振り返る。

「どういうことですか」

「俺だって分かんないよ。でも注意するに越したことはない」

そう言っている間にもサカイは準備を進め、掌《てのひら》サイズのドローンを二台、助手席の窓から離陸させた。まさに、ちょっと大きなトンボサイズ、十メートルも上ったら、虫だかゴミだか分からないくらいの小型ドローンだ。

サカイが握っているコントローラーにもモニター画面はあるが、アタッシェケースのフタにはもっと大きな画面が付いており、それでも同じ映像が見られるようになっている。

二台のドローンは別々に操縦するのではなく、メインの一台と、もう一方は一定の距離を置いて飛ぶようにプログラムされている。コントローラーとを二等辺三角形で結ぶ陣形にするとか、監視対象を中心にするとか、設定はボタン一つで瞬時に切り替えられる。

サカイが、画面を注視しながら呟く。

「他には、飛んで……なさそう、ですけどね」

「間違いないか」

「はい。動くものがあれば、虫でもポインターが点きますから」

「じゃあ、慎重に、接近して」

「はい」

もう周りはほとんど夜の暗さだが、地面に近い辺りは街灯のお陰でかなり明るく見えている。近隣の民家の窓も、何ヶ所かは中まで丸見えだ。このような捜査は決して合法とは言えないが、公安的には「まあまあ、あり」だ。

サカイが、二台を縦の陣形にして路地に進める。カメラのセンサーにしてみたら、通常モードと暗視モードと、ちょうど境目の光量なのだろう。映像は粗いカラーになったり、ガクンと彩度が落ちて明るくなったり、とにかく見えづらい。

「もう、暗視に固定しちゃえよ」

「了解です」

かなり白く飛んだ絵面にはなるが、映像そのものは暗視モードにした方が画質は安定する。それがむしろ、よかったのではないだろうか。

「おい、これ」

「……ですね」

現場ビルの裏から出てきたのか。路地というか、建物と建物の隙間のようなところを、何者かが通り抜けようとしている。

サカイが「ちょっと一回」と、暗視モードから通常モードに切り替えた。すると、見えていた「何者か」の位置がズレたような、妙な現象が起こった。

「あれ、なんだろ」

「もう一回やってみろ」

さらに二回、三回、繰り返し切り替えてみると、分かった。

その「何者か」は、そもそも二人なのだ。

一方はおそらく深町辰矛だ。その白っぽいポロシャツには見覚えがある。だがもう一方は、あまりにも奇妙だった。

暗視モードにすると、真っ黒に浮き上がって見える。だが通常モードに戻すと、路地の暗さに紛れて見えづらくなる。これを繰り返すと、通常モードでは深町だけが見え、暗視モードではもう一方が浮き上がるという、奇妙な映像になる。

二人は、路地を横歩きで進み、なんとか現場の真裏まで抜け出てきた。

ちょうど、あのパネルトラックの真横だ。

サカイが、ドローンを道の上空まで出し、映像を通常モードに切り替える。

すると、少し謎が解けた。

深町ではないもう一人は、頭の天辺《てっぺん》から爪先《つまさき》まで、とにかく真っ黒い何かで覆ってあるのだ。

その輪郭として最も近いのは、あろうことか、警視庁制圧隊が採用している装甲防護服だ。

胸や肩、腕、脚にまでパッドが貼り付けてあり、背中には電源ボックスを背負っている。まさにダイバースーツそのものだ。

しかし、大きな相違点もある。

ヘルメットに奇妙な突起がある。しかも二つ。

あれを角と見立てるならば、なるほど、「悪魔」と思い込む者がいても不思議はないし、体のゴツさを加味したら「牛」と言いたくなるのも分からなくはない。

どういう経緯でそうなったのか、その黒い牛は、深町に肩を貸して歩いている。また、その二人を受け入れるように、パネルトラックの後部ドアが大きく開けられている。

開けたのは、あの女だ。トラックの助手席にいた、若い女。

二人で深町を荷室に押し上げ、あとから黒い牛も乗り込むと、女は辺りを警戒しながら後部ドアを閉め、自らも再び助手席に乗り込んだ。

「アライさん、行っちゃいます……けど」

「とりあえず、いい。放っとこう」

ある程度のダメージは被っているようだが、深町の生存が確認できたのは大きな収穫だ。ごく一面的に見れば、異人ではないグループに保護されたというのも、安心材料——と、言えなくもない。

ただ、その正体が分からないというのは、大いに問題だ。

装甲防護服は、防衛省では防衛装備品、警察庁では特殊装備品として扱われ、メーカーとの取り決めで、民間人や民間団体による所有や使用はできないことになっている。

だとすると、今のこの状況はなんなのだ、という話になる。

警視庁公安部員である芹澤ですら知らない、ダイバースーツを使用する部隊が存在するということなのか。

そんな秘密部隊が、異人に拉致、監禁された深町辰矛の救出にいち早く動いた。そういうことなのか。

だとしたら、その理由はなんだ。目的は。

5

放り込まれた、パネルトラックの荷室。

最初は真っ暗で、何も見えなかった。

後部ドアが閉められ、数秒してから照明が点いた。

そこは、段ボール箱を詰め込んで運搬するような空間には、なっていなかった。むしろ機動制圧隊の、無線基地を兼ねたトラックの内部に似ていた。

左奥に設置された指令台。そこに固定されたキーボード、複数のモニター画面、壁に掛かったマイク付きのヘッドセット。スツールまで床に固定されているという点では、こちらの方が念が入っているとも言える。

それとは別に、見ただけではなんなのか、辰矛には分からない設備もあちこちにある。でも、小さな冷蔵庫や消火器などもある。

グルルッ、と床が振動した。

同時に、腰のところでベルトを摑まれた。

「……おい、踏ん張れッ」

こもった声に怒鳴られ、とっさに両手に力を込めた。土下座状態だったので、そうするしかなかった。滑り止め加工をした金属床が掌に痛い。

急発進するトラック。スピードを上げたり、弛めたり、右に左に曲がったり、急に止まったり。窓がない荷室に乗せられての、この荒っぽい運転はかなり応える。

見ると、自ら「グランダイバー」と名乗った装甲防護服の彼は、左側の壁に設置された手摺《てすり》に摑まっている。その上で、右手で辰矛のベルトを摑んでくれている。

明るいところで見ても、そのダイバースーツは本当に真っ黒だった。それでも照明が当たれば、凹凸くらいはかろうじて視認できる。グローブや各部のパッド、ベルト周りのデザインが、辰矛の装着していたスーツとは微妙に違うことも分かる。

中でも大きな違いは、やはりヘルメットだ。

頭頂部の二枚の背びれに加え、眼前を覆うシールドの形もかなり特徴的だ。左右両端がぐっと上がっているので、印象はかなり「ツリ目」っぽい。

一瞬、「ツリ目」で吉山の顔が脳裏に浮かんだが、歯を喰い縛って打ち消した。すまない、とひと言、心の中で詫びておく。

さらに、そのシールド部分まで他と同質の黒色に統一されている。果たして、その状態でヘルメット内から外は見えるのだろうか。外見的にはいわば、すっぽりと黒い布をかぶせたような質感だ。ただでさえスーツの装着時は圧迫感、閉塞感が半端ない。その上、視界を真っ黒に塞がれているというのは、ちょっと、辰矛には耐えられそうにない。

加えて興味深いのは、その黒色の質感だ。

とにかく光沢が全くない、完全と言っていいほどの「マット」。ヘルメットからスーツからパッドまで、全てがそういう表面素材でできている——のかと思ったが、どうやらそうではない。

「……そんなに、ジロジロ見んなって」

表情も何も分からないので、つい遠慮なく見入ってしまったが、確かに、ちょっと今の視線は不躾《ぶしつけ》だったかもしれない。

「……すみません」

「別に、謝んなくてもいいけどさ」

十五分か、二十分くらい走ったのではないだろうか。

エンジンは掛かったままだが、トラックは停止し、荷室右奥にあるスライドドアが開いた。車両の構造からしたら、ドアは運転席の真後ろということになるだろう。

入ってきたのは、ショートカットの若い女性だった。ここに乗せられるときに見たのと同じ人だと思う。

白いTシャツに、カーキ色のカーゴパンツ。その体形は、ちょっと目のやり場に困るくらい、女性らしい。

でも、声は違った。

「……起きてた」

予想外に低く、ぶっきら棒な口調。それだけで、年齢の印象もがらりと変わる。最初は二十代前半かと思ったが、今は二十代後半と言われても違和感はない。

起きてた。むろん、辰矛のことを言ったのだろうが、それだけでは返事のしようもない。

彼女は辰矛の手前にしゃがみ、右側の壁に手を伸べた。

「悪かったね、いきなり走り出して。ベンチくらい、前もって出しといてやりゃよかったね」

固定用ベルトのバックルを外し、壁にあった横長のパネルを引き下ろすと、それが三人くらい座れそうなベンチになる。固定用のベルトは、シートベルトとしても使用できそうだ。

「ほら、横になんなよ。見てやるから」

目は合っている。辰矛に言っているのは間違いない。

「……見る？」

「怪我してんだろ。ここでできる治療ならしてやるし、無理そうだったら、どっかの病院前で降ろしてやるよ」

プスッ、と空気が漏れる音がした。

ダイバーの男が吹き出したのだ。

「そりゃそうと……なんであんな、急に走り出したんだよ」

彼女がダイバーを睨むように見る。

「飛んでたんだよ、ドローンが。二台も」

「いつから、どんなのが」

「あんたらが出てくる一、二分前から。型は、たぶん旧式のトンボ。パナテックのＦＣＸ10じゃないかな。羽音もそんな感じだったし」

話している内容は分かるが、なぜ彼女にそんなことが分かるのか、が分からない。

彼女が続ける。

「トンボって言ったら、警察庁の指定装備品でしょ。もちろん警視庁にだって納入されてる。でも、刑事はある程度の規模の張込みじゃないと、ドローンなんて使わない。それは警備も同じ。あんなものを日常的に持ち歩いて、折り紙の飛行機みたいにホイホイ飛ばすのは……まあ、公安くらいのもんでしょ」

ジロリと、その黒々とした瞳が辰矛の方を向く。

「あんた、公安にマークされてんの？」

話の展開が早過ぎて、付いていけない。

「……ちょっと、なんの話をしてるのか、俺には……」

すると、ダイバーがのっそりと立ち上がる。

膝や腰のケブラー繊維が伸びる音も、辰矛が装着していたものとは微妙に違う気がする。

右にスタンナックル、左にキャプチャーを装備したグローブ。手首のベルトを弛め、左、右と外す。

露《あら》わになった両手が、思いのほか白い。

その右手が、右耳の後ろにあるスイッチボックスを開け、いくつか続けてボタンを押す。

ヘルメットの顎部分が前に迫り出す。そうなってみて、辰矛は初めて気づいた。このスーツは、襟がだいぶ高く作られている。普通のスーツがクルーネックなら、この黒スーツはハイネックだ。

首の守りを、強化する狙いか。

そう考え、すぐに思い出した。

このダイバーは、キャプチャーの射出する拘束ベルトを用い、異人たちを絞殺、窒息死させている。スーツのハイネック化は、同じことを敵にやられないように、という発想からきているのではないか。

そういえば、このダイバーは現場で辰矛を立たせてから、ちょっと待ってろと言い、異人たちの首に巻き付いたベルトを回収し始めた。辰矛の手足のロープを切ったのと同じナイフで、異人たちを絞め殺したベルトを切断、引き抜き——そのあとはどうしたのだろう。どこかにポケットがあって、回収したベルトはそこに入れたのだろうか。

ダイバーは真っ白な両手で、真っ黒なヘルメットを押し上げた。

顎が抜け、頬は見えたが、頬骨が少し引っ掛かり、吊り上がった目が見えてきて、でもあとは、スポンと勢いよく脱げた。

白いのは、手だけではなかった。

髪が、完全なる白髪だった。よく見れば眉毛も、睫毛《まつげ》も。

アルビノ——日本語でなんと言うのかは忘れたが、そういうメラニン色素が欠乏する疾患があるというのは知っている。

ヘルメットを脱ぐと一転、白い顔をしたダイバーは指令台の手前、左側の壁に背を向けた。

そのまま後退《あとずさ》りし、背中の電源ボックスを、壁に設置された装置に押し付け——ドッキング、というのが一番近いと思う。電源ボックスが丸ごと窪《くぼ》みに嵌《はま》り、ガシャッ、と接続音が鳴ると、背中を引き剝がすようにして、ダイバーが前に出てくる。

なるほど。その設備があれば、仲間の手を借りなくても電源ボックスを外すことができるのか。

富樫――。

いや。その名前も今は思い出すまい。

だいぶ身軽になったダイバーが、辰矛の前に膝をつく。

「……で、あんた怪我は」

そんなの、自分でも分からないくらい全身が痛い。でも、その多くは打撲の類で、あとは擦過傷程度なのではないかと思う。刃物で刺されたような傷は、たぶんない。あったところで、そこにいる彼女に縫ってもらうのは遠慮したい。

それよりも、だ。

「なぜ……なんで、俺を助けた」

ダイバーの男の、その顔つき自体は、わりと骨太な、ひと言で言ったら「精悍《せいかん》」な感じだった。肌色こそ病的に白いが、でも艶は悪くない。なので、完全なる白髪でも、眉毛や睫毛まで白くても、決して老人には見えない。むしろSF映画に出てくる未来人とか、宇宙人のイメージに近い。

彼が、フッと息を漏らす。

「……そりゃ、気になるよな。警察官としては」

どっこらしょ、とは言わなかったが、でもそんなふうに、彼は尻餅をついて胡座《あぐら》を搔いた。

スーツ着用時に、胡座。果たしてそんなことが、自分にできただろうか。そんなふうに脚を曲げたら膝裏が圧迫されて、膝下に血が通わなくなり、痺れてしまうのではないか。

しかし彼は、平然と彼女に「ちょうだい」の手を出す。

その掌を、彼女が睨む。

「……なに」

「ケータイ貸せ」

「なんで」

「いいから」

貸せと言われて、自分の携帯電話を相手に差し出す。この二人は、そういう信頼関係にあるのか。あるいは携帯電話自体が、警察でいうところの貸与品みたいなもので、個人所有ではないということなのか。

そもそも、ダイバースーツの装着員が単独行動をすること自体、辰矛には信じ難い。機動制圧隊でも特殊制圧隊でも、なんなら自衛隊でもそんなことはあり得ない。装着員は、常に狙撃手とのチームで行動するものだ。

この二人、何者なのだ。

受け取った携帯電話を、彼が差し出してくる。

「……通報しろよ」

え、というのも声にはならなかった。

彼が促すように携帯電話を揺らす。

「通報、しろって。あんたは俺が、異人を五人殺すのを目撃してる。その前の現場でも、俺は二人の異人を殺してる。少なくとも、俺がやった七人の異人殺しをあんたは認知している。一般人だってそうだろうが、ましてやあんたは警察官だ。七件の殺人を認知していながら、しかもその犯人の告白を聞いていながら、通報しねえってのは職務怠慢だろう」

辰矛には「刑事」の経験がない。窃盗犯や殺人犯の取調べをやったことなど、ただの一度もない。

これまでは漠然と、犯罪者というのは粗野で、不誠実で、知性に欠ける人間ばかりなのだろうと思ってきた。それがまさに「異人」のイメージでもあるのだが、言うまでもなく、日本人にだってそういう人間はいる。物を盗み、人を騙《だま》し、傷つけ、殺し、逃げる日本人は間違いなくいる。人種にも国籍にも関係なく、人間は罪を犯すものだし、そしてそれは、平等に裁かれなければならない。

だが、この男はそのイメージに当て嵌らない。

確かにこの男は七名の異人を殺害している。いや、前回の二名に関しては直接見ていないので、辰矛に断言できるのはさっきの五名に限られる。しかしそれだけでも、充分極刑に値する罪ではある。

一方、辰矛は二度にわたってこの男に助けられている。今回は監禁の場から救出され、つい今し方、治療をしてやるとまで言われている。実際に「治療」を言い出したのは女性の方だったかもしれないが、意味するところは同じだ。

「大量」と付け加えていいであろう「殺人犯」に、肩を貸されて助け出され、車に乗せられて現場を離脱。その上で「通報しろ」と、携帯電話を差し出されている。

辰矛には分からないことだらけだ。

「だから、その前に……なんで俺を助けたのか、その理由を聞かせてほしい。じゃないと

「……」

「その理由次第では、あんたは七件の殺人を不問に付すとでも言うのか」

「そういうわけじゃないが」

ぐっ、と携帯電話を押し付けてくる。

「だったら通報しろよ。今、俺の目の前で」

それでも、手は動かない。

差し出された携帯電話に、手が伸びない。

ふいに、彼女が身を浮かせてベンチに座る。脚を組むとカーゴパンツの裾が上がり、脛《すね》まである黒い編上靴が露わになる。

腕も組み、彼女がこっちを見る。

「この前の現場で、あんたの部下が一人、死んだんでしょ？」

あまり、吉山を「部下」と思ったことはなかった。「仲間」か、せいぜい「後輩」だった。

「……ああ」

「女の子だったんだね。けっこう、可愛い顔した」

やめてくれ。その話は。

「どうなの。可愛い部下を、異人に殺されてみて」

ドクン、と肚《はら》の底で、脈打つものがあった。

「悔しくないの。怒りはないの。男として、警察官として、ダイバースーツの装着員として」

脈が、速くなる。

「やめろ……」

「目の前で、異人に殴り殺される部下を見てどう思ったの。何を思ったの。何も思わなかったの？」

　血の塊が、胸の奥で暴れ始める。

　出口を探して、あちこちにぶち当たる。

「やめろ」

「ちったァやり返してやろうくらい、思わないの？」

「やめてくれ」

「やられっ放しで悔しかねえのかよッ」

　彼女に殴り掛かろうだなんて、微塵も思ってはいない。でも、体が勝手に動いていた。これ以上言われたくなくて、黙らせたくて、思わず腰を浮かせていた。

　それをダイバーに、片手で止められた。

　目の前に、スッと黒いものが差し込まれる。

「だからよ……通報すんのか、しねえのか。とりあえずそれだけでも決めろって」

　彼女の分析が正しければ、あの場には警視庁公安部のドローンが飛んでいたことになる。辰矛が通報しなくても、事件自体は警視庁本部の知るところとなるだろう。

　俺は、通報しない――。

　しかし、そう宣言する間もなかった。

「悔しくないのかって訊いてんだよ、あたしは」

　ダイバーが「おい、エル」と、窘《たしな》めるような目で見る。

　エル。それが彼女の名前なのか。

彼女が立ち上がる。

「……あたしは嫌だね。あたしは、これ以上日本人が、異人どもに嬲《なぶ》り殺しにされるのは見たくない。ここは奴らの国じゃない。あたしたち、日本人の国だ。ここは日本なんだ。なんでさ、国籍もない奴らが勝手にそこら中に棲み付いて、こっちが大人しくしてりゃ図に乗りやがって、好き放題、やりたい放題やってんの、指咥《くわ》えて見てなきゃなんないんだよ。フザケんなって。奴らがルール無用で日本人を嬲り殺しにするってんなら、こっちだってそれなりのことを、やらせてもらいますよって話だよ。たとえあんたが……」

ダイバーが持っていた携帯電話を、彼女は「返して」とその白い手から引き抜いた。

何度か操作してから、ディスプレイを辰矛に向ける。

「……たとえあんたが、敵討ちなんて違法だ、そんな犯罪行為は赦《ゆる》されないって言っても、あたしはやるよ。あたしたちが、この吉山恵実って子の無念を、晴らしてやるよ」

そこには辰矛もよく知っている、吉山の写真が映っていた。

制服を着てネクタイを締め、真面目な顔をしてこっちを見ている。身分証にあったのと同じ写真だ。

吉山――。

胸の底にあった何かが、ぐるぐると蜷局《とぐろ》を巻くように、骨や肉をこすりながら、旋回し始める。

自分は、冷静さを失いかけている。

何か、別の話をしなければ。

話題を、変えなければ――。

「……あんたら、何者なんだ」

するると、またダイバーが鼻で笑う。

「そこは、興味あるんだ」

「興味、っていうか……」

「興味じゃなかったら、なんだよ。趣味か。好奇心か。探求心か。ひょっとして、正義感ってやつか。警察官としての」

さすがに足が痺れてきたか。ダイバーが姿勢を変える。

「……いいよ。俺たちが何者なのか、あんたに知ってもらうのは吝《やぶさ》かではない。ただ、洗い浚《ざら》いこっちが喋ったあとで、でもやっぱりそれは違法行為だ、そんなのは看過できない、僕は通報します……なんてのは、なしだぜ。さすがにそれじゃ、こっちが割に合わない」

ダイバーは、一度「エル」と呼んだ彼女を見、それからまた辰矛の方を向いた。

「俺たちが何者なのか。それを知ったら、あんたも後戻りはできなくなる……深町、辰矛くんよ」

名前、知ってたのか。

「後戻り、できないって……どういう意味だ」

「だから、全部聞いてから通報しますなんて、そんな、下手な潜入捜査みたいな真似はさせねえって言ってんだよ」

ダイバーがあの、ロープや拘束ベルトを切ったナイフを取り出す。

「今なら『お大事に』って、そこらで降ろしてやってもいい。でもここから先は、俺たちに協力するのか、協力を拒んで死ぬのか、その二者択一になる。あんたなら、俺たちにとっては大きな戦力になる。でも協力するつもりがないなら、邪魔なだけだ。今ここで死んでもらう」

死ぬ。協力を拒んだら、殺される。

そうか。嫌だって言ったら、殺されるのか、俺は――。

一瞬、不条理な脅迫のように思ったが、でも少し考えたら、そうでもないように思えてきた。

自分はもう、死ぬことはそんなに怖くない。二度殺されかけて、分かった。要するに「死」とは、目の覚めない気絶と変わらないのだと、悟ってしまった。

そんな自分に、何ができる。

吉山を守れなかった自分に、これ以上何を守ることができる。そもそも、自分自身も満足に守れなかった人間に、制圧隊の装着員を務める資格があるとは思えない。

そんな男に、だ。殺されたくなかったら協力しろと、真顔で刃物を向けてくる男がいる。それを後押しする女がいる。

急に、可笑《おか》しくなった。

男が、顔を覗き込んでくる。

「……おい」

もう、笑いが、堪えきれない。

女も、眉をひそめてこっちを見る。

「どうした。狂った?」

どっちがだよ。

死ぬのが怖くない人間に、死ぬのが嫌なら協力しろって、そんな脅し方があるかよ。馬鹿じゃねえのか。脅迫として成立してねえってんだよ。

そんな回りくどい台詞、要らねえよ。
俺たちに協力しろ。
それだけで、いいじゃねえか。

第3章

1

今度は、少し長めのドライブになった。

それでもシートベルト付きのベンチがあるだけ、さっきよりはマシだった。

いま辰矛が背にしているのは右側の壁。向かいの壁には、あの電源ボックスを外す装置とは別に、縦のレールに繋がったフック付きケーブルがある。

それをダイバースーツの後頭部、ファスナーの引き手に引っ掛け、スイッチを押す。すると、自動でファスナーを真下に引き下げてくれる。あの二つがあれば、他人の手を煩わせずにスーツの脱着ができる、というわけだ。

ダイバースーツを脱ぎ、ワイシャツとスラックスに着替えた彼は「西村《にしむら》」と名乗った。

「深町くんも、着替えとけよ……サイズ、これで合うかどうかは分からんけど」

西村が差し出してきたのは、黒いTシャツとデニムのパンツだった。

確かに、辰矛が着ているポロシャツとチノパンは、もうボロボロのドロドロで、あちこちに血も滲《にじ》んでいる。

「……すみません。じゃあ、お借りします」

だが受け取ろうとすると、西村はスッと引っ込める。

「深町くんさ、なんで自分まで着替えさせられるのか、そこんところは気にならないの」

「え……このままだと、汚いからじゃないんですか」

「汚いと、なんでいけないの」

そう言われると、困る。

「……さあ。なんでですか」

「これから、ちょっと人と会ってもらうからさ。そのために、多少はまともな恰好になっておいてもらおうと。そういうこと」

「そうなんですか……分かりました」

もう一度手を出すと、今度はちゃんと渡してくれた。

しかし、走っているトラックの荷室で着替えるというのは、決して簡単なことではない。加えて、この運転手はあまり慎重なタイプではない。

思い出したので、西村に訊いてみる。

「あの、さっきの女性」

「ああ、エル」

「それ、渾名《あだな》ですか」

「いや、本名だよ」

「変わった名前ですね」

「名字も、まあまあ珍しいけどな」

「なんていうんですか」

「ヨツイ」

ヨツイ、エル。

「どういう字を書くんですか」

「四つの井戸に、絵画の『エ』に……留《とど》まる、かな」

四井《よつい》絵留《える》か。

「確かに、珍しい名前ですね」

「そういう君の、『辰矛』もまあまあ珍しいけどな」

「西村さん、お名前は」

「ジュンジ」

「漢字は」

「潤うに、ツカサ」

西村潤司《じゅんじ》。

「……そんなに、珍しくはないですね」

「まあね」

一時間くらい走ったのではないだろうか。

二回くらい続けて、回りながらスロープを下りていく感覚があった。大きめの地下駐車場に入ったのだろうと推測した。

いったん停止し、切り返しながらバック。三回くらい繰り返して、車止めに当たって停止。

そこでエンジンも停止した。

数秒すると、またあの女性、絵留がスライドドアから入ってきた。

「……ああ、着替えた」

「はい、お借りしました」

「後ろ、もう壁だから。開かないから、あんたらもこっちから出て」

指示通り、スライドドアからキャビンの方に移ると、なんと、運転席にはもう一人別にいた。

辰矛はなんとなく、絵留が運転しているものとばかり思い込んでいたが、そうではなかったようだ。

一応、彼にも頭を下げておく。

「……どうも」

「うん、お疲れさん」

辰矛と同年代の、スキンヘッドの男性。引越し業者のような、グレーのツナギを着ている。

「ほら、早く降りてよ」

「……すみません」

辰矛が助手席側のドアから降り、続いて西村も降りると、ショルダーポーチを掛けた絵留がドアを閉める。運転席の彼は、動かない。一緒には来ないようだ。

西村は、いつのまにか黒髪のカツラをかぶっている。

「じゃ、行こうか」

「はい」

「おい、あんまジロジロ見んなって」

「……すみません」

思った通り、かなり広い地下駐車場だった。辰矛が来たことは、たぶんない場所だ。案内標示から分かることはないか、チラチラ見てはいたのだが、これというものは見つからなかった。

エレベーターホールまで来た。

そこの案内板を見て、ようやく分かった。

シーホースホテル横浜《よこはま》。名前だけは聞いたことがある。今現在、神奈川県内に「横浜」という地名はないので、それだけで歴史のあるホテルなのだろうと察せられる。

三基あるうちの、一番奥のエレベーターに乗り込む。

操作パネルを見ると、ロビーは一階、二階から四階は宴会場だろうか、客室は五階からになっている。

絵留が、パネル下部のスキャナーに携帯電話をかざすと、【B3】から【26】まで全ての数字にランプが点く。チェックインはあらかじめ済んでいるようだ。

彼女が押したのは【23】と、内向き三角の「閉める」ボタン。

カゴが、音もなく上昇し始める。

西村が、小さく咳《せき》払いをする。

「……深町くんは、あれだね、あんまり自分が、どこに連れて行かれるとか、誰に会わされるとか、そういうことも、訊かないんだね」

今、十階を過ぎた。

「まあ……行けば分かるのかな、と思ったんで」

「そりゃ、確かにそうなんだけどさ」

それはそれとして、西村のカツラは、あまり似合っていない。

二十三階でドアが開き、エレベーターホールを出たら右。

絵留が、部屋番号を確かめながら進む。

彼女が立ち止まったのは【２３１６】と書かれたドアの前。

躊躇《ためら》うことなく呼び鈴を押す、その指の爪にはなんの装飾もない。

軽い電子音。二、三秒して、ドアの向こうに人の気配。

解錠と、ドアチェーンを外す音。

開いたドアの中にいたのは、百八十一センチある辰矛よりまだ背の高い、えらくゴツい顔をした男だった。

それでいて、目は優しげに笑っている。

「……おう。入って入って」

「失礼します」

絵留、辰矛の順番で部屋に入ったが、西村は付いてこない。

振り返ると、ドアはすでに閉まりかけている。西村は、廊下に残るということか。

絵留が「ほら」と急かす。

「……あの人のことは気にしなくていいから。こっち、早く入って」

逆らう理由はない。言われたら、その通りにするだけだ。

部屋は、ごく普通のツインだった。特別豪華でも、お洒落でもない。ビジネスホテルにしては、少しベッドサイドのランプが洒落ているかな、という程度だ。

しかし、この男。どこかで見たことがある気がしてならない。

もし自分が刑事だったら、あの指名手配犯ではないか、あの事件の関係者ではないか、といった「記憶の引出し」もあるのかもしれないが、辰矛にそういったものはない。つまり、仕事絡みではないということだ。

仕事ではないとしたら、じゃあなんだ。個人的な知り合いか。それとも逆に、誰でも知っている有名人だったりするのか。

男が、絵留と辰矛に促す。

「なんか、こんなところで悪いけど、まあ、適当に座って……あ、なんか飲む？　そこの、冷蔵庫に入ってるのでよかったら、どうぞ」

絵留が辰矛を見る。辰矛がかぶりを振ると、絵留は男に向き直った。

「お気遣いはけっこうですから、もう始めてください」

男は、少し残念そうに「そう」と呟いてから、また手で示した。

「じゃあ、とりあえず座ろうか」

丸テーブルを挟んで、一人掛けのソファが二つ。ドレッサーを兼ねたデスクに椅子が一つ。あとはベッド。

辰矛は促されるまま、一人掛けのソファに座った。男はその向かいに。絵留は出入り口に近い方のベッドに腰掛けた。

男が、短く頷く。

「うん……まず、あなたが噂の、深町辰矛さんということで、いいんだよね」

「噂」が何を意味するのかは分からないが、それには絵留が頷いて返した。

男が、今度はもう少し深く頷く。

「うん……はい、分かりました。じゃあ、私も、自己紹介させてもらいます……けども、実はもう、分かってたりしてます？」

そう言って、辰矛の顔を覗き込む。

「いえ、分かって、いません」

「あそう。うん……まあ、しょうがないよね。ちっちゃなトウだから、知らなくても無理はない」

トウ、って「党」か？

つまり、政治家ということか。

そう思い至り、急に分かった気がした。

「いや……あの、もしかしたら、テレビで」

「あ、見たことある？」

「国会中継か、もしかしたら、そういうネット動画で」

「うん。切り抜かれて、アップされたりも、してるみたいだからね」

彼は両手を腿に置き、今度は深めのお辞儀をした。

「私、ヤマトイッシンカイの、アカツノブヒコと言います」

あの「新興保守政党」と言われている「大和一新会」か。

大和一新会の、アカツ――そうか、赤津《あかつ》延彦《のぶひこ》か。赤津延彦なら知っている。ニュース番組で、だろう。囲み取材で記者からの質問に答えている姿や、国会中継で質問している場面を、何度か見たことがある。

「確か、上院……」

「そう、上院議員です。今は」

「なぜ、そんな人が、こんな……」

絵留が「こんなって、あたしのこと？」と半笑いで訊く。

「いや、そういう意味じゃなくて」

「あ……こっちも、逆にゴメン。赤津さん、続けてください」

赤津が「うん」と応じる。

「まあ……あの、昨今の、国内問題で、大きなものと言えば、やはり異人問題であると……いうのは、誰しも納得するところであろうし、特に、深町さんみたいな方は、いわば最前線にいるわけですから、そういった問題意識は、人一倍強くお持ちなのではないかと、拝察いたします」

赤津はおそらく、まだ四十代。国会議員としては若い部類に入るだろう。だがそうだとしても、辰矛よりは十歳くらい年上。そんな丁寧語も、緊張も不要なように思う。

赤津が、細く長く、息を吐き出す。

「……深町さんが、ウチの党をどのように思っておられるかは、分かりませんが」

辰矛は堪らず「あの」と遮ってしまった。

赤津が目を丸くする。

「はい」

「あの……自分のことでしたら、呼び捨てにしてください。あとそんなに、丁寧にお話しいただかなくても、大丈夫です。そんな……お気遣いなく」

絵留がベッドで、身を屈めて笑う。

「赤津さんさ……西村なんて、さっきこの人にナイフ突き付けて、協力するか、死ぬかのどっちかだ、って言ってんだよ。それを、そんな丁寧語でタラタラ喋られたって、困るってさ」

赤津が、太めの眉をギュッとひそめる。

「そんな……ナイフなんて、そんなもん使っちゃ駄目だよ」

絵留が「ハァ？」と首を傾げる。

「これだから、お偉いさんは困っちゃうよね。あたしらに散々汚れ仕事させといて、そんなご立派な綺麗事言っちゃうんだ」

赤津が、息を呑むのが分かった。

「……すまない。そういうつもりじゃ」

「いいって。謝んなくていいから、早く話進めてよ」

うん、とまた赤津が頷く。

「……でその、異人問題は、労働人口と経済の問題であったり、入国管理の問題であったり、また地方自治や治安維持、安全保障の問題でもある。我々日本人は、単一民族ということで、正直、移民や難民というものに、非常に不慣れだった。また人手不足を解消したいという経済界の求めに応じて、安価な労働力として、外国人を安易に流入させてしまった。その結果が……深町さんもよくご存じの、今のこの、日本の惨状だ」

赤津が語ることの「大きさ」と、自分で思う「深町辰矛」という人間の「小ささ」が、なんとも不釣り合いに思えてならない。

赤津は続ける。

「そのときどきで、政府も、各省庁も、むろん警察も、自衛隊も、この事態に対処しようとはしてきた。制圧隊の設置もその一つだった。しかし、事態は収束するどころか、現状、さらに悪化していると言わざるを得ない。異人を生け捕りにして、捜査をして証拠を集めて、裁判をやって判決を出して、刑務所に入れて衣食住の面倒まで見てやって……そうしているうちにも、一つ、また一つ、あっちでも一つ、こっちでも一つ、異人たちに街が乗っ取られていく」

赤津の顔つきは、少しずつ変わり始めていた。

怒りのようなものが、眉間に、頬に、両拳に、溜まっていく。

「私も、政治がなんとかしなければならない、政治で、なんとかしなければならないと、歯を喰い縛ってやってきた。だが何一つ、思うようにはならなかった。一新会が弱小政党ってのも、もちろんあるんだが……与党民自党は、経済団体の顔色ばかり窺っていて、外国人労働者をセーブするような動きには全く同調してこない。野党は野党で、労働組合大好き、平等大好き、反自衛隊、反警察、反権力。対立する者は差別主義者、差別主義者は悪魔、異人が暴動を起こし、警察が鎮圧する中で異人が怪我でもしようものなら、人権侵害、差別だ、弾圧だ、ジェノサイドだと、狂ったように喚《わめ》き立てる……国会議員なんてのは、ほんと、糞《くそ》みてえな馬鹿ばっかりだ」

チラリと横目で見ると、絵留は、そんな赤津をニヤニヤしながら見ていた。

ようやく調子が出てきたね、とでも言わんばかりだ。

赤津の目は、辰矛との間にあるテーブルの天板を睨んでいる。

「奴らには『国家観』ってものがない。この国をどうしよう、どうしていったらいいのかというビジョンがない。ビジョンがないから、安価な労働力として、無制限、無審査で外国人を入国させたりする。そもそも、自分の国で食い扶持《ぶち》が稼げないような外国人が、日本に来てまともに働くわけがない。生活保護を申請するくらいなら、まだ……まあ、日本側が、働かない外国人の生活を一方的に保護してやる義理も、本来は全くないわけだが、でもまだ、甘ったれた集《たか》りくらいならなんとか対処できる。でも、あいつらは無理だ。異人は無理だ。奴らは、とんでもないスピードで増殖する。日本語も喋れない、仕事もできない、そのくせ、違法薬物と密造拳銃を扱うことだけは一丁前にやりやがる。全く以《もっ》て、害毒以外の何物でもない」

ふいに、空調の音が大きくなった。人数が増えて赤津の体温も上昇し、冷房が強まったのか。

赤津が、静かに息を吐く。

「……今も、本当は政治がどうにかすべきだと思っている。でも、どうしても、できない……民自党にだって、野党にだって、まともな人はいる。連携すれば、いい方向に向かうことはできると分かっている。でも、それを阻止するような、分断するかのような動きの方が、遥《はる》かに強い。だからやむを得ず、一新会は……実力部隊を、組織することにした」

そうなのだろうと、思ってはいた。

赤津が顔を上げる。

「おそらく、今後も自ら名乗ることはないだろうが、我々はその部隊を『保守回帰戦線』と名付けた。英訳すると『コンサバティブ・リターン・フロント』……略せば『ＣＲＦ』となる」

絵留が割り込んでくる。

「あたしらは、面倒臭いから『フロント』って言っちゃうんだけど、お偉いさんたちはそれ、気に喰わないんだよね」

赤津が曖昧に首を傾げる。

「ちょっとその、単なる略称にしても、ネーミングセンスが、昔の……もう、本当に大昔のことではあるんだけど、日本の社会主義組織に、実際、そう名乗ったのがいたからね。それと一緒というのは、どうも……という声は、確かにある」

「誰も知らないって、そんな古いこと」

「うん、だから、いいよ……君らがそう、スラング的に用いるくらいは」

大雑把なところは、分かった。

要するに、共通する敵は「異人」というわけだ。

だがそれ以外は、分からないことだらけだ。

「あの、すみません……私は、いま外にいる、西村さんに、協力してほしいと、言われました。協力しろ、だったかも、しれませんけど……それは、赤津さんの意思でもあると、考えていいわけですか。あるいは、大和一新会の」

赤津が頷く。

「もちろん。我々は同じ目標のために、意思統一を図った上で、行動を共にしている」

「つまり、大和一新会とフロントは、表裏一体であると」

「そう考えてもらって、構わない」

「とはいえ、自分が求められているのは、一新会の党員とか、立候補とか、そういうことではなく……あくまでも、戦闘員ということですよね」

さらに深く、赤津が頷く。

「その通りです」

「非合法の」

「その点は申し訳ないと思っている。だがしかし、現状、警視庁のあらゆる制圧隊より、西村一人の方が大きな成果を挙げているのは事実です。グランダイバーはすでに、異人四十九名の処刑に成功している」

辰矛の想像より、かなり、事は進んでいそうだ。

赤津の目の奥に、黒い炎に似たものが揺らめく。

「……深町くん。彼女がこれを『汚れ仕事』と言うのは、尤《もっと》もだと思う。それは重々承知している。だから我々も、同じだけの責任を負うことを、厳に誓っている。実際、血判状を交わしている」

絵留が「これね」と、ポーチから何やら取り出す。

毛筆で十数名分の名前が書かれており、各々の下に、血判であろう赤丸が捺《つ》いてある。その右側冒頭に、誓いの文言があるのだろうが、今この位置からでは読めない。

訊きたいことはまだある。

「赤津さん。フロントに課した、当面の目標はなんですか」

これは少し、難しい質問だったようだ。

赤津が眉をひそめる。

「我々は……何も、異人を根絶やしにしようだなどと、目論んでいるわけではない。どこかの段階で、共存するための妥協点を探る必要は出てくるだろう。しかしそれは、絶対に、日本側が主動する形でなければならない。これは『絶対に』だ。日本は、日本人が作った、日本人のための国だ。異人のためにある国ではない。でも今、残念ながら、部分的にとはいえ、この国は異人に支配されてしまっている……まず、これを解消する。それが『保守回帰』の意味するところだ。CRFは、そのための実力部隊だ」

赤津は一度絵留を見て、また辰矛に視線を戻した。

「……その上で、当面の目標は何かと言えば、それは異人の……組織化の、阻止だ。奴らを組織化させてはならない。そのために武力を使用することは本意ではないが、今ここで喰い止めなければ、この国が我々の国ではなくなってしまう。日本が日本ではなくなってしまう。それを喰い止めるために、我々は戦う。これをテロと呼ぶならば、我々はテロリストということになる。しかし……それでいいと、我々は考えている」

なるほど。

さっきよりは、よく分かった気がする。

2

サカイたちとは、現場の近くで別れた。

「本当に、送っていかなくていいんですか」

「大丈夫だ。この件に関しては、俺からレポートを上げる。君らは、何か訊かれても一切答えるな」

「……はい、分かりました」

それから、芹澤は大通りまで出てタクシーを拾い、東京都第一区の警視庁本部に上がった。

十五階は公安部のフロア。そのBウイングにある、外事第四課国際テロ第一係を訪ねる。

とはいっても、受付係員に身分証を提示し、誰かを呼び出してもらうわけではない。やはりここでも、マルチスキャナーによる顔認証、指紋認証、静脈認証。

加えて、声紋認証までやらされる。

《マイクに向かって、お名前をどうぞ》

「芹澤孝之」

《……認証いたしました》

庶務担当の第一係は昨今、警察庁のデータベースに対して、かなり強力なアクセス権を持つようになってきている。ここだけで、かなりの情報収集、及び確認作業ができる。

ドアを入り、右に行けば係員のいる執務室だが、真っ直ぐ進むと、通路に沿って左側に十三のドアが並んでいる。検索用端末の設置されたブースだ。

案内パネルを見ると、空いているのは七番と十一番。どうせなら、縁起のいい七番にしておこう。

【7】のボタンを押し、そのドアまで進んで、再び認証を受ける。ここは指紋認証と静脈認証だけ。これを楽だと感じてしまう時点で、重度の職業病かな、とも思う。

ドアが開き、本当に、肩幅よりちょっと広いくらいのブースに、自ら嵌り込む。古い映画に出てくる「インターネットカフェ」の個室より、まだ狭い。まあ、居心地がいいと仮眠に使う不届者もでてきそうなので、これくらいのサイズでいいのかもしれない。

さて。まずはあの、現場横に停まっていたパネルトラックの車両番号検索だ。

東京12　1267　る　25－58
これを自動車ナンバー自動読取装置のデータと照合すれば、あのパネルトラックがどこから来て、どこに向かったのかが立ちどころに分かる――、

「……ま、そうだろうな」

はずだったが、この番号でのヒットはなし。

芹澤があの場で見て、あとで思い起こしてメモした番号だから、記憶違いという可能性はある。だが経験則から言って、それはほぼあり得ない。今まで何百回となくやってきたことだ。一瞬で車両ナンバーを覚えるくらい、公安部員ならできて当たり前だ。

ということは、ヒットなしの原因は他にあることになる。

一つは、プレートの文字に、極めて反射率の高い塗料が塗られていた可能性だ。これだと、水平位置から見たときは普通に読めても、自動読取装置のような機械で上から撮影すると、逆光のようになって番号が読み取れなくなることがある。当然それではデータが残らないし、あとで検索をかけてもヒットはしない。

もう一つは、直前、直後にプレートそのものを替えている可能性だ。古典的な手法だが、これをやられたら番号による追跡は完全にできなくなる。このような事態を防ぐため、車両そのものにICチップを埋め込み、それを自動で読み取るシステムを導入すべきだという意見もあるが、現時点でそれは実現していない。

しかし逆に、これによって分かったこともある。

奴らは、そういう準備をしている、ということだ。あとでナンバーを検索されても追跡されないよう、あらかじめ策を講じておくような連中、そういう組織の人間、ということだ。

ならば、調べる方法は他にある。

まずは、あの女のモンタージュ写真を作る。むろん前時代的な、アナログな技法によるものではない。もっとシームレスに、まるで似顔絵を描くように、顔写真を作成できるアプリケーションを使用する。

だがそうだとしても、やはり重要になるのは、入力者の記憶の中にある「イメージ」だ。後頭部にプラグをぶっ挿してデータを抽出するわけにはいかないのだから、とにかく覚えている顔を、如何《いか》なるものにも影響されないよう、歪《ゆが》められないよう、自分の脳内に色濃く定着させる必要がある。

あの、あの顔。そう、あの顔だ――。

端末に最初に入力するのは、大よその年齢と性別、それと人種だ。

二十歳前後の女性で、日本人。

すると、ぼんやりとではあるが、それっぽい日本人女性の顔が画面に現われる。アプリの方も、いきなり「これだろ?」と具体的に提示して入力者のイメージを破壊しないよう、細心の注意を払ってくれている。

目の印象は、かなり強めだった。黒目が大きくて、カキッとしたイメージだ。それをサンプルから選ぶのではなく、画面右手にあるジェネレーター上で、ポインターを動かしながらイメージに近づけていく。

もっと大きくするか。いや、こんなに大きかったらアニメだ。これくらい。うん、これくらいだけど、もうちょっとキレのある感じ。まあ、こんなものか。その前に、眉を太くしておけば――お、近くなった。で、黒髪のショートカット。額は、出していたような気がする。定かではないが。

たまに目を閉じて、記憶の中の顔を脳内に再定着させる。

あの、助手席にあった顔。助手席にあった顔だぞ。

鼻はともかく、口はわりと大きかった印象だ。唇も、厚め――うん、近い近い。

これで回転させると、どうなるのか。
駄目だ。鼻が低い。もう少し、こうか。
元に戻すと――あれ、なんか違うな。

あまり一気に進めてしまうと、自分の記憶の方が書き換えられてしまい、取り返しのつかない結果になりかねない。なので、適度に休憩を挟みつつ、完成に近づけていく。

最初の叩き台ができるまでに、小一時間。二十分くらい休憩して、その間にあの助手席にあった顔を入念に思い返し、再度端末に向かい、微調整。これを繰り返して、こんなものだろうと、納得がいくまでに二時間半かかった。

今度はこれを、警察庁のデータベースで検索していく。

犯罪経歴、指名手配、運転免許、違反及び事故歴、行方不明者、非行少年、暴走族、まずないとは思うが、暴力団員。

犯歴等でのヒットはなかった。だが運転免許で八十二名、行方不明者で三十一名、非行少年で二十九名のヒットがあった。計百四十二名。同一氏名での重複ヒットも入っているが、今はあえて残しておく。

ただしこれは、芹澤が作った似顔絵画像に似ていると、ＡＩが判断したというだけなので、年齢はむしろおかしなことになっている。現在五十四歳、という女性まで含まれてしまっている。なので、これをさらに現在の年齢で、少し広めに幅を取って、十四歳から三十五歳に絞り込む。

すると、残ったのは五十八名。

これらを一人ひとり見ていく。

この顔が、あの助手席にあったら——。

何度も何度も、記憶の中にある顔と画面に表示された顔を行き来し、ときには「口直し」のように別人の顔を挟みつつ、最終的に芹澤が残したのは四人だった。

鈴本沙奈《すずもとさな》、二十歳。

松倉明日香《まつくらあすか》、十九歳。

森川《もりかわ》レイ、二十八歳。

四井絵留、二十二歳。

ここまでやって残した顔なので、正直、どれも似たり寄ったりだ。この方法ではもう、これ以上は絞り込めない。一瞬「四井」という名字に引っ掛かりを覚えたが、すぐに結びつくものはなかったので、それ以上は考えないようにした。

あとは、これらをネット検索していく。

一人ずつ名前を入力し、検索結果にソーシャル・メディアのアカウントを見つけたら、同姓同名の他人という可能性もあるので、また年齢を確認する。顔写真を載せてくれていると、こちらも正否の判断がしやすいのでありがたい。

鈴本沙奈は、沖縄在住の大学生だった。テニスサークルに入っているらしく、昨日の時点で【明日の試合に備えて、今日は早めに寝ます。】と綴《つづ》っている。つまり今日、時間帯は分からないが、鈴本沙奈は沖縄でテニスの試合をしている。夕方あの現場で、傷ついた深町辰矛をパネルトラックの荷室に押し込んだりなどは、できないと思っていいだろう。

松倉明日香は二年前、埼玉県第八区にある公立高校の三年生だったようだ。ソーシャル・メディアのアカウントは見つからなかったが、女子サッカー部の所属だったらしく、地元のニュースサイトで取り上げられ、個人でのインタビューにも応じている。

確かに、顔は似ている。でも、芹澤の記憶にある女は、もう少し華奢《きやしや》だった。松倉明日香には、日々の部活で鍛え上げた逞《たくま》しさがある。首や肩も、けっこうガッシリしている。ニュースサイトのインタビューは二年と三ヶ月前。これから三年生になって、最後の全国大会を目指します、という内容だった。ここからガクンと筋肉を落として、首も細くして肩幅も狭くして――いや、ちょっと、同一人物とは思えない。

三人目は森川レイ。これの同姓同名は六名見つかったが、年齢が違ったり顔が全く違ったり、とにかく「これだ」という情報には行き着かなかった。よって、正否の判断は不能。四人目も調べて、それもあの助手席の女ではないとなったら、逆にこの森川レイが一番怪しい、ということになるのかもしれない。

では最後、四井絵留。

さっき覚えた、あの引っ掛かりはなんだったのだろう。

「三井《みつい》」という名字は有名だが、「一井」「二井」というのは見たことがない。しかし「四井」というのはある、ということか。

検索を開始して最初に引っ掛かってきたのは、五年前の「東京都学生ディベート選手権」で、高校生の部三位入賞を果たした「四井絵留」だった。この大会当日、この「四井絵留」は十八歳。単純計算だと今現在は二十三歳となるが、誕生日を考慮したら、今現在は二十二歳でもおかしくはない。

この大会で四井絵留は、なんと、異人問題についてのスピーチをしたようだ。

その内容は、大会のオフィシャルサイトに掲載されていた。

【難民は、国際条約で保護されるべき存在とされています。難民を、彼らの生命や自由が脅威に晒《さら》されるおそれのある国へ、強制的に追放したり、送還してはいけない。また、庇《ひ》護《ご》申請国への不法入国、あるいは不法にいることを理由として、難民を罰してはいけない。そのように決まっています。つまり、特定の他国にいたら、生命や自由が脅威に晒《さら》されるような避難民は、保護しなければならないということです。しかし、不法移民は違います。ましてや今、日本国内で「異人」と呼ばれている人々は違います。自分たちがどこから来たのかも明らかにしない。いつから、どういう理由で日本にいるのかも説明しない。その時点で、難民でないことは明らかです。彼らはただ、不法に日本に滞在し、ありもしない権利を主張し、法を犯します。】

五年前に、高校三年生でこれを主張したのか、と感心したが、もう少し先の方を読むと、その理由には深く納得がいった。

【私の父は、警視庁の特殊制圧隊の隊員でした。父は四年前、「異人」の銃器密造工場に強行突入し、その作戦中、「異人」から、バケツに入ったガソリンを全身に浴びせられ、火を点けられ、黒焦げになって亡くなりました。私は中学二年生でした。父はいつも、母と私と三人で撮った写真を、首から下げて出動服を着ると言っていました。でも父の死後、基地のロッカーを整理すると、中からその写真が出てきました。あの日だけ、父はなぜか、家族写真を身につけていませんでした。】

もう、芹澤も完全に思い出していた。

作戦中に、ガソリンをかけられて焼死した制圧隊員。

四井貴臣《たかまさ》。殉職による二階級特進で、最終階級は「警部」。

芹澤は、その四井警部の警察葬に参列している。そこで、娘の顔を見ている。そうか。あのトラックの助手席にいたのは、四井警部の娘だったのか。

しかし、なぜ。

【その、ロッカーの私物を届けてくださった同僚の方に、悪気はなかったと思います。お守りを忘れちゃったんだね、という言葉に、他意はなかったと思います。でも私たち遺族には、別の意味に聞こえました。父が殺されたのは、私たちの写真を現場に持っていかなかったからですか。父が亡くなったのは、写真を忘れた父の自己責任ですか。違いますよね。滞在資格のない「異人」を、いつまでも日本国内に受容している、政治が悪いのではないですか。行政が悪いのではないですか。】

この言葉を、四井絵留はどんな顔をして吐いたのだろう。

会場に響いた叫びは、どれほどのものだったのだろう。

【将来、私が目指すべきは政治家なのか、父と同じ警察の制圧隊員なのか、それとももっと別の何かなのか、今は分かりません。でも私は、今のこの社会の誤りを、正したいと思っています。念のため、再度申しますが、肌の色や顔形で「異人」と決めつけ、差別するようなことは、あってはなりません。国際会議の場で、人種差別撤廃を最初に主張したのは我が国、日本です。日本人として、人種を理由とする差別は恥ずべき行為だと考えています。ただし、それと「異人」の問題は別です。「異人」に日本国籍はありません。滞在資格もありません。「異人」は、日本にいるというだけで法を犯しています。私は日本を、堂々と「異人」を処罰できる、本当の意味での法治国家にしたいと考えています。】

これ以後、彼女はどんな十代を過ごし、どんな二十二歳になったのだろう。

そしてなぜ、あのトラックの助手席にいたのだろう。

残念ながら、ここ五年間の「四井絵留」に関する情報は、ネット上にはなかった。ソーシャル・メディアには同姓同名のアカウントすらない。何度試しても【「四井絵留」の検索結果はありません】と出てくるだけ。それは【Eru Yotsui】【Yotsui Eru】【L Yotsui】などで試してみても同じだった。

だが、彼女が殉職した警察官の娘だと分かれば、もうこっちのものだ。

まず四井貴匡について、警察庁のデータベースで検索する。すると妻は【四井万里加《まりか》】と出てきた。現在四十九歳。貴匡の死亡時には、警視庁から賞恤金《しょうじゅつきん》と死亡退職金が支払われ、ゆくゆくは遺族年金も受給するものと思われる。

現住所は【東京都第十二区D６－２３９８A56－13】。昔でいう世田谷区《せたがや》の烏山《からすやま》辺りだ。これは、四井絵留の運転免許証記載の現住所と一致する。

翌日、芹澤は本部で借りた車で、十二区D６まで行ってみた。

少し離れたコインパーキングに駐め、「２３９８」まで歩いていく。近隣の戸建て住宅には、今もそれなりの高級感がある。だが集合住宅は、特に「A56」に建っているそれは、お世辞にも高級とは言い難い。

むしろ、かなり貧相な部類に入る。築二十年や三十年では、こうはなるまい。

外階段やベランダの手摺は塗装が剝げ、真っ黒に錆びついている。外壁も灰色に煤《すす》け、薄汚れている。一階と二階合わせて、八戸ある内の六戸は雨戸が閉まっている。雨戸が閉まっているその軒下に、物干し竿《ざお》はない。おそらく空室ということだろう。

物干し竿があるのは八戸中、たったの二戸。一階の左から二番目と、二階の一番奥。入り口の方に回ってみると、一階で物干し竿ありの部屋が「13」号室だと分かった。

見た感じ、間取りは1Kといったところだ。風呂は、あってもせいぜいトイレと一体型のユニットバスだろう。

四井万里加は、本当にここで、二十二歳になった絵留と暮らしているのだろうか。あるいはもう、絵留は自立してここにはいないのか。

幸い、A56の隣は空き地になっており、そこに生えた雑草の中になら、カメラを仕込んでおけそうだった。

土地を探す不動産業者の振りをして空き地に入り、四方を見回して、うんうん、こんな感じね、みたいな顔をしておく。隣との境界になる、このブロック塀はどうだ、水道管は、ガス管は——そんな動きの中で、できるだけ自然に、キューブ状の無線カメラを雑草の中に落とす。どこかから誰かがこれを見ていて、最悪、すぐに持ち去られてしまったとしても、それはそれで仕方ない。

ま、ここはこんなもんでしょ、みたいな顔をして空き地を離れる。周辺の環境も見ておこう、的な芝居をしつつ、背後を窺う。怪しんだ誰かに尾行されている、ということはなさそうだった。だが念のため、もう十分くらい余計に歩いてから車に戻った。

無線カメラは、問題なく活《い》きていた。

タブレット端末で受信し、あとは延々とそれを見続けるだけだ。まあ、疲れてどうしようもなくなったら録画してもいいし、画面に動きがあればアラームが鳴るようにもできる。こういった面では、公安部員の仕事もだいぶ昔より楽になっている。

それにしても、寂しい眺めだ。

カメラが捉えるのはせいぜい、風に吹かれた雑草の揺れくらい。それもピントが合っていないものだから、ぼんやりと緑がかぶったり、晴れたりするといった具合だ。

たまには、虫が飛び跳ねることもある。でも、芹澤にその名前は分からない。

幼少期ですら虫を捕まえて遊んだりはしなかったので、そういったものの種類にはとんと疎い。警察学校時代の法医学の講義で、蛆《うじ》がどれくらいの日数で蠅になるのか、みたいなことは勉強したが、バッタやコオロギの類は全く分からない。「トンボ」に至っては、もはや思い浮かべるのはあの、小型ドローンの方だ。

昼頃になって、二階の住人が出てきて、廊下を歩いていくのを目撃した。ヨレヨレのTシャツに、丈の短いジャージという出で立ち。コンビニにでも行ったのだろう。二十分ほどすると、レジ袋を提げて帰ってきた。

十五時になると、猫が一匹、カメラの前を横切っていった。十五時半には、ランドセルを背負った小学生が二人別々に、正面の道を左から右に通り過ぎていった。

日が傾いて、十七時過ぎに作業服の男性が、道を右から左に歩いていった。少し暗くなった十八時頃に、ブレザー姿の男子が同じ方向に歩いていった。

四井万里加らしき女性が現われたのは、夜。二十時になってからだった。

ボーダーのカットソーに、ベージュのワイドパンツ。髪は後ろで一つに括っており、右肩にコットンであろうトートバッグを掛けている。左手にはレジ袋。仕事帰りに買い物を済ませてきた、といったところだろう。

彼女が開けたドアの中に明かりはなかった。彼女が入ってドアを閉め、それで初めて、ドア横のガラス窓が明るくなった。

二時間ほどしてその明かりは消えたが、奥の部屋にはまだ点いているようだった。しかしそれも、零時頃には消えた。

たった半日見ていただけで、四井万里加は一人暮らしをしている、絵留とは別々に生活している、とは断定できない。ただ、感じるものはあった。上司に提出するレポートにはあえて記さない、個人的な印象というものは、常にある。

九年前に夫を亡くし、娘とも離れて暮らしている母親の孤独が、暗くなったガラス窓越しに、透けて見えた気がした。

万里加に直接、絵留の居場所を訊くことはしない。芹澤が公安部員だから、というのが理由ではない。訊いたところで、万里加は答えないに違いない。知らなければ答えようもなかろうが、知っていたところで、警察には教えないだろう。

いま四井絵留は、異人に「悪魔」と恐れられる、漆黒のダイバースーツ装着員と行動を共にしている。

絵留は、自らの強い信念に従って生きている。

万里加はそれを知った上で、あえて、孤独の中に身を置いている。

芹澤には、そんなふうに思えてならない。

3

葛藤《かっとう》はなかった――などと言ったら、全くの嘘になる。

むしろ葛藤の連続。いや、葛藤しかなかった。

受傷事故による休職中とはいえ、辰矛は警察官だ。いくら標的を異人に限定しているとはいえ、フロントの活動内容、それ自体は殺人行為に他ならない。「犯罪」のひと言で済ませられるレベルでもない。まさに「テロリズム」と呼ぶべき非道な暴力だ。

実際、赤津延彦も明言している。

「これをテロと呼ぶならば、我々はテロリストということになる。しかし……それでいいと、我々は考えている」

こんな重大犯罪行為に、現役警察官が加担していいわけがない。それは、考えるまでもなく分かる。分かっているのに、でもなぜだか、この車を降りることはできない。

赤津との会談を終え、ホテルの駐車場を出て、三十分もしないうちだった。

指令台の脇に設置されている受話器に、呼び出し音もなく、赤いランプが灯る。

西村が摑み取り、耳に当てる。

「……分かった……大丈夫。イケる」

受話器を戻した西村は、壁に固定してある冷蔵庫を開け、中から銀色の、ペンケースのようなものを取り出した。

中身は注射器だった。

それに、同じく冷蔵庫から取り出した、アンプルのようなカプセルをセットする。入っているのは白濁した液体のように見えた。

慣れた手つきでそれを、左前腕に打ち込む。

フンッ、と西村が低く唸《うな》る。肩が、背中が、小刻みに震え始める。薬剤が全身に行き渡る、その苦痛に耐えているようにしか、辰矛には見えなかった。

辰矛たちも、装甲防護服を着用する際は薄緑色の錠剤を飲んでいた。血圧と脈拍を安定させる効果があると説明されたが、あれと似たようなものだろうか。あれの、もっと強烈なやつということか。

注射器を片づけると、西村は少し怠《だる》そうにしながらも着替えを始めた。そんなにキツい注射を、装甲防護服の装着前に打つ必要があるのだろうか。そこは、少し疑問に思った。

一度全裸になり、「人形の筒」とも言うべき装甲防護服を——着るというよりは、上から穴に「入る」感じ。特にパッドを着けたままだと、そのようにせざるを得ない。一点、辰矛たちと違ったのは、あの「オムツ」を着けないことだ。長時間勤務をするわけではないので必要ない、ということなのだろう。

肩まで完全に入り、肘や胸周り、腰、膝等の収まりに問題がなければ、背中のジッパーを上げる。かつて辰矛は富樫に上げてもらっていたが、西村は例の電動フックで上げる。あとはブーツ、グローブ、電源ボックスと順に装着し、最後にヘルメットをかぶる。

そんな頃になって、絵留がキャビンから移動してきた。赤信号だったのか、ちょうど車が停まったタイミングでもあった。

「現場、女が五人、連れ込まれてるって」

「そう。五人……了解」

「異人は八人、いるらしい」

「じゃあ、メイスの出番かな」

そう言って、西村が床置きの用具入れから取り出したのは、金属製であろう黒い棍棒《こんぼう》だった。

長さは百二十センチほどだろうか。先端に一つ、手元に二つ、鉄球状の膨らみがある。殴打したときに威力が増すように、ということなのだろうが、かなり重たそうだ。少なくとも、辰矛には扱えそうにない。

西村はそれを背中の、電源ボックスの横にセットした。何しろ全てが真っ黒なので分かりづらいのだが、よく見れば、そこにリング状のホルダーがあるのは分かる。

絵留が指令台に座る。マイク付きヘッドセットを装着し、さらにその上から、ほぼヘルメットと言っていいくらいの、大型のゴーグルをかぶる。

西村にも指摘されたが、辰矛には確かに、疑問に思ってもすぐには質問しない癖があるのかもしれない。今も、そのゴーグルをかぶると何が見えるのだろう、と思いはしたが、それを絵留に訊くことはしなかった。西村にも訊かなかった。そもそも出撃前で、部外者が口を挟みづらい雰囲気というのもある。

絵留はパソコン用のキーボードとは別に、ジョイスティックにボタンがいくつも付いたコントローラーを、右手と左手でそれぞれ操作し始めた。

「……はい。こっちはいつでもＯＫよ」

マイクを通して、あのスキンヘッドの運転手と会話しているのだろうか。以後、車はもう少し走り続けたが、段階的にスピードをゆるめ、やがて停車した。

妙に「頭でっかち」になった絵留が、辰矛の方を向く。

「深町さん、あれ、下げてくれる？」

絵留が指差したのは、天井。

照明器具の横にある、黒くて長い、筒状の物。

ロールスクリーンか。

「これ、ですか」

「うん。ガーッと下まで」

言われた通り、可能な限りそれを引き下げる。

サイズ的には、床にぴったり着くくらいまである。

「はい、サンキュ」

絵留はモニターに向き直り、またコントローラーで操作し始めた。

「……はい、出しまーす」

モニターに映っているのは、座標を示す図形やインジケーター、チャットのようなメッセージ欄などだ。辰矛にはさっぱり意味が分からない。絵留はそれを見ながら、おそらくゴーグル内に映っている何かも参考にしながら、ジョイスティック式のコントローラーを動かしているのだろう。

ひょっとして、ドローンか。それも複数台の。

「……誰もいない、かな……ちょっと待って。あのオジサンが通り過ぎてからにしよう……はい、行った。じゃ、消すよ」

何を消すのかと思ったら、荷室内が急に暗くなった。

「コムロさん、開けていいよ」

すると後部ドアが開き、西村が――もう、辰矛には到底真似できない身軽さで、荷室から飛び出していった。

すぐに後部ドアが閉まる。

そうか。ドアを開けたとき、外から内部が見えないように明かりを消し、でも絵留のモニターを消すわけにはいかないから、前もって黒いロールスクリーンで遮っていたのか。

絵留の前にあるモニター画面に、ドローンのカメラ映像は表示されていない。おそらくゴーグルの方に映っているのだろう。

ということは、あの座標が示しているのは、各ドローンの位置か。だとしたら、絵留が操っているドローンは計八台あることになる。通常、システム・フォーメーション機能を駆使しても、一人が同時に操れるのは三台が限界だと言われている。

それが、八台。

「はい、そこでストップ……一階に見張り……三人いるけど、いま一人、二階に上がってった……女たちは……待って、ちょっと待ってね……」

暗闇で一人、モニターの明かりを浴びる、絵留。

彼女の、その二台のコントローラーを操る手が、なんというか、別々の独立した生き物のようで、ちょっと気持ち悪い。

「……女たちは、三階。全員、目と口にテープ……ごめん、全員じゃない。一人、やられてる、隣の部屋で……女五人じゃないじゃん、六人じゃん……はい西村、一階の二人からイケるよ……一人目は拳銃、二人目は鉄パイプ……並んで角に出てくるよ……三、二、一」

カウントダウンを経て、西村が何をしたのかは、辰矛には分からない。

「……OK、クリア……階段は通路突き当たり、右側……その壁でストップ。後ろもOK……三人来るよ……三人とも今は手ぶら。でも腰に持ってるかもしれないから気をつけて……三、二、一……はいOK、クリア。後ろ大丈夫。そのまま直進」

だとしても、警視庁の制圧隊とはまるで戦い方が違う。それは分かる。

「……あれ、残りはその二人かな？……はい、お見事、クリア……隣の隣に、もう一人女がいるから。そっちも忘れないように」

西村はものの数分で、絵留の指示通り作戦を完遂したようだ。正味十分、あったかなかったかだ。

「確認する。全員待機……三階、ＯＫ。四階……ＯＫ。まだよ……二階……ＯＫ。一階……ＯＫ、オールクリア。入っていいよ」

絵留が、ゴーグル頭のままこっちを向く。

「……ごめん。なんも分かんなかったでしょ」

「いや、大丈夫」

「これで、見せてあげればよかったね」

指令台の脇からタブレット端末を抜き出す。

タブレット本体とキーボードを操作し、数秒待ってから辰矛に差し出してくる。

「それ、抜かないでね。電波ストレスが凄いから、できるだけこっちは有線でやるようにしてんの」

タブレットに繋がっているケーブルについて言っているらしい。

見ると、画面には赤外線撮影特有の、色落ちした映像が映っている。天井に近い、かなり上からの映像だ。音声はない。

辰矛が連れ込まれたのと似たような、解体工事中の部屋だろう。目と口をテープで覆われた女性が数名、部屋の隅に身を寄せている。グランダイバーの黒い影も映ってはいるが、彼自身は動かない。代わりに、警察の出動服に似た恰好の誰かが、女性たちに接触を試みる。

近くまで行って、その人物が肩に触れると、女性たちは四肢を抱え込むようにして縮こまる。女性たちの両手両足は、テープか何かで括られている。表情は分からないが、悲鳴をあげているようにも見える。軽いパニック状態だ。

だがそれが、数秒で鎮まる。

なぜ女性たちは、パニックから脱することができたのか。

「西村さんじゃない、この人って」

「ウチのメンバー」

「女性?」

「そう。よく分かったね」

この状況で、男性に「もう大丈夫」と言われるのと、女性に言われるのとでは安心感が大きく異なる。警視庁機動制圧隊にこれと同レベルの配慮ができていたかというと、正直疑問ではある。

被害女性たちの手足の拘束を解き、口のテープを剝がし、だが目のテープは残したまま、一人ひとり、部屋から連れ出していく。

「……ああ、そういうことね。はいはい、了解です……はい。じゃあ、こっちは撤収します」

どうやら、絵留のドローンはひと足先に引き揚げてくるらしい。

辰矛が持っているタブレットにも、帰還の様子が映る。

高速でビルの窓から飛び出ると、暗視映像から通常のそれに切り替わる。

建物と建物の隙間を抜け、道路上空に出ると、下の方にパネルトラックの屋根が見える。

二、三秒ホバリングし、そこから急降下。助手席の窓からキャビンに入ると、再び暗視映像に切り替わる。一瞬だけ「コムロさん」と呼ばれていた運転手の顔がアップで映り、旋回して助手席シートの後ろに入る。
そこにあるのは、分かりやすく言ったら「棚」だ。一瞬だったので全部は数えられなかったが、すでに数台のドローンがそこに収まっているように見えた。辰矛が見ている映像のドローンは、その一番下、床ギリギリの空間に自ら入り、停止、そして着地。映像もすぐに暗転した。

まもなく絵留のモニターも消えると、荷室は真っ暗になった。ゴーグル内部だけは、まだぼんやりと明るいのだ。

それでも、彼女がゴーグルに手をやるのは分かった。

「ふう……オッケー、オッケー。万事上手くいきました……深町さん、西村が帰ってくるまで、もうちょいこのまま待ってて」

そう言い置き、絵留はキャビンに移っていった。

暗闇でじっとしていると、また後部ドアが開いた。西村がピョンと乗り込み、ドアが閉まると、ようやく照明が点き、車が走り出す。

西村に、なんと声をかけるべきかは迷ったが、結局、これしか思いつかなかった。

「……お疲れさまでした」

こもった声で「ああ」と聞こえる。

西村が「メイス」と呼んだ棒状の武器は、異人の血でべっとりと濡《ぬ》れていた。

よく見れば、肉片や髪の毛なんかも絡んでいそうだ。

着替えを終え、ひと息ついた西村が呟く。

「あれ、絵留の……勘違いっちゃあ勘違いなんだけど、隣の部屋で姦《や》られてた女、あれ日本人じゃなくて、異人だった。そもそも異人の男が七人、女が一人、で異人が八人、ってことだった。それが、日本人女性五人が連れ込まれた状況で、異人の男と女が姦り始めちまったもんだから、若干分かりづらかったけど、まあ、終わってみればそういうことで……異人でも、女の頭をカチ割るのは、あんまいい気分じゃねえけど、まあ仕方ねえわな。異人は異人だから」

女でも、やはり殺すのか。

「……救出した五人の日本人女性は、どうしたんですか」

冷蔵庫には注射器やアンプルだけでなく、飲み物なんかも入っているようだ。

西村はミネラルウォーターを飲んでいる。

「別動隊が、ちゃんと安全なところまで連れてって、解放するよ。ただし、目隠しはしたままね。そこら辺は一応、助ける前に、お願いしてある。今から、あなたたちを助けるけど、我々は秘密部隊なので、このことは他言しないように、ってな……いつまで黙っててくれるかは、分かんないけど」

「別動隊って、何人いるんですか」

「今の現場は三人。全部で何人かは……まあ、血判状に名前書くときに、数えてみりゃ分かるよ」

つまり、あの血判状には「保守回帰戦線」の参加メンバー、全員の氏名があるということか。

黙っていたら、西村が顔を覗き込んできた。

「……名前、書いてくれるんだろ？」

そのとき辰矛は、まだフロントに「入る」とも「入らない」とも、明言できずにいた。明言せず、さりとて、立ち去ることもせず。

トラックは普段、倉庫のような場所に駐めているようだった。横浜のホテルと同様、そこでは「降りて」と言われた。

重ねたビールケースの上に、ベニヤ板を載せただけのテーブル。廃品回収からもらってきたようなボロボロのソファ。色もサイズも違うロッカー。旋盤やプレス機のような工作機械。端の方にはプレハブ小屋もある。それと、妙に油臭い空気。そういった意味では、倉庫というよりは工場と言った方が近いか。広さは、むろん正確には分からないが、五百平米くらいは余裕であると思う。

絵留が何か、輪っかのような物を振り回しながら歩いてくる。

「深町さん、お腹空いた?」

もはや、最後に食事をしたのがいつだったか思い出せないくらい、腹は減っている。

「……そう、ですね」

「何か作るよ。嫌いなもんとかある? ニンジンとか、ピーマンとか」

近くまで来ていた、スキンヘッドのコムロが吹き出す。

「子供じゃねえんだからよ」

「えー、あたし、ナスとゴーヤ嫌いだよ」

「ガキ」

「うっせぇハゲ」

それでも、プレハブ小屋で料理をする絵留の後ろ姿は、まあまあ女らしく見えた。

近くにあるソファに、四肢を投げ出すようにして座った西村が、タバコを挟んだ二本指で絵留を指す。

「……あいつの親父も、警視庁の制圧隊員だったんだぜ。狙撃の方だったらしいけどな」

二度続いた過去形が気になった。

「今、お父さんは」

「もう、十年くらい前に死んだらしい。現場で、異人にガソリンぶっかけられて、火つけられて黒焦げだってよ」

制圧隊員が、異人に焼き殺されて殉職。そんな凄惨な事件は記憶にないが、十年くらい前だったら、それも無理はないかと思い直した。

十年前だと、ちょうど辰矛が「制圧専科講習」を受けていた時期と重なる。島部第一区にある警察庁の特殊訓練施設で八ヶ月、北海道の自衛隊訓練施設で四週間、同じく千葉県の自衛隊訓練施設で七週間の訓練を受け、第六機動隊での試験に合格し、制圧隊員の資格を得た。その約十一ヶ月の間、ほとんど外部の情報に触れる機会はなかった。警察内で起こったことについても、知らされていなかった可能性はある。

「それがきっかけで、彼女は、今の活動に……」

西村が頷く。

「フロントにいる奴は、みんな大なり小なり、何かしらそういう思いをしてるよ。俺も、生まれたばかりの子供を殺されて、女房は拉致されて散々レイプされた挙句、ドブ川に捨てられてたからな」

すぐには、なんと言っていいのか分からなかった。

西村は、最後のひと口を深めに吸い、手元にあった空き缶にタバコを捻《ね》じ込んだ。

「だからさ……俺は、異人を殺すことを、なんとも思っちゃいない。同情なんてこれっぽっちもしないし、悪いことだとすら思っていない。赤津さんみたいにさ、政治的にどうこうとか、在留資格がなんだとか、小難しいことはどうだっていいんだよ。俺は、一人でも多く異人を殺して、殺して殺して殺しまくって……そんで、俺もそのうち、死ぬんだよ」

カンカンカン、と聞こえ、音のした方に目を向けると、コムロが両手に何本もビール瓶を提げて、ニヤニヤしていた。

「まあまあ、ひと仕事終えたんだからさ、ビールでも飲んで、いったんリセットしましょうや」

酒――。

途端、制圧隊での勤務シフトが脳裏をよぎった。カレンダーの形をした枡目《ますめ》に、サクッと脳細胞を切り分けられるような感覚だ。「型に嵌る」というのは、まさにこういうことを言うのだろう。

いま酒を飲んだら、コムロはもう運転できなくなる。そんなときに別動隊から、また出動要請があったらどうするのだろう。絵留が運転するのか。絵留も飲んでしまったら、西村というわけにはいかないから、そうしたらもう自分しかいないのではないか。

そこまで考えて、馬鹿か、と自身で打ち消した。

そもそも、何十人と異人を殺害しているグループなのだ。酒気帯び運転で道路交通法違反になることなど恐れるものか。それとも、別動隊から交替で誰かやってきて、コムロの代わりに運転してくれたりするのだろうか。

「……はーい、できたよぉ」

絵留が、大きな皿を三つ同時に運んできた。それを、ガシャガシャッとベニヤのテーブルに並べる。三つとも、料理は濃い目の茶色をしている。たぶん、二つは焼きそばで、もう一つは肉多めの野菜炒めなのだと思う。

コムロが各々にフォークと皿を配る。使い捨てのではない。かなり年季の入った代物ではあるが、ちゃんとしたシルバーとボーンチャイナだ。

「はいはい、深町くんも、あとは勝手に取って、自由にやってね」

「じゃあ……はい、いただきます」

絵留がビールを配る。

「深町も飲むっしょ」

呼び捨て？

「あ、いや……」

「飲みなよ。こんなんで『盃《さかずき》交わした』とか言わないから」

「え、そういう……あれも」

西村がボトルを受け取り、辰矛に押し付けてくる。

「先に、白状しとくよ……俺たちはあの日、偶然君を助けたわけでも、成り行きでここまで連れてきたわけでもない。ずっと前から、君のことは知ってる……というか、調べてた。そのうえで狙ってた。君を獲得しようと、目論んでいた……だからって、変に勘繰ったりしないでくれよ。十七区のあの事件はフロントが仕組んだとか、そういうことは絶対にない。俺たちは、警視庁公安部が手を付けない異人の棲みかを探り出し、監視し、しかるべきタイミングで急襲する。あの十七区の現場がそうだった。様子を見ていたら、たまたま事件が起こり、君の所属する班がいち早く現場に到着した。厳しい言い方をすれば……」

西村が、ぐっと眉をひそめる。

「深町くんがあの班にいなかったら、俺たちは別動隊に呼ばれなかったかもしれないし、現場への介入もしなかったかもしれない。民間人がいなかったからね、あの場には。でも君がいたから……少し遅くなって、あの女性隊員を助けられなかったのは申し訳ないと思っているが、でも君を助け、もう一人も一命は取り留めたと聞いている。それを恩に着ろは言わないが、でも……乾杯くらいは、付き合ってくれてもいいんじゃねえのか」

辰矛が、押し付けられたボトルを摑むと、西村が、もう一方の手に持っていたボトルを合わせてくる。

「……乾杯」

絵留とコムロも、同じように合わせてくる。

乾杯。いつ以来だろう。

4

食事は、いつもメンバーと一緒にした。

衣類は、西村がロッカーにある服を適当に貸してくれた。

「俺のだと、ちょっと小さい？」

「いえ、大丈夫です」

居場所はトラックの荷室か、倉庫内のどこか。なので、彼らといれば衣食住に困ることはなかった。

ときおり、二十区に借りたあの部屋はどうなるのだろう、と考えた。結論は出ない。なるようにしか、ならないのかもしれない。

メンバーはここを「飯場」と呼んでいる。「基地」や「ベース」と呼ぶと、部外者に聞かれたときに都合が悪いからだろう。

だとしても、ここはまさしくフロントの「基地」だった。

拳銃や自動小銃といった銃火器、それらに使用する弾薬が保管されており、メンテナンス用具も揃っている。また、見た目は外壁のトタン板が錆びた廃工場だが、内側には高さ一・五メートルほどのブロック塀が二重に巡らされており、銃撃等にはある程度耐えられる造りになっている。

「……この壁、なんでこの高さにしたんですか」

「予算の問題じゃないの」

西村が着用する装甲防護服のメンテナンスも、ここで行う。あれだけ戦闘を繰り返しているのだから当たり前だが、よく見ると表面には細かな傷がたくさんついている。その部分は黒の塗装が剝げ、地色の深緑が見えている。

それを一ヶ所一ヶ所、西村が懐中電灯を当てながら、丁寧に塗り潰していく。

「なんなんですか、その塗料は」

「これは、超低反射黒色塗料『ムテキ』といって……エアブラシで吹き付けると、可視光線の全域で反射率が〇・二パーセントという、驚異の忍者絵具なんだよ。こういう筆塗りだと、実は〇・五パーセントまで上がっちゃうんだけど、でも充分だろ。剝がれた面積が大きかったり、自然に剝がれるようになってきたらスプレーし直すけど、普段はこれで、筆塗りで、ちょちょいとやってやれば問題なしと」

西村の真っ白な頰に、その黒い塗料が跳ね、黒子《ほくろ》のようになっている。

「それいつも、西村さんがやってるんですか」

「何回か古室《こむろ》にやらせたけど、あいつ、雑だからダメ。あと塗り過ぎ。もっとケチケチやってくんないと。塗料がもったいない」

スキンヘッドの運転手、古室。彼の名前が「麗音《れのん》」だというのには驚いた。名が体を全く表わさない、わりと特殊な例だと思う。

飯場にはその他のメンバーもやってくる。自己紹介してくれる人もいれば、あからさまに辰矛を避ける人、そもそも視界に入れない人、いろいろいる。辰矛が認識したのは五人ほどだが、顔と名前が一致するのは二人。

一人は、あの現場で被害女性五人を外に誘導した、活動服の女性メンバーだ。

「前園《まえぞの》アヤです。この前の現場、見てらしたんですって？」

素直に、綺麗な人だな、と思った。こんな活動をしているのに、髪を長く伸ばし、ちゃんと化粧もしている。もっとも、内偵や尾行なども担当しているのだとすれば、そうする方が当たり前なのかもしれない。

「ええ。こんな、タブレットで、ほんの短時間でしたけど……あ、深町、辰矛といいます」

アヤが頷くと、ふわりと、花のような香りが漂った。

「赤津さんとは、もうお会いになりました？」

「はい、一度だけ。お話、伺いました」

「すごく、期待してるんですよ、みんな……深町さんには」

どうして、と訊く暇はなかった。

「じゃあ、私はこれで」

頭の悪そうな感想になるが、映画に出てくる女スパイみたいな人だな、と思った。

逆に、プロレスラーみたいな体格の男もいた。

西村によると、フロントで唯一、異人と素手で渡り合える怪力の持ち主なのだそうだ。

「近藤《こんどう》っす。ようこそ、フロントへ」

「深町です……いや、実はまだ」

「いいのいいの。ゆっくり考えて……でもさ、いいよね、深町くんくらいの体格だとさ、ダイバースーツもサイズあるじゃん」

「ああ、はい。あります、確かに」

「俺くらいになっちゃうと、特注じゃないと入らないじゃん。でもそんなのさ、作ってくれるわけないじゃない。高いんだからさ、ダイバースーツは……西村さんなんてヒドいんだよ。お前はコレで充分だとか言って、こーんな長い、赤い布持ってきてさ。それフンドシじゃん、って。俺は金太郎《きんたろう》じゃねえっつーの……あれ？　金太郎って赤フンだったっけ」

そこまで言って一人で大笑いし、でも急に身を屈め、辰矛に耳打ちしてくる。

「……アヤさん、会った？」

「前園さん、ですか。はい、お会いしました」

「綺麗でしょう。めっちゃ綺麗でしょう、あの人」

「そう、ですね」

「俺いま、アヤさんと同じチームなんだけど、なんかさ、毎日いい匂いがするんだよ……いいっしょ。めっちゃ羨ましいっしょ」

「そう……ですね」

赤津延彦も、たまに顔を出す。

「いよいよ来週の水曜、七区の『巣』を叩く。今回は規模もデカいし、向こうも確実に武装している。念のため、この策定し直した案を、各自もう一度確認してもらいたい。ここんところは、住宅街が多かったので銃器は使わなかったが、今回ばかりは、そんな甘っちょろいことは言っていられない。完全フルスペックで、全力で叩きにいく。よろしくお願いします」

フロントが滅多に銃器を使わないのは、基本的には、警察に通報されて事件化することを避けるためらしい。そのため、普段はどうしても、グランダイバーによるゲリラ的白兵戦を仕掛けることが多くなるのだという。

飯場の片隅で、赤津と二人きりで話す機会もあった。

「よかったよ。まだ、深町くんがいてくれて」

赤津は、プラスチックのカップに注いだウイスキーを飲んでいた。

辰矛は、同じカップにコーラだった。

「まだ、ってそんな……自分なんて、なんにもできない、ただの居候で……かえって、申し訳なくて」

「いいんだよ。いま君は、完全に体を戻してさ、それから、冷静に結論を出してくれれば、それでいいの」

実のところ、体調はもう完全と言っていい状態まで戻っている。むしろそのことを絵留に見抜かれ、「やっぱり回復早いんだね」と言われたことの方が気になっている。

「やっぱり」って、なんなんだろうと。

赤津は少し離れたところ、他のメンバーが集まっている、ベニヤのテーブルとボロソファの辺りに目を向けた。

「俺たちはさ……そりゃ、いいカッコして表舞台に立ってって、思われてるのかもしれないけど」

「いえ、そんな」

「いいや、思っていい。思っててていいんだけど、俺たちはさ、党にいる背広組は、みんなメンバーのこと、ほんと大切に思ってるんだよ。あのメンバーには、大変なことを背負わせてしまってるって、本当に申し訳なく思ってる。だから、俺たちにできることは、なんでもやる。生活面で足りない部分があったら言ってほしいし、その他の装備についてだって、可能な限り調達しようと思ってる」

滅多にない機会だから、訊いてみようと思った。

「あの、答えづらかったら、いいんですけど……フロントの、活動資金というのは、どこから出てるんですか。見た感じ……変な話、ここにいるメンバーは、誰も働いていそうにないし」

赤津が、フッと笑みを漏らす。

「君のその、現実的な発想、いいね……ＣＲＦの資金は、全て一新会が調達している。さすがに政党交付金は入れられないが、企業からの献金は可能な限り、こっちに回すようにしている。というか、そうと分かっていて支援してくれている企業の方が、実際には多いんだ」

具体的な企業名はマズいだろうと思い、辰矛はあえて訊かなかった。

だが赤津の方から、それっぽく匂わせてきた。

「誰もが知ってる、超有名企業からも、支援を受けている。そうじゃなかったら……なあ。ダイバースーツなんて、民間人が調達できるわけないんだから」

つまり、防衛装備品や特殊装備品の開発、製造をするような企業が、フロントの活動を事実上後押ししているということか。

ダイバースーツ本体の製造元は、ケブラー57を開発したヤマト電通だ。ただし、ヘルメット等の設計・開発にはアース・エレクトロニクスもパナテックも参画している。特にパナテック製は、ドローンをはじめとする外部機器との連動システムに定評がある。また、現行の電源ボックスは三石重工製が採用されているし、スタンナックルとキャプチャーはアイカワ電工の製品が最も評判がいい。逆に、スタンナックルもキャプチャーも装備しない自衛隊モデルは、アース・エレクトロニクスが中心となって製造していると聞く。

しかし、だとしたら別の疑問も湧いてくる。

「でも、この国に異人が増えた原因は、そもそも大企業が、安価な労働力を必要としたところにあるわけですよね。それがイコールかどうかは、自分には分かりませんけど、もしそういう企業が、フロントの活動を支援してるんだとしたら……」

「自分たちがやったことに対する、罪滅ぼしじゃないのかって？」

他に言い方はないか考えたが、でもそれが、一番的確なように思えた。

辰矛が頷くと、赤津も同じように頷き返した。

「そういう面があることは、俺も否定しない。でもそれだけではない……らしいということは、君にも言っておくよ」

赤津が、残っていたウイスキーを呷《あお》る。

「……外来生物ってのは、人間が意図したか否かに拘らず、人為的に持ち込まれた生物のことを指すらしい。わざわざ輸入したケースもあるが、荷物の梱包《こんぽう》にたまたま入り込んでたり、船底にくっ付いて一緒に入ってきちまった、なんてパターンもある……いずれにせよ俺たち日本人にとって、異人が外来生物であることに変わりはない。労働力を期待して入れてはみたが、碌に働かなかったり逃げ出したり、観光で入国したのにオーバーステイしたり、在来種に危害を加えて無理やり交配したり、自前で勝手に増殖したり……だが、必ずしもそれだけではないんじゃないか、と、俺なんかは疑ってる。この国で、もっともっと異人を繁殖させよう、勢力を拡大させようという、何者かの意志が働いているとしたら、どうだろう」

話の規模が大き過ぎて、辰矛には今ひとつピンとこない。

「何者かの意志、って……誰の意志なんですか」

「分からない。分からないが、異人たちが、異人たちの考えだけでここまで増殖した、というのも、むしろ考えづらい。それというのも……」

メンバーが集まっている辺りで、わっ、と声が上がる。

古室と近藤が、上半身裸になって踊り始めたのだ。

赤津も、そっちに目を向けてはいる。

「こんなことを言うと、その……俺たちが、君を仲間に引き入れるために、作り話をしてるんじゃないかって、誤解されるかもしれないけど」

なんだ。なんの話だ。

「事実だけを、言っておく……警視庁特殊制圧隊、機動制圧隊が遂行する作戦は、主に、警視庁公安部があげた情報を元に立案される。でも、俺たちでも……CRFの偵察隊でも分かるくらいの、もう、見え見えのバレバレの異人の『巣』が、公安から、全くのノーチェックで放置されているケースが、驚くほど多い。最初は俺たちも、そんなことはないと思ってた。少なくとも警視庁は、信念を持って異人犯罪の撲滅に、尽力してくれているものと思っていた。いや、思いたかった。でも、それももう、単なる疑惑では済まない段階まできている」

表皮が痺れるような、寒気。

それと同時に、腹の底から、赤く焼けた鉄のような怒りが湧き上がってくる。

公安部が、手付かずにしている、異人の巣。

十七区の、あの現場——。

あれが、意図的に監視対象から外されていたのだとしたら。じゃあ、カドイ巡査部長と吉山の殉職は、なんだったのか。

犬死にか。見殺しか。

普段、飯場にいるのは実動隊の三名と、辰矛だけだ。

今、西村はソファで寝ている。

古室は、買い出しに行った。

絵留は、隅っこにあるプレハブ小屋で、何か作業をしている。

飯場の窓は全て内側から塞いであるので、昼間でもほとんど真っ暗だ。何ヶ所か、トタンが錆びて開いた穴から糸のような光は入ってくるが、せいぜいその程度。照明器具もあるにはあるが、地面から四メートルくらいの高さに吊るされているので、光量は全く充分ではない。

なので、細かい作業はプレハブ小屋で、ということになる。

手持無沙汰だったので、辰矛はその様子を見にいった。

「失礼します」

ヘッドルーペを撥ね上げ、絵留がこっちを見る。

「……ああ、深町か」

二十二歳、というのは本人から聞いている。辰矛より十一歳年下。

それでもここでは、絵留の方がだいぶ先輩。

「何か、手伝いましょうか」

見たところ、ドローンのオーバーホール中のようだ。

絵留がヘッドルーペを戻す。

「……いい。下手に弄られて、部品失《な》くされても困るし」

「自分、これでも手先は器用な方ですけど」

「じゃあ、野菜でも切っててよ。昼飯、焼きそば作るから」

またか。

「なんだかんだ、焼きそば多いですね。あと野菜炒め」

「しょうがないでしょ。赤津さんの差し入れ、野菜はほとんどキャベツオンリーなんだから」

「なんでですか」

「知らない。支援者にキャベツ農家の人でもいるんじゃないの。それでもいただけるだけ、ありがたいとは思ってるけど」

壁の時計を見る。まだ十一時にもなっていない。今からキャベツを切り始めなくてもよかろう。

「……四井さん、八台も同時に操るって、凄いですね」

するとまた、ルーペを上げて辰矛を見る。

「深町って、あたしのこと『四井さん』って呼んでたっけ」

「あ、いや……どうでしょう」

「名前、呼び捨てでいいよ。みんなもそう呼んでるし」

「でも……」

「あたしが『深町』って呼んでんだから。呼び捨てしやすい空気作ってやってんだから、そうしてよ」

「はい。じゃあ……絵留……さん」

「笑わせないで。部品、吹いちゃうでしょ」

会議テーブルを二台並べ、ゴム製のシートを敷いたそこには、分解され、バラバラになったドローン一台分くらいのパーツと、分解されていないドローンが三台、並べられている。

絵留は今、小さな四角い塊に、精密ドライバーを当てている。

「……最高で、十一台試した」

さっきの質問は、ちゃんと聞こえていたらしい。

「ああ、八台が限界じゃ、ないんですね」

「でも、その実験中に最後尾の二台が接触して、二台とも木っ端微塵。あとでオダクラさんにめっちゃ怒られた。八台でもう充分だから、余計なことするなって」

オダクラさんが誰かは、辰矛には分からない。

「じゃあ、ドローンレースなんて楽勝ですね」

「うん。世界大会とか見てても、全然負ける気しないし。公式種目って、同時は二台までだっけ。あんなの、片手で勝てるわ……まあ、フォーメーション・アプリに制限はあるのかもしれないけどね。それにしたって、二台だったらアプリなんていらない。手動でも絶対に勝てる」

殉職したという、元警視庁制圧隊員の父親についても訊いてみたい気持ちはあるが、今ではないと思った。

それよりもだ。

「絵留さん……あの血判状って、いつも、絵留さんが持ってるんですか」

「うん。でもあれ、全部で三通あるから。同じのは赤津さんも持ってるし、たぶん別動隊のは、アヤさんが持ってるんだと思う」

前園アヤは、別動隊でどういうポジションなのだろう。

「三通揃わないと、署名押印は、できないんですか」

「オウイン、ってなに」

「印を押す、ってことです。捺印《なついん》みたいな……すみません。警察では『押印』って言ってたんで。つい」

絵留が、パーツと精密ドライバーを置く。

なんだろう。少し、表情が厳しい。

「……すみません。邪魔、しちゃいましたか」

絵留がヘッドルーペを外す。

「なに、押す気になったの。血判」

「いつまでも、結論を先延ばしにするのも、どうかと思って」

スーッと、絵留のTシャツの胸が、大きく膨らむ。

それを、フウ、と一気に吐き出す。

「……いいよ、別に。急がなくたって」

「でも、入るか死ぬかの、二択だって」

「あれは冗談。笑えなかったかもしれないけど、西村のあれは、深町に入ってもらいたいって、そういう気持ちの表われだから。悪く思わないで」

「悪くは、思ってないですけど、でも……二度も助けてもらって、いつまでも居候っていうのも」

「まあね。怪我、すっかり良さそうだもんね」

それだ。

「あの、絵留さん……前に、俺のこと、やっぱり回復早いんだ、みたいに言ってましたけど。あれ、どういう意味ですか」

絵留の、厳しめの表情は変わらない。

「それ……マズったなって、思ってた。言わなきゃよかった、って」

「どういうことですか」

黒く長い睫毛が、忙《せわ》しなく上下する。

「あたしが、言わなくても……自覚、あるんじゃないの」

「何がですか」

「他の人より、怪我の治り、早いなって」

「俺がですか」

「他に誰がいるの」

自覚は、むろんある。親にも、学校の先生にも、地元の友達にもよく言われた。あれ、もう血ぃ止まってる、辰矛は怪我治るの早いな、と。

いつからかも、ちゃんと覚えている。

七歳の秋だ。

友達と山に入って遊んでいるとき、誤って谷底に転落した。友達がすぐ大人に知らせてはくれたものの、夕方から夜の捜索では見つからず、消防団によって発見されたのは翌朝になってからだった。

そのとき、辰矛の着ていた服は血だらけだったが、不思議なことに、体中の傷はもう治りかけていたという。それについては親に何度も言われたし、以来、辰矛自身も怪我の治りが早いことを自覚するようになった。

だがそういうのは、よく転んで膝小僧を擦り剝いたりする、子供の頃だから目立っていただけで。中学や高校になったら、半ズボンなんてまず穿かないし、そんなに擦り傷や切り傷を作ることもなくなる。そもそも辰矛の怪我が何日で治るかなんて、近しい友達ですら気にしなくなる。

高校を出て上京し、警視庁に入庁してからはなおさらだ。一度も、誰にも怪我の治りについて指摘されたことなどなかった。

それをなぜ、絵留が「やっぱり」などと言うのか。

「俺の、怪我の治りが早いこと、なんで、絵留さんが知ってるんですか」

絵留の目は、バラしたドローンのパーツの上を彷徨《さまよ》っている。

返答は、ない。

「俺の親とか、地元の人から、聞いたんですか……わざわざ、鹿児島まで行って、聞いてきたんですか」

辰矛の実家は、桜島のすぐ近くだ。

ようやく絵留が、首を横に振る。

「……血液検査。あんたが警視庁で受けた、血液検査の結果に、そういうのが出てたの……っていうか、そういう体質だから、深町は警視庁でダイバースーツの装着員に選ばれたんだし、そういう深町だからこそ、あたしたちは正体を明かしてでも、フロントに引き入れたかったわけ」

そういう、体質？

5

芹澤は、四井万里加の住居を三日間張り込んだ。当然、担当している監視拠点に顔は出せなくなったが、それは致し方ない。今の時代においても、人類はまだ「分身の術」を習得するには至っていないのだから。

二日目。万里加は朝七時十分、前日と似たような恰好で出かけていき、夜、やはり同じくらいの時刻に帰宅した。その間、芹澤はただじっと、外から部屋の様子を窺い続けた。隣の空き地に転がしたカメラと、夜中に仕掛けたコンタクトマイクを通じて、ときには自身で出向いて直接、内部に気配の有無を探り続けた。

三日目。今日で最後にしようと思い、万里加の外出後、部屋に侵入した。解錠ツールでドアを開け、タタキで脱いだ靴はポリ袋に入れ、持参したバッグに収めた。

間取りは予想通り1K。入ってすぐのところが通路を兼ねたキッチン、右手にユニットバスがある。キッチンの向こうに、六畳より少し広いくらいの居室。床は畳ではなくフローリング。ベッドはなく、三つに折り畳んだ布団が部屋の隅に寄せてある。正面にある掃き出し窓にはカーテンが引かれている。外から覗かれる心配がないのは幸いだった。

整理ダンスの上にはフォトフレーム。絵留らしきブレザー姿の女子学生と万里加のツーショット。それっぽい長さの筒を持っているので、高校の卒業式後に撮影したものだろう。

整理ダンスの中身を調べる。上下の肌着、靴下、ストッキング、Tシャツ、ブラウス、スウェットやニット、スカートやデニムのパンツ。幅一メートル足らずのクローゼットには、クリーニング店のカバーが掛かったダウンジャケット、ロングコート、ブルゾンなど、主に冬物が収納されていた。どれも地味で、ある意味「おばさん」っぽい趣味と感じた。

キッチンにはコップもマグカップも二つずつ、箸やスプーンも複数出ていたが、茶碗《ちゃわん》は一つ。もう一つの茶碗は引出しにしまわれていた。

ユニットバスも見る。

洗面台にある歯ブラシは一本、歯磨き粉は一種類。シャンプー、トリートメントも同じメーカーのものがワンセット。あとはクレンジングオイル、洗顔料、ボディソープ、プラスチック製のコップ、清掃用のスポンジ。使い古した感のある無地のタオル。脱衣場には洗濯機があるが、その中身までは見ずにおいた。

居室に戻って、化粧用具を探した。

整理ダンスの横に、「メイクボックス」とでもいうのだろうか、取っ手の付いた箱型のバッグがあった。

中身を見てみる。

詳しいことは分からないが、しかし、これを母娘《おやこ》でシェアしているとは、芹澤にはどうしても思えなかった。

五十近い「おばさん」一人分の化粧品。

四十歳の「おじさん」には、そのようにしか見えない。


夕方、外事四課第三係長に呼び出され、第九区にある高級ホテルの地下駐車場で落ち合った。

係長の車の隣に駐めると、こっちに来いと手招きされた。

芹澤はシートベルトを外し、係長の車の後部座席に乗り込んだ。

「……お疲れさまです」

係長は、鼻先に右拳を当てて話し始めた。

「深町辰矛とは、接触できたのか」

警視庁本部に呼び出され、外事四課長に、深町の見舞いを命じられたとき以来の会話が、これだ。

接触できたのか、とはこれ如何に。

「残念ながら……今現在、深町の行方は分かりません」

「なぜだ」

「私が訪ねたとき、深町はもう、病院にいませんでした」

「いなかったから、諦めたのか」

「いなかったので接触できなかった、今も捜し続けている、ということです」

「見つかりそうか」

「分かりません」

係長がその気になれば、芹澤の、ここ数日の行動を把握することは容易いはず。三日前、芹澤は本部庁舎で自身のＩＤを用い、あれこれと検索しているのだから、その履歴は確実に残っている。警視庁から貸与された携帯電話も常時身に付けているので、その位置情報を追跡することも可能だ。

要は、それだけのことをして係長はここに来ているのか、ということだ。芹澤は殉職した四井貴臣警部の妻、万里加について調べていた。それを係長は承知の上で言っているのか、否か。

しばし間を置いてから、係長は後部座席を振り返った。

「……もう、深町は追わなくていい」

これにはふた通りの解釈が成り立つ。

警視庁公安部は、深町辰矛に興味をなくした、という可能性。もう一つは、芹澤ではない誰かが、深町辰矛の居場所を突き止めた、という可能性だ。

おそらく、今回に関して言えば後者ということになるだろう。

「……分かりました。では、稼働中の拠点に戻ります」

「そうしてくれ」

「失礼します」

妙な胸騒ぎがする。

いきなりはマズいと思ったので、まずは六区の拠点に顔を出し、何件か報告を受け、それに対する指示も出した。次に十八区の拠点に移動し、一時間ほど時間を潰してから二十区に向かった。

七階建てマンションの、四階にある拠点を訪ねる。ここでも当然、顔認証、指紋認証、静脈認証、パスワード入力ののち、チタン製のキーで解錠して中に入る。

「……お疲れ」

入ったところにある、リビングダイニング。そこには、芹澤が希望したメンバーが顔を揃えていた。

ヤベ、サカイ、コグレ。

中でもサカイとコグレの表情が優れない。それだけで、状況は概ね察することができた。

先に立ち上がり、頭を下げたのはサカイだった。

「アライさん、すみませんでした」

すぐにコグレも立ち、倣って頭を下げる。

しかし、芹澤がほしいのは謝罪ではない。

「まあまあ、そういうのはナシにして、とりあえず話を聞かせてくれよ。ちなみに」

リビングダイニングをぐるりと見回してみせる。

「……ここは、大丈夫なんだよな？」

ここに盗聴器の類は仕掛けられていないか、会話が外部に漏れるようなことはないか。その点の確認だ。

ヤベが頷いて返す。

「大丈夫です。ご安心ください」

今は、部下の言葉を信じるしかあるまい。

「うん……じゃあ、聞かせてくれ」

芹澤がダイニングテーブルに着くと、サカイもコグレも座り、サカイから話し始めた。

「あの日、ですから、アライさんと別れたあとです。ここに、係長が見えて。お前ら二人、今日は何をしてたんだと、いきなり訊かれました」

普段、外事課の係長が拠点の様子を見にくることはない。もう明らかに、芹澤が二人を使ったことを承知しており、それについて確認するために訪ねてきた、ということだ。

「それで」

「かなり、厳しめに詰められまして。致し方なく、ゲロしてしまいました」

隣で、コグレも頷いてみせる。

「具体的には何を話した」

今度はコグレが答える。

「あの日、十七区事件で生き残った、深町辰矛の住居を張り、翌日、彼が十七区の事件現場付近で聞き込みをしていると、三人の異人に囲まれ、拉致……その後、十区の解体中ビルにいることが分かり、急行するも」

コグレが、強めに芹澤の目を見る。

「……彼はすでにおらず、異人の姿も見られなかった、と報告しました」

寸止めでセーフ、と思っていいのだろうか。

「例の、黒いダイバースーツについては」

「ひと言も、漏らしていません」

「不審なトラックについては」

「言ってません」

「じゃあ、助手席に女が乗っていたことも」

「言ってません」

だとしても今日、芹澤は、自分が行った時点でもう深町は病院にいなかった、今現在も行方は分からない、と言ってしまっている。決して嘘ではないが、コグレが語った「異人による拉致」は、報告からすっぽり落としている。

係長はあの瞬間、大袈裟《おおげさ》に言ったら芹澤の「背任」を認知したはず。それなのに直接の指摘はせず、「もう、深町は追わなくていい」と言うに留めた。

ときに芹澤は、公安部の秘密主義を疎ましく思う。

またそれを都合よく利用している、自身の存在も。


一週間ほどは、何事もなく過ごした。

監視拠点を巡回し、場合によっては拠点の近くに担当主任を呼び出し、報告を受ける。必要があれば助言や下命もする。

受け取った情報は何ヶ所かある「セーフハウス」でレポートの形にする。公安部の経費で借りている部屋もあれば、警視庁ＯＢが厚意で使わせてくれている空き物件もある。いずれにも特別な設備はない。ただ静かに、誰にも見られず、邪魔もされずに作業できればそれでいい。

何日かに一度は警視庁本部にも上がる。ただし、インターバルは定めない。決まった行動パターンは、それ自体が一つの「情報」になる。自陣から漏れる情報は少なければ少ないほどいい。

本部では幹部会議に出席することもあれば、係長と二者面談になることもある。場合によっては、セーフハウスではできなかった仕事もする。警察庁のデータベースへのアクセスなどが、まさにそれだ。

だが、七月に入ってすぐの、雨の日だった。

六区の拠点を出たところで電話がかかってきた。

ディスプレイには【徳永《とくなが》義一《ぎいち》】と出ている。

二つ年上の警察学校同期。共に警備・公安畑を歩んではきたが、昇任は彼の方が常に早かった。

「……もしもし」

『俺だ』

「はい。どうされました、徳永警部殿」

決して冗談が通じない男ではないが、今日は虫の居所でも悪いのか全く乗ってこない。

『お前に訊きたいことがある。少し話せないか』

ビニール傘を叩く雨音がうるさくはあるが、会話ができないほどではない。

「はい、どうぞ」

『いや、できればどっかで』

顔を見て話したい、と。

「ほう……今どこだよ」

『そっちは』

「浅草寺《せんそうじ》」

ぼやかそうと思い、適当に言ったのがよくなかった。

『じゃあ、浅草寺病院の角にタバコ屋がある。そこまで行くから、車の中で話そう』

そんなに緊急の話か。

「構わんが、念のため点検はさせてもらうぞ」

『分かってる』

通話を終え、すぐさま地図アプリで調べたところ、浅草寺病院までは意外と距離があった。致し方なくタクシーを拾い、指定されたタバコ屋付近まで行くと、すでに徳永のであろう車両が店の前に停まっていた。

「運転手さん、あの車の先で停めて」

「あの黒い車の……承知しました」

支払いをして降車し、ほんの数メートルなので傘は差さず、小走りしていった。

最新型の黒いレクサス。運転席から、徳永が物凄い形相でこっちを睨んでいる。

自分で助手席のドアを開け、乗り込む。

「……すまない」

「なんでタクシーなんだよ」

言いながら徳永はサイドブレーキを解除、アクセルを踏み込む。

芹澤は慌ててシートベルトをし、バッグから自前の探知器を出した。部外者に聞かれたくない話をする場合は、必ず事前に盗聴器の有無を確認する。確認できないのであれば、聞かれたくない話は一切しない。

結果は——まあ、エンジンルームに位置情報発信機くらいは仕込まれているかもしれないが、車室内は安全と思っていいだろう。

徳永は、こっちを見もしない。

「気は済んだか」

「ああ。まあな」

「喋っていいか」

「どうぞ」

身長は芹澤とさして変わらないが、体の幅と厚みは、徳永の方が一・五倍くらいあるように見える。その差がそのまま、今現在の所属の違いを表わしているように思う。

警視庁、警備部第一課特殊制圧隊、第六中隊長。

特殊制圧隊は主に、公安部外事四課が仕入れてくる「異人情報」を元に、作戦の立案・策定をする。そういった意味では、徳永は芹澤の「お得意さま」の一人ということになる。

徳永は前を向いたままだ。

「単刀直入に訊く。異人グループが、大きく二つに割れているというのは本当か」

答えるのは簡単だが、なぜ徳永がそんなことを訊くのかが分からない。

「それを、俺に訊いてどうする」

「腑《ふ》に落ちないことがある。根拠となる情報に納得できないうちは、作戦にゴーサインは出せない。公安の思惑に踊らされるのはご免だ」

　悪者はこっちか。

「正確には、どっからの情報だ」

「お前が先に答えろよ。異人グループ内に大きな対立があるってのは本当か」

徳永の中で、答えはすでに出ている。芹澤への質問はあくまでもその確認、あるいは裏取り。そう考えた方がよさそうだ。

「……煮え切らない答えで申し訳ないが、知らん」

「は？」

「お前の言う『大きな対立』が、どれくらいをイメージしてるのかは知らんが、大きく二つに割れているかどうかと訊かれたら、答えは『ノー』だ。大まかな構図で言えば……『ジェイ』は分かるか」

　徳永が、前を睨みながら頷く。

「異人にしては珍しく、頭のいいリーダーだそうだな」

「ああ。そのジェイが、異人コミュニティーを束ねつつあるのは間違いないと思うが、それと対立する勢力があるかと訊かれたら、少なくとも俺たちは把握していない、としか答えようがない。まだ、ジェイの傘下に入っていない小さなグループはあるだろうが、対抗できる勢力となると……たぶん、そんなものはない」

　雨足が強まってきた。

　徳永がワイパーのスピードを上げる。

「……ジェイではないグループのアジトを、先に叩くという話が出ている」

どこかの、こことよく似た別世界の話を聞いているかのようだ。

「外事四課の俺も知らない、ジェイのグループとは違う、もう一つの勢力を叩く、掃討作戦か」

「本当に心当たりはないか」

「ない……で、そろそろ答えてくれるか。その情報は、正確に言ったらどこから出たものだ」

徳永が小さくかぶりを振る。

「……分からなかった」

思わず、鼻で笑ってしまった。

「分からないって、レポート読めば書いてあるだろう」

「それが、そのレポートには、公安部の署名がなかったんだ」

まるで話にならない。

「じゃあ俺に訊いたってしょうがないだろう。おたくらが独自に上げたネタってことじゃないのか」

「警備部の独自ネタで作戦なんて、危なっかしくて打てるか。その程度には、俺たちは公安部を評価してるつもりなんだが」

「そいつぁどうも」

ようやく、徳永の片頬に笑みが浮かぶ。

「俺たちは確かに筋肉バカだが、他の部隊が手掛けた作戦の報告書くらいは目を通してるし、逮捕された異人がどうなったかも、一応は気にしている。そんな諸々の周辺事情からしてみても、だ。ジェイではない一大グループというのは、ちょっとピンとこなかった。だから、隊の総務で端末叩いてみたんだよ。そうしたら……」

勿体《もったい》ぶりやがって。

「……そうしたら、なんだ。どうした」

「そのレポートの出所は、少なくとも警備部ではなさそうだった。ということは、ほぼ自動的に公安部ってことになる。だとしたら、普通は外事四課だろうと思って検索をかけたんだが、ヒットはなかった。じゃあどこだ。もう公安一課から順番に当ててくか、と思ってやり始めたら……いきなりロックが掛かった」

「ログインし直して、やってみたか」

「やった。ＩＤ自体にロックは掛かってなくて、ウチの隊員の履歴とか、そういうのは普通に見られた。レポートも、他のだったら問題なく検索できたし、本文も読めた。外事四課の管理官名義のレポートも、ちゃんと出てきた。でも、俺が読みたいそのレポートの格納場所を調べようとすると、ロックが掛かる。何度やっても」

警察官各自は、その付与されるＩＤによって許される情報検索の範囲が違っている。入庁一年目の巡査と、部長クラスの警視監、警視長では知る権限が違って当たり前だし、それは警備部と公安部のような、所属部署でも違ってくる。

だがそうだとしても、特殊制圧隊の中隊長が、作戦立案の根拠となるレポートの出所を確認できない、というのは通常あり得ない。

一つ、確認しておこう。

「お前、その作戦やるのか」

徳永は眉をひそめた。

「たぶん、拒否はできない。できるのは、情報開示を盾にした時間稼ぎがせいぜいだろうな」

組織とは、そういうものだ。

だが、どこの組織にも例外的存在はいる。

「……分かった。俺なりに調べて、分かったことがあったら流すよ。それまではなんとか、牛歩戦術で粘ってみてくれ」

「なんだその、ギュウホ戦術ってのは」

確か、昔の政治用語だったと思うが。

第4章

1

　赤津が言う通り、次に計画されている「ヤヒロ作戦」はかなりの規模になりそうだった。ちなみに「ヤヒロ」は、今回の現場となる東京都第七区の北端に、かつてあった町の名前だそうだ。

　正直あっち側――東京の東側は、第二機動制圧隊でも第四、第五、第六中隊の管轄なので、第三中隊所属だった辰矛には馴染みも土地鑑も全くない。「昔でいうヤヒロ」と聞いても、漢字すら思い浮かばない。

　そのヤヒロの一部、一周三百メートルほどのエリアが今現在、異人の「巣」になっているという。

「一周三百メートル」と聞くと大したことないようにも思うが、面積でいったら約五千六百平米、千七百坪相当になる。建物は大小合わせて十六棟。その全てが異人によって占拠されているのだから、状況としてはかなり危機的だ。

今回は実動部隊も増員される。

中心となって動くのは、あくまでも「グランダイバー」西村と絵留のコンビ。その点に変更はないが、今回はあの「巨漢」近藤を筆頭に、元陸上自衛隊レンジャーの飯森《いいもり》、金谷《かなや》、原田《はらだ》の四名が後方支援につく。

ちなみに近藤は、アメリカンフットボールの元日本代表選手なのだそうだ。

「いろんな国のやつと試合して、友達にもなって、それで逆に、分かったっていうか。スポーツじゃ、国は守れねえんだなって、当たり前のことに気づいたっていうか……でも、アレよ。元アメフト選手だからって、いきなり異人にタックルかましたりはしないからね。ちゃんと射撃の訓練も受けてっから、そりゃ銃持ってたら撃つよ、俺だって。馬鹿じゃないんだから」

エリア内にある十六棟の内訳は、二階建ての民家が十一棟、四階ないし五階建てのビルが五棟。ほとんどは廃墟《はいきょ》同然の空き家だが、中には異人が家族で住んでいたり、若い異人たちがラブホテル代わりに使っている家屋もあるという。

ただ一棟だけ、特別な建物がある。エリア中心部にある四階建てのビルがそれだが、本作戦では便宜上、これを「C棟」と呼ぶことになった。このC棟には、異人グループのカリスマ的リーダー「ジェイ」が、自宅代わりにしているフロアがあるという。

それらの情報を、フロントの別動隊が如何にして入手したのかは、辰矛には分からない。

だが前園アヤは、それこそが今回のターゲットなのだという。

「ジェイには三人の子供がいると言われています。十歳くらいの男の子、それより少し年下の女の子。両方とも名前は分かりません。この二名は定期的に住居を移動するらしく、なかなか所在が摑めませんが、三人目の、まもなく四歳になる女の子は心臓に疾患があるという情報があり、そのためか、頻繁には住居を移さず、このヤヒロのビルに定住しています。名前は『ヒエイフ』」

あまり聞きたくない話が続いた。

「そのヒエイフの四歳の誕生会が、近々催されるという情報があります。それが七月九日、今度の水曜日……この情報の確度は、かなり高いと思われます。ご存じの通り、ジェイの行方は警視庁公安部も必死で追っています。ただし警視庁は、ジェイを捕らえたところで通常の刑法犯として裁くだけ。そのときに薬物を持っていれば薬物事犯で、銃器を携行していれば銃刀法違反で。のちの裁判で有罪判決が下されても、ごく短期間の刑期で出所してくることは分かりきっています。しかしそんなことでは、この国の異人問題は何一つ解決しない……フロント内に異論があることは承知しています。それでも、今回はこの方向でやらせてください。最悪、ヒエイフを人質にとってでも、必ずジェイを仕留める……そういうことです」

今回は絵留の他にも、二台ずつなら操縦可能だというドローンパイロットが二名参加する。長谷川《はせがわ》と村井《むらい》。これによって、計十二台のドローンが現場に投入されることになる。

元陸自レンジャーの原田が呟く。

「異人に、自分の子供を守ろうなんて感覚が、果たしてあるのかね」

隣にいた金谷が鼻で笑う。

「まず、本当に自分の子供なのか、って話だよな」

元陸自の三人の中で、最も階級が高かったのは飯森。

彼が書類を手にして立つ。

「作戦の詳細を、変更点と合わせて、再度確認していく。西側道路を渡ってA地点に、西村の

A班。南側道路のB地点に、近藤、金谷のB班……」

まず、ドローンと別動隊とで占領エリアを完全なる監視下に置く。ジェイがエリア内にいなければその到着を待ち、C棟に入る前に襲撃。ジェイの死亡確認によって作戦は終了、即時撤退する。

一方、ジェイがすでにC棟内にいる場合は、ドローンと後方支援班で進路の安全を確保しつつ、西村が北側道路からC棟裏手まで進行。後方支援班と合流ののち、C棟に侵入。戦闘は極力避け、ジェイのいるフロアまで上がり、処刑。ヒエイフを人質にした場合、ヒエイフは作戦終了後に処刑し、撤退する。

「他に質問はないか。なければ、これで終了とする」

「起立、敬礼……散会」

作戦会議終了後、辰矛は飯森を呼び止めた。

「あの……少し、よろしいですか」

飯森の最終階級は二等陸尉だという。よって、年齢はもう六十近いはずだが、とてもそんなふうには見えない。短く刈った髪、引き締まった肉体、常に伸びた背筋。隊を離れてもなお、片時も軍人であることをやめない。そんな印象の男だ。

「何か」

「ご存じだとは思いますが、私はまだ、フロントに、正式に参加する手続きを経ておりません。今からでも血判状に署名と押印をすれば、水曜の作戦に参加はできるのでしょうか」

飯森は即座にかぶりを振った。

「今回の作戦内容はもう変更できません。よって血判状への署名、幹部会議での承認を受けても、作戦には加われません。失礼」

短く十五度の敬礼をし、飯森は辰矛に背を向けた。

歩き去る、その一歩一歩にもまるで隙がない。

「……失礼、いたしました」

辰矛が飯森の背中に一礼すると、すぐ後ろで「ぷっ」と聞こえた。

絵留だった。笑いを堪えているのか、鼻先に拳を当てている。

「深町、やる気満々じゃん」

それでも目は笑っていない。

「まあ……いつまでもタダ飯食らいってのは、どうかなと」

「一宿一飯の恩義、ってやつか」

「よく知ってますね。そんな古い言葉」

「あ、馬鹿にしてる？」

言いながら、辰矛を指差す。

馬鹿にはしてません、というのは言いそびれた。

「……深町。この作戦が終わったらさ、ちゃんと話そう。赤津さんも呼んでさ、ちゃんとやろう。今回はともかく、こっちはこっちで、もう深町のことは勘定に入れてるから。今回、計画通りにジェイを殺れたとしても、別にそれで終わりじゃないし。ジェイの穴なんて、すぐに誰かが埋めて、またジワジワ増殖し始める。そういうもんだから、異人って……赤津さんは、根絶やしにするわけじゃないとか言ってるけど、そんなの、現場を知らない政治家の綺麗事だし。根絶やしにしないんだったら、じゃあ全員国外退去させられんのかって。政治で異人が一掃できんのかって……できないんだったら、あたしらが手ぇ汚してでも、根絶やしにするしかないでしょうが」

分かる。理屈としては、痛いほど分かるが。

「……ジェイの娘も、最終的には、殺すんですか」

絵留は誰もいない、飯場の奥の方に目を向けた。

「あたしの父親ってさ……異人に、ガソリンぶっかけられて」

辰矛はすぐに頷いてみせた。

「はい。西村さんから、聞きました。制圧隊員だったたって」

「ああ、知ってた……じゃあ、その異人が何歳だったかは？」

「それは、聞いてないです」

絵留の、少し厚めの唇が引き攣る。

「……九歳。九歳のガキが、バケツに入ったガソリンを警察官に浴びせて、火ぃ点けて焼き殺したんだよ。異人って、そういう生き物だから。人間じゃないとまでは言わないけど、少なくとも、あたしらと同じ種類の生き物でないのは確か。ヒエイフだって、生かしといたら五年であたしの父親を殺した異人と同い年になる。殺るなら今だよ。いま殺らなかったら、こっちが殺られるだけなんだよ」

具体的には、どうするのだろう。

また西村が、メイスで撲殺するのか。

そういえば。

「……あれ。西村さんって、会議、いましたっけ」

絵留も辺りを見回す。

「んー……また、トラックで休んでんのかな」

「休む?」

「今日、なんか調子悪いみたいだから」

「そうなんですか……じゃあ、ちょっと自分、様子見てきます」

絵留に一礼し、辰矛はトラックの方に向かった。

開いたままの後部ドアから覗くと、右壁のベンチに、横になっている誰かの足が見えた。照明は消してあるが、それが西村のブーツの底であるのは分かった。眠っているのなら、わざわざ起こさない方がいいか。

そう思って行こうとしたのだが、中から「深町」と聞こえたので、もう一度覗いた。

「……はい」

「ちょっと、来いよ」

「はい」

荷室に上がり、中ほどまで進む。

西村は、白いTシャツにモスグリーンのカーゴパンツという恰好。

短い袖から覗いた上腕と、Tシャツの色にはほとんど差がない。

「……どうか、しましたか」

「座れよ、適当に」

指令台の椅子が空いているが、辰矛はあえて、床に胡坐を掻いた。

西村が、ごろりと仰向き、天井を見上げる。

「ほんと深町は……自分からは、何も訊かねえのな」

あのことかな、と思ったら、案の定だった。

「俺が打ってた、注射のこと。気になんないの」

気にならない、わけがない。

「いえ……なんだろうなと、思ってはいました」

「でも、訊かなかった」

「訊いたら、いけないのかなって……」

「なんで、いけないのかなって、思ったんだよ」

西村さんが、凄く、苦しそうだったから——。

だが、それを言う間はなかった。

「あれさ……実は俺も、なんだか知らないんだよ」

えっ、という声も出なかった。

「成分がなんだかは知らないけど、その効果は、知ってる。分かる……って、当たり前か。自分で打ってんだから……あれを打つと、痛みを感じなくなるんだ」

打った直後は、あんなに苦しそうなのに。

「痛みを……完全に、ですか」

「ほとんど。ほぼほぼ、ってレベルかな。人間ってのは……人間に限らず、生き物ってのは、本能的に痛いことは避けるようにできてる。ヒトも虫も、死にたくはないからね。それは筋肉も同じ。ベンチプレスだって、最終的には痛みに耐えられなくなって、上げられなくなる。そういう痛みを感じなくなったら、どうなるのか……人間はね、限界を超えた力を、出せるようになるんだよ」

よっこらしょ、とは言わなかったが、でもそんなふうに、西村が起き上がる。

「力がさ……漲《みなぎ》る、のとは違うんだ。まさに出やすくなる、出せるようになる、そんな感じ。だから、あのクソ重たいスーツを着ても、ガンガン動ける。ピョンピョン飛び跳ねられる」

そういうことか。

「たぶん、俺の着てるスーツは、深町が警視庁から貸与されてたのより、だいぶ生地が薄い。ケブラーだから弾は通さないが、でも薄い分、衝撃の吸収性は低い。つまり銃で撃たれたら……銃弾自体は貫通してこなくても、その衝撃は、けっこうダイレクトにくる。普通の人間だったら、そんな衝撃には耐えられない。二、三発撃たれたら、弾そのものは喰らってなくても、衝撃だけで参っちまう。当たり所が悪ければ骨が折れることだってあるだろう。でも、あれさえ打ってれば、けっこう耐えられる。実際、効いてるうちは怪我をしない。痣《あざ》もできないし、骨折もしない。痛みを感じないだけでなく、体が強くなるんだ、実際に……あの薬が効いてる、一定の時間内だけはな」

思わず、西村の頭を指差してしまった。

「……薬と、髪が白いのとは、何か関係が」

西村が頷く。

「使い始めてから一ヶ月もしないうちに、見る見る全身が白くなってったよ。なんだろうな……メラニン色素と無痛状態に、何か因果関係でもあるのかな」

まるで他人事《ひとごと》のような言い草だ。

「あの薬も、赤津さんからもらうんですか」

「持ってくるのは小田倉《おだくら》さんだけど、調達してるのは、赤津さんなんだろうな」

小田倉真也《しんや》は大和一新会所属の下院議員。赤津と共にここを訪れ、よくメンバーから資機材に関する聞き取りなどをしている。

西村が自分の、左上腕を撫《な》でる。

「もともとは、なんとかって難病の治療薬として開発されたものらしいが、今現在は販売も使用もされていない。一説によると……原材料は、人ならざるモノの血液だとか」

自分の体に入れるものについて、よくそんなふうに言えたものだ。

しかも、ニヤニヤしながら。

「人ならざるモノ、ってたとえば、なんですか」

「知らん。ブタかもしれないし、シャチとかサメとか、ゴリラなのかもしれないし」

「それの、血……なんですか」

「まんまじゃねえよ。原材料が、って話だぜ」

「そういえば、色は、わりと白っぽかったですもんね」

「そう。だから主成分は……白血球とか、なのかな」

そういう問題ではない気がするが。


いよいよ、作戦決行当日となった。

通常、異人の「巣」を襲撃するのは夜中が多い。

理由は複数ある。一つは、異人といえども、中心となる活動時間は昼間である、という点だ。

解体工事だろうと銃器の密造だろうと、やはり明るいうちの方が作業効率はいい。結果、異人も夜には疲れていると考えられる。早く寝る者もいるだろう。よって、攻撃するなら夜中の方が効果的である。ごくごく単純な理屈だ。

夜だと周辺住民に目撃されづらい、通報される可能性が低い、というのもある。そうとは知らず、暗くなってから近くを通りかかる日本人もいなくはないだろうが、地域の事情を知っている周辺住民は、まず暗くなったら異人の「巣」には近づかない。それだけでも、夜を選ぶ意味はある。

グランダイバーが闇に紛れて動けるから、というのが理由になるかどうかは、辰矛には分からない。それこそ「鶏と卵」。グランダイバーが黒いから作戦を夜にするのか、夜に作戦を実行するからグランダイバーを黒くしたのか、どちらが先なのだろう。まあ、これについても西村に尋ねるつもりはない。そんなに、切実に解き明かしたい謎でもない。

だが、今回の作戦は例外だ。ジェイの娘、ヒエイフの誕生会を襲撃するのだから、時間的には通常よりかなり早くなる。

今現在、予定されているのは十八時頃。状況によっては、ここから一時間ないし二時間、前後することも想定されている。

実際、別動隊は前日から現場での監視に入っている。

辰矛たちがいつものパネルトラックで現場入りしたのは、当日の十五時。この段階では都道を隔てて真向いのブロックにある、月極駐車場にて待機。絵留はここからドローンを飛ばし、現場の状況を探り始めた。

辰矛は、指令台のすぐ隣に控えていた。今回は最初からタブレットを貸してもらえたので、先頭ドローン二台分の映像は辰矛も見ることができた。

西村が例の注射を打ったのは、十六時半頃だった。

「ンッ……ああ、効くぜぇ」

絵留は着々と情報を各方面に流す。


「女たちが、揚げ物を揚げ始めた……まもなくっぽいですよ……再度確認しましたが、ジェイは見当たらない。イールァンも……うん、いない。ザリガニもいないし……やはり、まだ到着してないんでは、ないでしょうか」

「ザリガニ」とはジェイの側近の一人だそうだが、むろん本名ではない。フロントメンバーが勝手につけた渾名だという。右腕に入っているタトゥーが、どう見てもサソリではない、あれじゃザリガニだ、というのが由来らしい。

西村もスーツの着用を完了し、あとはヘルメットをかぶるだけになっている。

「ほぼほぼ、予定通りってことかな」

だが予想に反し、その後もジェイはなかなか現われなかった。

予定の十八時を回り、十九時、十九時半も過ぎた。

絵留が首を傾げる。

「都内で大渋滞とか、そういうのは、ないんだけどな」

事態が動いたのは、二十時を数分過ぎたときだった。

絵留が指令台に身を乗り出す。

「了解、確認する……車両、確認した。黒いセダン、シルバーグレーのワンボックス……北側道路……了解。A班、出ます」

パネルトラックが駐車場を出る。

指令台を隠すための、黒いスクリーンはすでに下ろしてある。

西村はヘルメットをかぶり、後部ドアの前でスタンバイ。

やがて車両は停止。照明も消える。

絵留が、ヘッドセットのマイクに手を添える。

「グランダイバー、出ます……古室さん、開けて」

後部ドアが開くと、西村がすぐに飛び出していく。

絵留のドローンはすでに占領エリア内、セダンとワンボックスの動きを捉えている。

二台はエリア内の私道を直進。突き当たりのC棟前で停止。先に停まったセダンのドアが、翼を広げるように、一斉に開く。

運転席、助手席、左右の後部座席。降りてきたのは四名。いずれもTシャツやタンクトップといったラフな恰好をしている。

ワンボックスのドアも続々と開く。運転席、助手席、左側のスライドドア。

しかし、降りてきたのは三人だけ。ワンボックスにしては少ない。

絵留の頭が、何かを探すように小さく動く。

「待って……ワンボ右側にイールァンを確認。セダンの運転席から出てきたのが、ザリガニ……ジェイは、待って……」

そこで、絵留がハッと息を呑む。

辰矛も、その場面をタブレットで見ていた。

イールァンとは違う、助手席から降りてきた異人がワンボックスの後ろに回り、リアゲートを撥ね上げる。

中から、誰かが降りてくる。

絵留には別角度の映像も見えているのかもしれないが、辰矛の見ているそれでは、まだどんな人物が降りてきたのかは分からない。

足、膝、腰の辺りまで見えて、かなりゴツいな、とは思ったが、撥ね上げたゲートをくぐるように、前に出てきたその全身を見ると、辰矛も思わず息を呑んだ。

なぜ、異人の車から、ダイバーが降りてくる。

しかも、色が――。

絵留のヘッドホンから《作戦中止》の声が漏れてくる。

「了解ッ……西村、中止、作戦中止、西村、戻ってッ」

一体、どういうことだ。

2

結果として、飯森の判断は正しかったことになる。

飯森から《作戦中止》の命を受け、絵留もそれを繰り返し西村に伝える。

「戻れ戻れ戻れ戻れェッ」

そのときにはもう、C棟に通ずる私道の両側から、銃を構えた異人が何十人も出てきていた。

拳銃、サブマシンガン、ライフル。統一感はまるでないが、その数は圧倒的だった。

「西村、いいから早く戻ってッ」

運転席から「俺が行く」と聞こえた。同じ声は絵留のヘッドホンからも漏れてきた。古室が西村を迎えに出るということだろう。

絵留がコントローラーを忙しなく操る。

「後ろから三人来てる。右に入って、次で左、そのまま通りに出て」

タブレットには、サブマシンガンらしき銃を抱えた異人が走ってくるのが映っている。続く二人は拳銃を持っている。

その一人が、銃口を上空に向ける。

ドローンを撃ち落とす気か。

映像が大きく揺れ、隣家の屋根が迫ってくる。

こもった銃声が連続して聞こえた。荷室を覆うパネルは防弾仕様。それで音がこもったのか、それとも発砲した地点がここから遠いのか。

まもなく後部ドアが開いた。

射し込む街の明かり。少し距離のある銃声。グランダイバーの影。

だが西村は、自らが乗り込むより先に、誰かを荷室に放り込んだ。

古室か。どうした。何があった。

すぐに西村も乗り込み、ドアを引き寄せる。だが構造上、そのドアは外からでないと、完全にはロックできない。

「撃たれてる。早く出せ」

照明が点くと、床に転がされた古室が、苦悶の表情で左肩を押さえていた。

微かな火薬の臭い――。

西村も絵留も、即座に装備を外すことはできない。今の古室に運転はできそうにない。

辰矛はキャビンに通ずるドアに向かった。

「どこに行けば、いいですか」

絵留は壁に向いたまま。

「どこでもいい、早くッ」

辰矛はドアを開けた。

フロントガラスの向こうには、なんの変哲もない夜の街。

背もたれを迂回して運転席に座る。エンジンは掛かったままだ。

ダッシュボードに放置された有線式イヤホン。何か聞こえる。

耳に捻じ込むと、いきなりだ。

《開けろッ。助手席の窓を、開けろってばオイッ》

見ると、何台もの小型ドローンが窓の外でホバリングしている。

どこだ、パワーウィンドウのスイッチは。これか。

助手席側のそれを押し込む。するともう、数センチ開いた時点で先頭の一台が入ってきた。

ドローンの列は次々と、助手席シートの裏側、棚状の「巣箱」に収まっていく。

《早く出せッ》

早く早くと言われても、初めての車ではサイドブレーキの位置も分からない。これか。シフトスイッチは、こっちか。

ハンドルを握り、アクセルに足を置くと自動でヘッドライトが点いた。前方に人影はない。踏み込むと、車体重量のわりに出足がいい。シートに押し付けられるような圧がある。荷室の三人は大丈夫か。これくらいは慣れっこか。

とりあえず、一刻も早くここを離れなければ。
絵留の指示通り東に向かい、木根川《きねがわ》橋で荒川《あらかわ》と綾瀬川《あやせがわ》をいっぺんに渡り、二十二区に入ってからはしばらく綾瀬川沿いを北上していった。
今回の作戦で指揮官を務めた、飯森・元二等陸尉。
彼と絵留とのやり取りが、イヤホンから流れてくる。
《前日からの監視態勢に問題はなかったと考えるが、異人側がそれ以前から迎撃準備をしていたのだとすれば、戦わずして負けていたのだと、認めざるを得ない》
《だとしても、周りの建物の出入りを見てれば、ある程度は察しがついたでしょう》
《周辺建物に銃器を携行した者が出入りする様子は目撃されていない。また出入りしていたのは女性が中心で、あのように武装した男性は皆無だった》
《女だから油断したってわけ》
《油断も予断もない。銃器を携行した異人が周辺建物に出入りしている様子は確認できていなかった、と言っている》
《じゃあなんであんなにバッチリ守り固められてんだよ》
《地下か、見えづらい壁と壁とが通路で繋がっていたとしか考えられない》
《異人に穴掘りの習性があることくらい分かってんだよ。そうじゃなくて、なんでこのタイミングで向こうが迎撃準備してんだって訊いてんの》
《……情報が、漏れていた可能性を、疑わざるを得ない》
いま作戦失敗の犯人捜しをしても仕方ないのに、と思いながら、辰矛は半分くらい聞き流していた。

　なので、いつ飯森と絵留の話が終わったのかは分からなかった。

《おい深町、聞いてんのかよッ》

　イヤホンのマイクをオンにする。

「……はい、聞いてます」

《千住新橋《せんじゅしんばし》を右折して、南K7、T44に向かって。そこで古室を降ろす》

「了解です」

　絵留が打ち込んだのだろう。ナビゲーション画面にも【南K7T44】と出ている。辰矛は【ここに向かう】の文字にタッチして、あとは案内の通りに進むだけだ。

　指定されたその地点で降りたのは、本当に古室一人だった。

　古びたビルの前まで行った古室は、辰矛のいる運転席に向き直り、ゆっくりと頭を下げた。悲しそうな顔をしていた。左肩に当てたタオルが真っ赤に染まっていた。

　お大事に、という意味で手を上げ、辰矛は再び車を出した。

《あとはそのまま、飯場に向かって》

「了解」

　しばらくすると、絵留がキャビンに移ってきた。

「お疲れ」

　何か気の利いた言葉を返したかったが、何も思いつかなかった。

「……お疲れさまです」

　溜め息交じり。絵留が、独り言のように漏らす。

「さっきのとこ……古室さんの、知り合いの病院なんだって」

「そうなんですか」

「あれくらいの傷なら、何も訊かないで縫ってくれるんだって」

「怪我、ひどかったんですか」

「弾は……貫《ぬ》けたっていうより、表面をかすった感じ。十センチくらい、皮膚が抉《えぐ》れたっていうか、裂けたっていうか。それでも血が止まんなかったんで、あたしが縫ってやるって言ったら、知り合いの医者んとこ行くから、いいって言われた」

「なるほど」

しばらく黙ると、また絵留が口を開く。

「……いろいろ、腑に落ちない点が、あるんだわ」

あらゆる可能性を疑うのは、必要であり当然だと、辰矛も思う。

「飯森さんの話、ですけど……もしかして、自分って、スパイなんじゃないかって、疑われたりしてるんですか」

絵留はチラリと辰矛を見、すぐにかぶりを振った。

「んーん。深町のことは、全然疑ってない」

「でも、幹部会の承認を受けてない、部外者ですよ、自分は」

「その部外者が同行することは、幹部会も承認してる」

「だからって、スパイの可能性がゼロになったわけじゃない」

「あんたは、あたしたちと行動を共にするようになってから、一度だって外部と連絡をとったりしなかった。飯場内の電波発信履歴から、それは確認できてる。勝手に別行動もとらなかった。体に発信機の類も入ってない。あたしはそういうの、何度も何度も確かめたし、そのあたしの出した結論を、幹部会は信じてる……それともなに、あたしたちを裏切ってる自覚が、深町にはあるわけ？」

それには辰矛がかぶりを振った。

絵留が前を向く。

「……でしょ。だったらいいじゃん、それで」

じゃあ、絵留さんが腑に落ちないことって、なんですか。

そう訊くタイミングは、残念ながらなかった。

飯場に着いてしまった。

「……あれ。もう、誰か帰ってきてんだ」

絵留がどこを見てそう思ったのか、辰矛は一瞬分からなかった。

飯場はその見た目通り、化学薬品工場の跡地を利用している。

敷地全体は、低いブロック塀とフェンスで囲ってあり、その気になれば乗り越えることはむろん可能だが、なんの手間もなく車を乗り入れたり、歩いて入ったりはできない造りになっている。

車が入れるのは二ヶ所。南側の正門と東側の裏門。北側は隅田川《すみだがわ》に面しており、間に遊歩道はあるものの、そちら側に出入り口はない。西側にもない。

絵留が助手席から降り、正門を開けに行く。確かに、普段は正門ゲートを柱に繋いでいるチェーンが、今は外れている。先に帰ってきた誰かが外したのだ。

両手でゲートの取っ手を摑んだ絵留が、後ろに体重を掛け、両脚を突っ張る。ゴゴッと動き始めたら、あとはスムーズに開く。

トラックが通れるくらい開いたら、絵留が「来い」と手で示す。

指示通り敷地内に進入し、一時停止。ゲートを閉めた絵留が乗り込んできたら、再び前進。飯場自体は敷地の奥の方。まだ二百メートルくらい先になる。

近くまで行くと、また絵留だけ降りる。シャッター脇のくぐり戸から入り、中で電動シャッターを開ける。

飯場のシャッターは幅が八メートルあるが、車が通れるのは右側の三・五メートルだけ。左側の四・五メートルは例の、高さ一・五メートルのブロック塀で塞いである。また右側を入った先にも同じブロック塀が設置されている。入ったらすぐ左にハンドルを切らないと、そのブロック塀に突っ込むことになる、という罠《わな》だ。

まあ、そうと分かっていて明かりも点いていれば、さして難しいクランクではない。辰矛がこのトラックを飯場に入れるのは今回が初めてだが、とりあえずどこにぶつけることも、こすることもなかった。

いつも駐めている右の壁際まで進め、そこでエンジンを停止。運転席から降りる。

シャッターはすでに降り始めていた。絵留が後部ドアを開けると、西村も降りてくる。ここまでほぼノンストップだったからか、西村はヘルメットを取っただけ、体はまだダイバースーツのままだ。

辺りを見ると、紺色のワンボックスが一台、黒色のセダンが一台、銀色のセダンが一台駐まっている。今回の作戦に使用した車両は、辰矛たちのパネルトラックを入れて、この四台で全部だ。

メンバーはベニヤテーブルの周りに集まっている。

そこに絵留が進んでいく。

「……古室さんは医者に行かせた。他に負傷者は」

前園アヤが絵留に向き直る。

「金谷さんが脚を撃たれた他は無事でしたが、ドローン一台が損壊、もう一台は回収に失敗しました。損害は以上です。今のところ」

前園アヤと絵留の関係性が、辰矛には今一つ分からない。前園アヤの方がかなり年上なのだとは思うが。

見ると、確かに金谷の右腿にはタオルが巻かれている。血も滲んでいる。

元レンジャーの原田が、絵留と辰矛を見比べる。

「古室が医者に行って、じゃあ誰が運転してきたんだよ」

絵留が辰矛を親指で指す。

「……深町」

「ヨソ者だろうが」

「あたしが頼んだんだよ。文句あっかよ」

「何様のつもりだ、この野郎」

絵留が一歩踏み出し、原田がそれに応じるように顎を上げた、その瞬間だった。

キュインキュインと、シャッターの方でアラートが鳴った。

絵留がそっちを指差す。

「電気消してッ」

同時にメンバーがあちこちに散っていく。車両に戻り銃を手にする者、近くに脱ぎ捨てた防弾ベストを拾い上げる者。

西村と絵留はトラックに向かっていた。

「深町ッ」

振り返りながら、絵留が何か投げてよこす。

拳銃。S&Wの9SEか。

荷室では、すでにヘルメットを着用した西村が、次々と武器を身に付けていた。電源ボックスの両側にメイスを計二本。モデル名は分からないが、右手にはサブマシンガン。

絵留も防弾ベストを着け、サブマシンガンを手にしている。

「深町も、ほら」

防弾ベストを投げられた。

辰矛がそれに腕を通すのと、同時だった。

外から、野太いエンジン音が聞こえてきた。

低速から高速に、唸りをあげながら近づいてくる。

逃げるとか迎え撃つとか、そんな判断をする暇もなかった。

幅八メートルのシャッターが、グシャグシャと、バリバリと破られ始めた。両端に外の風景が見え、やがてシャッター全体が下方に、巻き取られるように引き剝がされる。

完全にシャッターが落ち、そこに現われたのは――。

その、灰色の折り紙で作った「サイ」のような外観には、大いに見覚えがあった。

装甲車。それも警視庁警備部、機動隊や特殊制圧隊が制式採用している「特型警備車」に違いなかった。

なぜ、という疑問に思考を侵されそうになる。だがそんな場合ではない。とにかく今は動いて、動いて動いて、この状況を脱する他にない。

幸い、特型警備車でも二重に築いたブロック塀は突破できなかったようだ。地面が揺らぐほどの重低音は鳴り響いたが、一撃で押し倒すことも、乗り越えることもできずに停止した。

だが、それで充分だったのかもしれない。

特型警備車の左右から、続々と人影がブロック塀を乗り越えてくる。左側、ブロック塀がないところを通り抜け、駆け込んでくる者もいる。

特型警備車の上から強烈な照明を浴びせられ、辰矛は一瞬目が眩《くら》んだが、逆にそれではっきりした。

人影の頭は丸い。全身の各部位は、分厚いプロテクターで守られている。

濃い紺色をした、装甲防護服――。

間違いない。敵は警視庁特殊制圧隊だ。どれくらいいる。十名か。いや、もっとだ。二十名以上、たぶん二個小隊はいる。

動いたのは西村だった。

「ンレァアアーッ」

サブマシンガンで乱射しつつ、左手に握ったメイスを大きく振り出す。決して滅茶苦茶《めちゃくちゃ》にではない。自棄《やけ》でもない。先端の鉄球が、確実に警視庁ダイバーの頭部を捉える。一撃で相手の首は圧《へ》し折れ、もんどり打って倒れる。

しかし、向こうは人数を揃えている。戦術もできあがっている。

「んあッ……」

いきなり原田が「気をつけ」の姿勢で伸び上がり、「棒」になって倒れた。テーザーガンで撃たれたのだ。近くにいたダイバーがすかさず拘束しにかかる。キャプチャーで両手、両足を括られる。

続けざまに飯森、ドローンパイロットの長谷川も撃たれた。飯森はとっさに電極を払い退けたようだが、二発、三発と打ち込まれ、やはり棒になって倒れた。

自分はどうしたらいい。何を、どうしたら――。

拳銃一丁ではダイバーの一人も倒せはしない。かといって西村のようにメイスを振り回す腕力もない。そうこうしているうちにも金谷が撃たれ、倒れた。ダイバー二人に踏み付けられ、殴られ、膝蹴りまで入れられていた。

なんなんだ。何が起こってるんだ。

入り乱れる銃声、悲鳴、体をぶつけあう鈍い音、照明に舞う土埃、硝煙。

「深町ィーッ」

トラックの荷室で絵留が手招きしている。

それが、ゆっくりと遠くなる。

「来ォーいッ」

同時に、大きな丸い影が辰矛の前を横切り、飯場の奥に全力疾走していく。

近藤、何を――。

行く先にあるのは、やはりあのブロック塀だ。近藤はそこに、まさにアメフト式のタックルで突進していく。

よせ、馬鹿、落ち着け――。

だが、信じられないことが起こった。

近藤のタックル一発で、あのブロック塀が、揺らいだのだ。まるでそこだけ、ブロック塀と地面が、繋がっていなかったかのように――。
五、六歩下がって、もう一発。
「……ンデアァァァーッ」

第二撃で、ブロック塀はゆっくりと倒れ始めた。

そればかりではない。

倒れた一枚が二枚目の塀にもたれ掛かり、さらにそれが、飯場裏手の外壁をも押し破る。

トラックの荷室で、手を伸べる絵留。

「深町、早くッ」

でも、西村はまだ戦っている。サブマシンガンは弾切れになったのか、今はメイスの二刀流で、襲い来るダイバーたちを、バッタバッタと薙ぎ倒している。ときにはメイスを摑んだまま、左拳をジャブのように、相手の顎下に繰り出す。キャプチャーによる首絞め。あれを、警視庁ダイバーにも躊躇なく仕掛ける。

しかし、それにも限界はある。

そもそも相手は二個小隊相当。西村はすでに何人も倒しているが、それでもまだ十名近くは周りにいる。漆黒のグランダイバーをどうやって取り押さえようか、距離をとって機会を窺っている。

西村が、立ち塞がるかのように両腕を広げる。

ここから先には、誰も行かせねえぞ——。

三名の警視庁ダイバーが、三方から同時に距離を詰める。左の一人を、西村はメイスで殴り飛ばした。右の一人は足を払った。だがもう一人に左のメイスを掴まれた。そいつには頭突きを見舞った。しかし、さらに三人、四人、五人、六人と襲ってくる。もう、黒と紺の見分けも付かない。暗い波に呑み込まれたグランダイバーが、今どこにいるのか、どういう状態なのか、全く分からない。

西村さん、西村さん——。

「ドレェアーッ」

突如真横から、圧倒的な衝撃が襲ってきた。それで体が浮き上がり、完全に重力を失った。

見ると、ぐんぐんトラック後部が近づいてくる。

必死の形相で、何事か叫ぶ絵留。

さらにもう一段、辰矛は大きく浮遊した。

両手を伸べる、絵留の顔が目の前に迫る。

そのまま、絵留に抱き留められる。

「ンアッ……」

二人で、絡まり合いながらトラックの荷室に倒れ込んだ。

転がって、たまたま止まったのが、車両後方が見える向きだった。

閉じていく後部ドア。その隙間に、近藤の笑顔が細く、小さくなっていく。

「どっか摑まってェッ」

見ると、絵留は指令台の脚を摑んでいる。辰矛もとっさに、ベンチの脚に手を伸べた。

まるで、坂を滑り落ちるかのように車体前方が落ち込み、みたび重力を失った。

まさに、転倒ギリギリまでいっていたと思う。思いきり左にハンドルを切ったのだろう。浮き上がった辰矛は、荷室の右壁に背中から叩きつけられた。絵留は――さすがだ。猫のように空中でバランスを取り、しっかりと床に着地してみせた。

トラックは直線コースに入ったようだった。急激にスピードを上げていく。運転しているのは誰だ。だがそれを訊くより早く、指令台からぶら下がっているヘッドセットがガなった。

《近藤さんが、外にいますッ》

前園アヤの声だ。

絵留がヘッドセットをすくい上げる。

「なに、外って」

《後部ドアの外に、摑まって……あっ》

「どうしたッ」

《今たぶん、撃たれて……でもまだ、摑まってますッ》

辰矛なりに、頭の中に描いた図はこうだ。

近藤は辰矛を荷室に放り込み、自らは枠かどこかにしがみ付いた状態で、後部ドアを閉めた。さらに、あの強行突破の衝撃でも振り落とされずここまで来たが、追跡車両があるのか、近藤は撃たれた。テーザーガンか、拳銃か、サブマシンガンか。

だが助けようにも、後部ドアを開けたら近藤を押し退け、振り落とすことになるはず。とはいえ、追跡車両があるのならここで停まるわけにはいかない。辰矛はどうなってもいいが、絵留と前園アヤは無事に逃がしたい。

手立てはたぶん、一つしかない。

「……深町、何するの」

辰矛は冷蔵庫を開け、中からアンプルと注射器を取り出した。やり方は二度も見ているので分かっている。

アンプルをセットして、左上腕に打ち込む。

「駄目、ねえッ」

あとは、ノック式ボールペンの要領で押し込むだけだ。

「辰矛ッ」

「フンッ」

途端、ザラザラと、ザワザワと、左腕の内側が砂のように、粒状に、血や肉ではない、異質な、無機質な何かに、細胞が、置き換わっていくような、

「ん、んん……ングヌッ」

それが左腕から、左の指先まで、左肩から、胸に、首に、頭に、全身に、

「辰矛ッ」

「んぐ……ングブッ」

何か、自分が、自分ではない、何者かに、

「ごっ……」

侵されていく、その変化に、身を委ねれば、その何者かの、

「辰矛、ねえ、お願い」

「……ングオッ」

何かを、得られるなら、

「ンギッ……イギギッ」

くれてやるさ、

「ンノオォアーッ」

こんな命――。

「辰矛ッ」

ガツンッ、と背骨に、何かが入った。

瞬く間にそれが、体の隅々まで広がっていく。

まさに、全身の骨が「鉄骨」に置き換わった。そんな感覚だ。

行ける――。

辰矛は、キャビンに通ずるスライドドアを開けた。

運転席にいるのは前園アヤ。助手席は空いている。

辰矛は助手席の窓を開けた。座面を踏み台にし、体を仰向きに返しながら窓枠を両手で摑み、上半身を外に出す。

いったん窓枠に座り、キャビンの屋根に摑まりながら下半身を抜く。最後は窓枠を蹴り、一気にキャビンの屋根に上がる。

ここからは少し慎重にいく。

荷室の、パネル状の屋根に腹這《はらば》いになり、匍匐《ほふく》前進というよりは、ワニになったつもりで這い進んでいく。

屋根の中ほどを過ぎると、追ってくる車両が見えてきた。普通の捜査用ＰＣだ。明らかにスピードはあっちの方がある。

でも、それがどうした。

さらに這い進む。

最後部まで来て下を覗くと、半ば目を閉じ、朦朧とした近藤が、それでも後部ドアの開閉ハンドルに摑まっていた。

「近藤さんッ」

その声で、ふわりと近藤が目を開け、だが同時に気が抜けたのか、ハンドルから手が離れ、上半身がドアから剝がれかける。

とっさに手が、自分の意識をも越えて、動いていた。

浮き上がった近藤の両手を同時に摑み、それを自身の両腕と、背筋の力でパネルの屋根へと引き上げる。

そのまま、腹這いのまま、爪先と膝を使って後ろに下がる。ある程度まで、近藤の肩が屋根より上に出るまで引き上げたら、今度は片方ずつ、摑む場所を手から腋《わき》の下に替え、あとは寝返りを打つ要領で、捻りを加えながら近藤の全身を、一気に屋根の上まで引き上げるというか、巻き込んで投げ飛ばしたような恰好だ。

あとはしっかり、近藤を抱えながら匍匐前進。キャビンの天井近くまで来たら、ひと声かける。

「前園さん、前園さんッ」

「ハイッ」

「近藤さん、無事です、ここまで連れてきました。自分とここに、一緒にいますから、大丈夫ですから、もっとスピード上げてください。後ろの奴ら、振り切ってください」

　返事には、少し間があった。

「……そんな」

「大丈夫です。連中は警視庁です。このまま埼玉まで走ってください。管轄から出たら、奴らはそんなにいつまでも追ってはきませんからッ」

　また数秒経って、前園アヤは「分かりました」と返してきた。

　彼女なりに、腹を括ったのだろう。

　その後は、かなり思いきりのいい運転になった。

3

　芹澤がいくら調べても、徳永義一の言うレポートの格納場所は分からなかった。

　異人コミュニティーに、ジェイ一派と対立する、別の勢力。

　そんなものがあるとは、芹澤はこれまで一度として聞いたことがなかったし、そういった勢力ができそうだという兆候すら、感じたことがなかった。

　これは少し、独自のルートで調べてみる必要がありそうだ。

　芹澤はまず、十八区の拠点に顔を出した。

「お疲れ」

「どうも、お疲れさまです」

　間取りは３ＤＫ。ダイニングの冷蔵庫の、隣にあるキャビネット。その天板には充電中の携帯電話が三台並んでいる。空いているプラグはまだ四本ある。

「これ借りるぞ」

「はい、どうぞ」

ポケットから警視庁貸与品の携帯電話を出し、プラグを挿す。

その後、しばらくは各係員から報告を受け、決裁を必要とする案件はなかったが、二つ三つの助言はし、ある係員にされた個人的な相談にも可能な限り乗り、「あとはよろしく」と拠点を出た。

貸与品の携帯電話は、忘れた振りをして。

歩きながら、個人用の携帯電話からも通信カードを抜いておく。表向き、上司が部下の個人用携帯電話の位置情報を検索するなどあり得ないが、そんな常識が通用しないのが公安部員の世界、というのもまた一方にある事実ではある。

電波的には「透明人間」になった上で芹澤が訪ねたのは、十九区にあるプレス工場だった。

「……こんちは」

大雑把に言えば、工場内にあるのは全て「プレス機」なのだろうが、無人でガシャガシャと鉄板を吐き出す機械もあれば、作業員が一枚一枚、手作業でプレスしている機械もある。あとおそらく、その手の無人機を制御するコンピュータや、動力関係の装置もあるのだろうが、芹澤には何がなんなのかさっぱり分からない。作業員一人ひとりとは知り合いではないし、向こうは設備の説明どころか挨拶もしない。芹澤のことは、自分には関係ない、保険か不動産の営業マンくらいに思っているのだろう。また、芹澤自身もそれでいいと思っている。

用があるのは工場の一番奥。なんの部屋かといえば「社長室」となるが、一般的なそれとはかなり雰囲気が違う。

冷凍室か防音室のような、分厚くて気密性の高いドア。

その脇にあるインターホンを押す。

《……はい。どなた》

「和菓子のセキグチです」

それだけで、分厚いドアがプシュッと鳴る。エアー式のロックが解除されたのだ。

レバーハンドルを引き上げ、ドアを開ける。

「……社長、こんちは」

「どうも、ご無沙汰です」

設計図や古い書籍、コンピュータと謎のパーツ、コード類、民族楽器と世界各地の帽子、爬《は》虫《ちゅう》類の剝製。そんなものが詰め込まれた、異様なほど油臭い部屋。

その真ん中にあるわずかな空間に、地蔵の如く嵌り込んで動かないのが、ここ、安斉《あんざい》製作所の安斉敏之《としゆき》社長、五十一歳だ。

軍事転用可能な工作機械の、無許可輸出で摘発されそうになっていたのを助けてやって以来だから、芹澤とはもう、かれこれ十三年の付き合いになる。

「社長。また一つ、頼みがあるんですよ」

「なんですか、今度は……あんまり、危ない橋は渡りたくないんですがね」

芹澤は辺りにある、なるべく頑丈そうで、箱状で、グラグラしないものを選んで腰掛けた。たぶん旧式の遠心分離機とか、そんな類の機械なのだと思う。

「別に、危なくはないですよ。警察庁と警視庁のサーバーに、一瞬もぐってもらうだけですから」

「一番危ないじゃないですか」

「大丈夫だいじょうぶ。公安はＣＩＡじゃないから、そう簡単に人殺しまではしませんって」

「とかなんとか言って、けっこうイエローカードが溜まってるんじゃないんですか、私なんて」

「そんなことは……ないと、思いますよ」

いいからいいから、と内ポケットから出したＡ４の紙を一枚、安斉に押し付ける。徳永が、出所が分からないと言っていたレポートの、最初のページだ。

「これが、なんなんです」

「その文書の元データが、どこに格納されているのかを知りたい。十中八九、警視庁公安部だとは思うけれども、もしかしたら警察庁マターかもしれない……で、サーバーが特定できたら、その全文をコピーしてもらいたい」

「改正・不正アクセス禁止法だと、十年以下の懲役コースですな」

「大丈夫だって。そうなったらなったで、俺がまた揉み消してやっから」

手を付けるまで文句が多いのは、いつものこと。

だがやり始めると、異様なまでに仕事が早いのも、いつものこと。

「……なんだ。普通に、警視庁公安部じゃないですか」

そこからが問題だ。

「公安のどこ」

「公安部、公安第一課、第二公安捜査、となってますな」

公安一課は、極左活動に係る警備情報の収集、及び随伴する警備犯罪の取締まりを行う部署。

基本的に、異人問題にはノータッチのセクションだ。第二公安捜査の管理官は、宮松二朗《みやまつじろう》警視。

安斉が、汚れたメガネをクシャクシャのハンカチで拭き始める。

「このファイル……もう、三日も前に消去されてますな。で、検索すると通報が行くようになってる」

「通報が、どこに」

「それも公安一課です」

「公安一課のどこ」

「……第一公安捜査、第一係ってとこですな」

一課の庶務担当係だ。

なぜ、極左担当の公安一課が、異人コミュニティー内の対立に関するレポートなんぞを「作文」しやがったのか。

これは、警視庁に戻ってから調べてもいいのだが、ついでだ。

「社長、もう一つ。宮松二朗という警察官の、経歴を出してみて。今現在、さっき社長が言った、公安一課の管理官をやってる奴なんだけど」

「ミヤマツジロウ……漢字は?」

「『ミヤマツ』は普通で、『ジ』は漢数字の二、『ロウ』は『朗らか』かな」

それも、すぐに出てきた。

「読み上げますか」

「プリントして」

宮松二朗警視、現在五十三歳。語学が堪能なのか、比較的早い段階で警察庁に出向し、国際捜査部門に勤務。その後、外務省にも出向し、在外公館での勤務も経験している。

海外勤務経験の豊富な公安部管理官が、何を企《たくら》んでいやがる。


芹澤が「透明」になって調べ回ったことなど、結果的にはなんの役にも立たなかった。

情報は七月十日木曜日の未明になって回ってきた。これは、公安部外事四課の庶務担当係が正式に発したものだ。

【東京第二十一区W66U9にて、特殊制圧隊が異人グループとの関連を疑われていた極左暴力集団を摘発。五名を逮捕した。】

もう、疑問だらけの文章だった。

まず【異人グループとの関連を疑われていた極左暴力集団】というのが意味不明だ。【疑われていた】とはいつからの話だ。

警察のいう「極左暴力集団」とは、革命をもって社会主義や共産主義の実現を図る集団を指す。日本という国の仕組みを、暴力によって変革しようとするテロ組織、ということだ。

確かに、リベラル「左」派は主義主張に人権問題を盛り込みがちだし、実際、外国人参政権を訴える政治家も少なからずいる。そういった意味では、リベラル左派と異人の利害は一致する。

しかし、同じ「左」に分類されようとも、リベラル左派と極左暴力集団の行動原理は別だ。極左がやりたいのはあくまでも「革命」であり、暴力による変革だ。選挙で選ばれた国会議員が司《つかさど》る「政治」とは根本的に違う。

また、芹澤が抱く異人のイメージも「革命」とは程遠い。異人はむしろ、今のユルい日本社会を好んでいる。

移民問題に対する危機意識が低く、事なかれ主義で一人ひとりは暴力に弱い、「平和主義」と「平和惚《ぼ》け」を履き違えている、そんな性善説が骨の髄まで染み込んだ日本社会を、異人たちは「住みやすい」と感じている。よって変革などして、下手に目覚めてほしくはないだろうし、ましてや、変革のために自ら血を流そうなどとは考えもしないだろう。そもそも政治思想の右左を、異人たちが理解しているとも思えない。

そんな二つのグループが、なぜ結託することになったのか。いや、これこそが徳永が言っていた、ジェイのグループと対立するもう一つの勢力、ということなのか。

朝になると、逮捕された五名についても分かってきた。

飯森克也《かつや》、五十八歳。

金谷龍平《りゅうへい》、三十二歳。

原田之彦《ゆきひこ》、三十歳。

この三名はいずれも元陸上自衛隊員。特に飯森は元二等陸尉と階級も高く、グループ内で指導的立場にあったものと推測できる。

長谷川卓《たく》、二十八歳。

村井雄二《ゆうじ》、二十五歳。

この二名は共にドローンパイロット。公的な操縦資格は持っているものの、現職や前職は不明。

驚いたのは、逮捕者とは別に死者が出ていたことだ。

西村潤司、三十七歳。元警視庁ＳＡＴ隊員。

これは、特殊制圧隊が拘束する際に誤って傷害し、結果的に死亡させるに至った、ということではないという。あくまでも、西村自身が体調不良に陥っての死亡、であるらしい。

なんにせよ、元自衛隊員や元警察官が極左グループを組織し、異人と何かやろうと目論んでいたなどと、そんなことが果たしてあり得るだろうか。

警視庁本部で確認してみたところ、この作戦を遂行したのは特殊制圧隊第六中隊所属の二個小隊。中隊長は、まさにあの徳永義一だ。

芹澤は早速、徳永にコンタクトをとった。

徳永に、なぜ俺の報告を待たなかった、などと言うつもりはない。今なお、作戦にストップをかけるに充分な情報など持っていないのだから、そんなことを言う資格は、芹澤にはない。むしろ現場での状況や、それに至る経緯について訊きたかった。だがこのときは上手く連絡がとれなかった。理由は分からない。単に徳永が忙しかっただけ、なのかもしれない。

この二十一区の作戦から三日が経つと、さらにとんでもない情報が回ってきた。

先の極左暴力集団は、国政政党である「大和一新会」の資金提供によって組織されたものであり、特に上院議員の赤津延彦、下院議員の小田倉真也の二名が、その運営に深く関わっていたというのだ。

この情報はまもなくマスコミにも伝わり、ネットでも大いに騒ぎになった。大和一新会はいわゆる保守政党であり、異人にはむしろ厳しいスタンスをとってきた。だがそれには、マスコミは一切触れない。それどころか、大和一新会は異人を利用して革命を起こそうとしていたらしいと、世論はその一色に染められていった。

国会議員である以上、赤津と小田倉が即刻逮捕されることはあるまい。だがマスコミの追及に抗しきれず、議員辞職でもしようものなら、真っ先に公安一課が動くだろう。いや、相手が元国会議員なら、警視庁は地検特捜部（東京地方検察庁特別捜査部）に丸投げするかもしれない。

まさに「カオス」と言っていい状況だ。

右も左も、日本人も異人も、テロリストも政治家も、何もかも滅茶苦茶《めちゃくちゃ》に、ゴチャゴチャに掻き混ぜられているかのようだった。

誰によって。そして、その目的は。


通常業務に戻っても、何か上の空というか、なんとなく仕事に身が入らない日が続いた。

何を隠そう、芹澤は赤津延彦という政治家に、少なからずシンパシーを抱いていたのだ。特に異人問題に関する知見が、公安部員である芹澤から見ても至極真っ当だった。面識など全くなかったが、できることなら、自分の一票は彼のような政治家に投じたい。それくらいには思っていた。選挙区の関係で叶《かな》うことはなかったが。

そんな赤津が、裏では異人と結託していたなんて、容易に信じられることではない。とはいえ、全くの事実無根と笑い飛ばすこともできない。ひょっとしたら、そういうこともあり得るのかもしれない。そう思う程度には、芹澤も政治家という生き物には不信感を抱いている。

そんな頃になって、ようやく徳永から連絡があった。

『俺だ。お前いまどこにいる』

あまり余裕のない口調だが、いつも通りと言えばいつも通りだ。

辺りに、内緒話のできそうな路地を探す。

「もう少し、マシな挨拶はできないのか」

『すまんが時間がない。今すぐ東京駅まで来られないか』

ここなら、大丈夫そうだ。

「……すぐって」

『二十分以内だ』

いま芹澤がいるのは埼玉県第十九区だ。

「無理だな。一時間は間違いなくかかる」

『じゃあいい。いま訊く。お前、ヘルメットに角が生えた、真っ黒なダイバースーツって知ってるか』

いきなり、平手で後頭部を叩かれたような衝撃だった。

なぜ今、それを持ち出す。

「……知ってる。お前は知ってるのか」

『知ってるも何も、先の作戦中に死亡したマル被、元警視庁の、西村潤司が着用していたのが、その黒いダイバースーツだ。関係者の間では「グランダイバー」と呼ばれていたそうだ』

グランダイバー？　と訊き返す間もなかった。

『それと、ジェニファー・マーコートって女は何者だ』

その名前も知っている。

今一度、路地が奥まで無人であることを確認する。

「……アメリカの元外交官だが、確か駐日経験はなかったと思う。ただ、もう五、六年も前に病死してるぞ」

彼女は常にロシアとの黒い繋がりが噂されていた、と付け加えることもできなかった。

『それとお前、例のレポートの出所、分かったか』

「ああ。あれなら、『ハムイチ』の宮松二朗だ」

公安の「公」は、上下にバラすと「ハム」と読める。その第一課だから「ハムイチ」。ちなみに、同じスタイルの略称で言うと、芹澤のいる公安部外事四課は「ソトヨン」となる。

徳永が唸る。

『……なるほど。よく分かった。礼を言う』

フザケるな、おい。

「ちょっと待て、切るなよ」

『なんだ』

「こっちも訊きたいことがある。例の現場は、五名逮捕、一名死亡と、それ以外にはいなかったのか」

たとえば、元警視庁機動制圧隊員の深町辰矛とか。

殉職した四井貴臣警部の娘、四井絵留とか。

『こっちにも意識不明の重体が二名、重傷が四名の被害が出ているが、幸いにして死者は出ていない。現時点ではな』

そういうことではなくて。

「身内のそれも確かに気の毒ではあるが、とりあえず逮捕者五名、死者一名、それ以外に成果はなかったのか」

『発表していない逮捕者がいるんじゃないか、って意味か』

「なんでもいい。お前らが『極左暴力集団』と発表したマル被グループの構成員は、その六名の他にはいなかったのか、ってことだ」

『アレを「極左暴力集団」と発表したのは俺たちじゃない』

　まあ、そうなのだろうが。

「悪かった。それは措いておいて、他にはいなかったのか。どうなんだ」

　時間がないというわりに、自分が考える間だけはたっぷりと取りやがる。勝手な男だ。

『……現場には、他にも何人かいた』

「何人いた」

『分からない。少なくとも三人以上はいたはずだ』

「その根拠は」

『パネルトラックが一台、現場から逃走している。その後部パネルにしがみ付いていたのが、一名。そいつを屋根まで引っ張り上げて助けたのが、一名。あとは運転手……少なくともその三名は、確実に捕り逃がした。情けない話だが』

「三人の、男女の内訳は」

　また、妙な間が空いた。

『……なぜ、そんなことを訊く』

「いいから答えろ。お前の質問には答えてやっただろ」

『お前、まだ何か知ってるな』

「当たり前だ。お前に喋ったのが俺の握ってるネタの全てなわけがないだろう」

『何を知ってる』

「お前が答える方が先だ。三人の男女の内訳は」

聞こえよがしな溜め息。

『……トラックに、しがみ付いていたのは男だが、それを引き上げて助けたのが、男か女かは分からない。角度的に見えなかったらしい。ただ、助けられた男がかなりの巨漢だったのは間違いない。それを、走行中のトラックの屋根まで引っ張り上げたんだから、まあ、常識から言ったらそれも男だろう、って話だ。それは俺だけじゃなく、直にそれを見た隊員も、報告をした小隊長も、みんなそう考えている。むろん、世界にはミシェル・ホプキンスみたいな女性もいるから、断言はできんがな』

残念ながら、芹澤にはその「ミシェル・ホプキンス」がどんな女性かが分からない。有名なボディビルダーとか、重量挙げのオリンピック選手とか、そんなところだろうか。

なんにしても、深町辰矛と四井絵留の二名は逮捕されていない。おそらく氏名も把握されていない。そう思っておいて差支えはなさそうだ。

「……分かった。また何か分かったら連絡する」

『待てよ。連中の仲間には女がいるのか』

「またな」

『なんでお前はそれを知ってるんだ』

「お疲れ」

『芹澤ッ』

大きな声で本名を呼ぶな。

黒い装甲防護服を着用していたのは、西村潤司。

彼は「グランダイバー」と呼ばれていた。

グランダイバーはこれまでに、何人もの異人を殺害している。芹澤が知っているだけでも、少なくとも五人は殺している。異人とは明確な敵対関係にある。

またグランダイバーは、二度にわたって深町辰矛の命を助けている。十七区と、先日の十区で。ここは友好関係と見ていい。四井絵留もこの枠組に含まれる。

一方、警視庁が「極左暴力集団」と定義したグループは、大和一新会の下部組織であるとの見方がある。大和一新会は「保守」に分類される政党。元来、異人問題に関しては強硬路線。グランダイバーの犯行内容とも矛盾がない。

そうなると、グランダイバーのいたグループを「極左暴力集団」と位置付けた点に、そもそもの誤りがあったことになる。そのネタ元は公安一課の宮松二朗管理官。宮松は、在外公館の勤務経験もある――こんな言い方は通常しないが、あえて呼ぶとしたら「国際派警察官」とでもなるだろうか。

一つ、徳永の発言で気になっていることがある。

『ジェニファー・マーコートって女は何者だ』

徳永はなぜ、五年も六年も前に死んだ米国の女性外交官の名前など出してきたのだろう。どこでその名前を知ったのだろう。

あらゆる可能性を否定せず、想像力をフルに働かせ、こじつけも当てずっぽうも総動員した結果、ひょっとしたら、という線が一つ、芹澤の脳内に浮かんできた。

今現在の、駐日アメリカ合衆国大使の名前が「アレックス・マーコート」なのだ。

ファミリーネームの「マーコート」が、米国でどれくらいポピュラーなのかは分からない。

さすがに、日本でいう「佐藤」「鈴木」「高橋」ランクではないと思うが、「吉田《よしだ》」「中島《なかじま》」「藤田《ふじた》」くらいのクラスではあるのかもしれない。

だが、この「マーコート」姓を持つ二人の人物が、共に米国人であり、かつ外交に携わっていた点は見逃せない。

二人と宮松二朗とは、何か関係があるのか。

4

長い、逃避行になった。

グランダイバー、西村のいない、トラックの荷室。

運転は前園アヤと、絵留と辰矛で交替しながら続けた。

近藤は今、眠っている。

あのカーチェイスの最中、追ってくる特殊制圧隊にテーザーガンで撃たれ、失神状態に近かったはずの近藤は、いかにしてトラックの後部ドアに張り付いていたのか。なぜ振り落とされなかったのか。

近藤は、自身の両手をドアレバーと、それに繋がるロック用のパイプ下に捻じ込み、それのみで自重を支えていたのだ。

それが、辰矛が声をかけたあの瞬間、千切れた。

のちの治療で、左手の小指と薬指、右手の中指が欠損、残っている指も、親指以外は全て折れていることが分かった。辰矛の到着があと〇・一秒でも遅かったら、近藤はあのまま転落し、さすがに警察車両が轢《ひ》き殺すことはなかっただろうが、保護されたのちに逮捕されたであろうことは間違いない。

なので、近藤に運転を替わってもらうことはできない。

言うまでもないが、このトラックは自動車ナンバー自動読取装置や、ＧＰＳによる追跡はされないよう改造されている。よって、走り続けていればそう簡単には捕まらないはずだ、と絵留は言う。

「ただ、停まるとね。停まって画像撮られてデータが出回って、解析されると厄介だから、基本的に防犯カメラがあるようなところでは、休憩はできんわね」

幸いにして、車内には最低限の医薬品、飲料、インスタント食品が備蓄してあり、簡易トイレもあるので、すぐどこかに停めなければならない状況ではない。

辰矛は自分が運転する番になって、初めてこの車の行き先を知った。

カメラの少ない山中の一般道を通り、栃木県、福島県を経由して、茨城県第七市に入る。辰矛もうろ覚えだが、確か、かつては「日《ひ》立《たち》市」と呼ばれていた辺りではないだろうか。

そんな、走り始めて二日目の夜。

助手席に座っていた前園アヤが、ふいに笑いを漏らした。

「深町さんって、ほんとに無口なんですね」

前を向いているので、彼女の表情までは分からない。

「……そんなことは、ないですけど」

「でも、絵留さんが言ってましたよ。あと、西村さんも」

西村――あのあと、彼はどうなったのだろう。

大手メディアは、昨日の件を【警視庁制圧隊が極左暴力集団の潜伏拠点を強襲したもの】と報じており、その極左暴力集団については【国政政党『大和一新会』の資金提供によって組織された可能性がある】と追記している。ただし、逮捕者等の詳細は発表されていない。西村やその他のメンバーの安否は今以て分からないままだ。

夜の道を、ただひたすら走るというのは意外なほど集中力を要する。知らず知らずのうちに睡魔も襲ってくる。

せっかく助手席に人がいるのだから、話し相手になってもらうというのも、確かにありかもしれない。

「じゃあ、あの……前園さんと、絵留さんって、どっちが年上なんですか」

また彼女が、短く笑いを漏らす。

「ようやく喋ったと思ったら、それですか」

「いや、あの……失礼かな、とは、思ったんですけど」

「別に、失礼とかじゃないですけど。私は今、二十六です。だから絵留さんより、四つ上になるのかな」

「年上なのに、敬語なんですね」

「そりゃ、絵留さんは実動部隊ですし、私はもともと一新会で、小田倉さんの秘書をやってた身ですから。でもこっちの……CRFの活動の方が、断然重要だなって思って、自分から志願して……ああ、こっちでは『フロント』って言う方が、普通なんでしたね」

下院議員の秘書をやっていて、どういうきっかけでフロントの活動実態を知ったのだろう、という疑問が浮かんだ。

「ということは、前園さんは……」

「それ」

彼女が、ピッと辰矛を指差す。

暗闇に、一瞬だけ浮かび上がった、白い指。

「深町さんだって、年下の私に『さん付け』してるじゃないですか。とりあえず『アヤ』でいいです。呼び捨てにしてください」

「いや、でも」

「深町さんは実動部隊の人ですから」

「そんな、自分はまだ」

彼女がかぶりを振る。

女性らしい、花のような、石鹼《せっけん》のような、柔らかな香りが鼻腔《びこう》をくすぐる。

「もう、血判状とか幹部会とか、そんなの、ないですから……それよりも、仲間だって、言ってください……もう、四人しかいないんですから」

まもなく茨城県に入る。


アヤの言う「CRF」が実際にはどれくらいの規模で、どの程度の支援をどこから受けているのかなど、辰矛に分かろうはずがない。

ただ「もう、四人しかいない」というのは、厳密に言ったら事実ではないと思う。

明け方、絵留はトラックを、山の中にあるキャンプ場のような場所に入れた。

曲がりくねった坂を川沿いまで下りていくと、鉄パイプと足場板で作られた屋根付きの駐車場がある。

そこで、絵留はエンジンを切った。

「ここで降りて、あの車に乗り換える。運び出せるものは、全部載せ替えて持ってく」

彼女が指差したのは、同じ駐車場に駐まっている黒いワンボックスカーだ。

「このトラックは？」

「ここでサヨナラ」

この四人以外にも、乗り換え用の車両を用意してくれる仲間がいるということか。それとも、いつでも使えるように以前から用意してあったのか。

辰矛が助手席から降り、後ろに回ってドアを開けると、アヤに付き添われた近藤がドア口まで出てきた。

「えへへ……なんか、ごめんね。こんなデカいのが、一番役に立たなくて」

「なに言ってるんですか」

あのとき、呆然としていた辰矛を担ぎ上げ、トラックの荷室に放り込んでくれたのは近藤だ。彼がいなければ、辰矛はあの時点で制圧隊に身柄を拘束されていた。

近藤をワンボックスに乗せ、残っている飲料や食料、銃器、通信機器やドローンなども積み込んだ。

荷物を、隙間なく並べ終えた絵留が振り返る。

「アヤさん、これで全部？」

「あとは……グランダイバー用の、未塗装のメイスが一本と、キャプチャーの、結束バンドのストックがふた箱……それくらいです」

「一応、それも持っていく。持ってきて」

「分かりました」

辰矛も手伝い、全てを積み終え、

「じゃ、行くよ」

「お願いします」

キャンプ場を出た。

そこからまた二時間ほど走り、朝の八時頃だ。

茨城県第七市内にある、何かの建設予定地のような、でも整地されたのはだいぶ前といった感じの、異様にだだっ広い空き地。

そんなところに、絵留は車を入れた。

何も訊かないのも無関心みたいでよくないのか、と思い、辰矛は身を乗り出し、助手席にいるアヤに訊いた。

「ここは？」

アヤが肩越しに振り返る。

「はい。ヤマト電通が、工場の建設予定地として確保してあった土地です。でも昨今の業績不振と、株価の低迷で工事は延期……というのは表向きの理由で、ＣＲＦが水面下で交渉して、来年の三月まで自由に使わせてもらえることになっている、我々にとっては……いわば、秘密基地です」

かえって疑問の深まる回答だ。

「……ヤマト電通は、ＣＲＦの、後援企業なんですか」

アヤがニヤリと口角を上げる。

「全社を挙げて、ということではないです。一部の、国の安全保障に関して危機意識の高い幹部、あるいは派閥が、発覚すれば最悪、背任行為で罰せられるであろうことも承知の上で、協力を申し出てくれています。また、そういった企業はヤマト電通だけではありません。国内にいくつかあります」

舗装されていない、土や砂利の地面をしばらく進んでいく。

敷地内に大きな建物は一つもないが、かろうじてプレハブ小屋や、万能塀で囲われた区画は散見される。

絵留はその中の一つ、万能塀の切れ目から、比較的大きな区画に車を入れた。

中には、あのキャンプ場にあったような屋根付き駐車場がある。ただし、そこに車は停まっていない。よって駐車場ではない、何かの屋外作業場という可能性もある。

そこまで車を進める。

屋根の下に入り、絵留はサイドミラーを確認しながら停車位置を調整する。左手に持っていた携帯端末を見て、またミラーと見比べて、何がマズかったのか、ほんの少し車をバックさせる。

「こんなもん、かな」

すると今度は、同じ携帯端末でどこかに架電する。

「……もしもし、四井です。到着しました……はい、確認しました……大丈夫です。ぴったり合わせました……十センチは、はい、間違いなくあります……お願いします」

絵留が通話を終えると、助手席のアヤはグローブボックスの辺りに手をついた。なんだ、揺れるのか。何か起こるなら先に教えてくれ、と思ったが、実際に起こったのは立体駐車場に入るくらいの軽い揺れだけで、車体はそのまま静かに下降し始めた。

地面が、少しずつ高くなっていく。窓の高さを超え、屋根を超え、車体は完全に、四角く暗い穴に嵌り込む恰好になった。

そして、やや深めの地下一階くらいだろうか。

下降が停止すると、絵留は車を数メートル前進させた。周りが暗いので、どういう場所なのかはまだ分からない。

振り返ると、地上からここまで車を載せてきた「パレット」が上昇を始めていた。それが元通り地面の高さまで上がると、フタをしたように外光が遮られ、辺りは真の暗闇になる。

そうなってようやく、照明が点いた。

白い明かりに照らし出されたそこは、あの飯場よりもう少し広いくらいの、しかし「秘密基地」と言うだけあって、飯場と似た雰囲気の、やはり廃工場のような空間だった。

前方に、人影が三つ。一人はたぶんスーツ、一人は茶系の作業用ツナギ、もう一人は白いTシャツにゆるめの黒いパンツ。たぶんニッカポッカ。

絵留がエンジンを切り、運転席のドアを開ける。

アヤが後ろを振り返る。

「……いま開けます」

彼女も助手席から降り、後部座席のスライドドアを開けた。両手が使えない近藤は、すんません、と両肘を抱えるようにして降りた。

辰矛も、それに続いて降りる。

見ると、三人は車のすぐ前まで来ていた。

いずれも男性だが、作業用ツナギの一人はかなりの高齢に見えた。白髪もさることながら、額や頬に皺《しわ》が目立つ。

その老齢の男が、じっと辰矛を見ている。

「……彼が、そうか」

すぐ近くまで行っていた絵留が「はい」と頷く。

老齢の男が眉をひそめる。

「まさか……いきなりダーク・ブラッドを使うとはな」

絵留が深々と頭を下げる。

「すみません。何しろ、急を要する事態でしたので、私も、充分には対処しきれず……ただ、彼がダーク・ブラッドを打った、そのお陰で、近藤を救助することができました。ご懸念はご尤もですが、緊急事態ということで、何卒《なにとぞ》、ご容赦いただきたく……」

アヤと近藤も、倣って頭を下げる。

辰矛もなんとなく、同じようにした。

彼が言う「ダーク・ブラッド」が、あのアンプルを指しているのだろうことは分かるが、なぜ絵留がそこまで恐縮するのかは分からなかった。

その老齢の男が、CRFのボス、ということなのか。

老齢の男は「牧山剛久《まきやまたけひさ》」と名乗った。だが年齢も、CRFにおける立場についても、特に言及はなかった。スーツと、Tシャツの男に至っては自己紹介もなかった。

七人で食事を摂った。

Ｔシャツの男が肉を焼いてくれた。調理師の経験があるのだろうか、フライパンの振り方が力強く、かつコンパクトで小気味よかった。焼き野菜も、えらく洒落た味がした。決して口には出せないが、明らかに、絵留の野菜炒めとはレベルが違った。

食事中、話をするのは主に牧山だった。

「君はここが、どこだか分かっているか」

答えるのは、主に辰矛だ。

「……茨城県、第七市、ということですか」

「かつての地名は」

「日立市、でしたか」

牧山が頷く。

「では、都道府県以下の行政区画が古来の地名ではなく、数字で呼ばれるようになったのは、なぜだか知っているか」

場の空気から、ここで一般論を述べても「違う」と言われるであろうことは想像できたが、だとしても、辰矛にはその一般的な知識しかない。

「それは……在留外国人にも分かりやすいように、今からだと……三十年ほど前から、徐々に、東京から変えていったのだと……そのように、学校で習った記憶がありますが」

もう一度、牧山が頷く。

「恐らくそうだろう……日本語は、同じ漢字でも読み方が複数ある場合が多く、常用漢字だけで二千文字以上、同音異義語や擬音も多数存在する、世界屈指の難解言語であることに疑いの余地はない。在留外国人には分かりづらかろう、もっと分かりやすく数字で示すようにしよう……それ自体は耳触りのいい、人に優しい施策のように思えるが、この思想を拡大していくと、いずれは『東京』も『大阪』も、『京都』もよろしくないという話になってくる」

ほんの一瞬、辰矛は「そんな」と思ってしまった。

それが、顔に出てしまったのだろうか。

「そんな馬鹿な、と思ったか。東京、大阪、京都をなくしたら、次は『日本』がなくなるぞと、そう私が言ったら、君はそれも『馬鹿な』と思うか。でも、よく考えてみろ。私たちはすでに『新宿《しんじゅく》』も『渋谷』も『六本木《ろっぽんぎ》』も、『名古屋《なごや》』も『梅田《うめだ》』も『金沢《かなざわ》』も失っている。地域とは、ただ行政が管理しやすいように、人が迷わないように、数字で区別できていればいいのか。そこには固有の文化があり、住民特有の気質が醸成され、そうやって人々は、少なくとも日本人は、郷土への愛着を育んできたのではないのか」

辰矛は、背中に何か、ひやりとしたものが張り付くのを感じた。

牧山は続ける。

「日本人から地名を取り上げ、居住地に対する愛着を薄れさせる。それがどれほど怖ろしいことか、警察官だった君になら分かるんじゃないのか。居住地に愛着がないから、外国人が増えて治安が悪くなれば、さっさとその土地を離れ、他県に出ていく。地域社会を作っているのは自分たちだ、という自覚がないから、選挙に行って区長を、市長を、国会議員を選ぼうとしない」

一つ、と牧山が人差し指を立てる。

「今の国会の『上院』『下院』という呼び方も、同一の思想の影響を受けていると考えられる。

日本の二院制はかつて『貴族院』と『衆議院』だった。貴族の『院』と、民衆の代表の『院』があったわけだ。やがて貴族院は『参議院』と改められたが、今は米国同様に『上院』『下院』と……『参議』『衆議』と比べてイメージの湧きづらい、地名の記号化と同じ、単なる『上下』で表わすことを是とするようになってしまった。当然、国民の政治に対する参加意識は薄れ、結果、何を握らされたのかも分からない政治家が選ばれ、外国人優遇政策が強力に推し進められるようになった……のが、今現在の日本だ」

牧山が、ナイフを手に取る。

「……私は、『タブンカキョウセイ』と聞いて、『多くの文化と共に生きる』と解釈したことなど、ただの一度もない。『他国の文化を日本人に強要、強制する』という意味での、『他文化強制』しか思い浮かばない……まあ、食べたまえ」

「はい。ありがとうございます」

辰矛は、ブロッコリーを口に運ぶのがせいぜいだったが、牧山はしっかり肉も食べるし、ワインも飲んだ。

「……労働人口が足りないから、外国から誘致する。そもそも、それ自体が欧米人の発想だ。大昔は他国に戦争を仕掛け、国土を奪い、原住民を奴隷として働かせ、欧米人は巨万の富を築いてきた。だが近代になって戦争を否定し、人種差別を否定し、多文化共生という綺麗事に酔い痴《し》れた欧米人が捻り出したのは、労働力として外国人を受け入れるという愚策だった。要は、外に奴隷を狩りに行くのではなく、おいでおいでと優しく言って招き入れ、働かせようと企んだだけの話だ。しかし、その施策は失敗に終わった。そもそも、自国で食いっぱぐれた連中が、欧米に来た途端まじめに働き始めるなんて、そんなことがあるわけがない。当たり前だが治安は乱れに乱れ、行政システムは崩壊し、白人が白昼堂々、路上で移民に殴り殺されるのが当たり前、という時代が訪れた……ぜひ、食べながら聞いてくれ」

やはり、食事時に相応《ふさわ》しい話題と、そうでないものはあるな、と辰矛は思った。とはいえ、牧山の話に興味がないわけではない。むしろ、しっかりと聞きたいとすら思う。

「その失敗を、見て聞いて知っているはずなのに、日本でもやろうとしているのが今の政治家どもだ。民自党も公民党も、新民党といった野党も揃って同じ方向を向いている。妙だとは思わんか、深町くん」

急に来た。

「ええ……ですから、日本の政治家も、安い労働力が欲しいという、財界の要請に、逆らえない……ということなのでは、ないでしょうか」

「目の前で欧米各国が、崩壊の危機に瀕しているというのに？」

「……それでも、安い労働力は、魅力なのかと」

「ＡＩの発達により、これからも様々な仕事が、人間から機械に取って代わられていく。その流れを止めることは絶対にできない。日本人が、日本国内で職に就けなくなっていく。それでも安価な労働力を求めて、外国人を無条件で日本国内に招き入れる。果たしてそれが、企業の業績に繋がるだろうか」

「財界は……つまり企業は、グローバル化しているから……」

「国家という枠内で、自分たちのビジネスを考える必要はない？」

「かもしれない……のでは、ないかと」

牧山はいったんかぶりを振り、だがすぐ、小さく頷きもした。

「警察官にしては……などと言ったら、職業差別になってしまうのだろうが、深町くんは比較的、社会情勢については広い視野を持っている方だった……のでは、ないかな。ただし、もう分かっているとは思うが、それはあくまでも、表層的な一般論に過ぎない」

牧山が左手を出す。

向かって右隣にいるスーツの男が、その牧山の手に何かを載せる。

赤い、分厚いハードカバーの本だ。

牧山はそれを、自身で確かめるように眺めてから、改めて辰矛に見えるように向けた。

印字された文字は全て英語。表紙にはかなりマッチョな、男性と思《おぼ》しき黒い影が描かれており、そこに掛かるように白字でタイトルが記されている。

【THE NAKED COMMUNIST】

それを辰矛が脳内翻訳するより、牧山が口に出す方が早かった。

「これは『裸の共産主義者』という本でね。FBIの捜査官だった、クレオン・スカウセンという男が書き、一九五八年に刊行されたものだ」

牧山が繰り返し、本の裏表を見る。

「一九五八年といったら、大東亜戦争終結の十三年後だ。世界が資本主義・自由主義陣営と、共産主義・社会主義陣営とに分かれ、まさに東西冷戦真っ只中といった時代だ。東側、共産主義陣営のトップは言うまでもなく旧ソ連だが、米ソは、核兵器や宇宙ロケット開発では鎬《しのぎ》を削っているように見えても、それを支える経済面では、明らかに米国側に分があった。そんな情勢に焦りを感じた旧ソ連は、何を企んだのか」

赤い表紙を左手で摑み、右手で、パラパラとページを捲っていく。

「……この本には、当時の共産主義者がアメリカに対して、どんな工作目標を設定していたのかが、なんと四十五項目にもわたって挙げられている。たとえば、軍縮こそが道徳的な強さの表われになる、という幻想を米国側に抱かせる、とか……一九四九年に建国されたばかりの、中華人民共和国を国家として承認し、連合国に加盟させる、とか。これは実際に、一九七一年に実現されているな。中ソは共産主義国家同士だから、その方がソ連にとって都合がよかったわけだ……その他にも、連合国を人類唯一の希望と思い込ませる、とか。俗に言う『国連信仰』というやつだな。他にも、アメリカの政党の一つ、もしくは両方を占領するとか。これは民衆党と協和党のことだな。実際、民衆党は完全に、あっちに毒されている……まだあるぞ。学校を統制し、共産主義の『プロパガンダ伝達ベルト』として利用する。学生運動を利用し、共産党を攻撃する団体に抗議行動をさせる。マスコミへの潜入。ラジオやテレビといったメディアを操り、ポルノや猥褻《わいせつ》な表現を助長、道徳や倫理観を破壊する。同性愛や乱交による堕落を、普通であり健康的なことであると思い込ませる。さらに離婚を奨励し、制度としての家族を信用しないよう誘導する……」

辰矛は、なんとも言えない胸糞の悪さを覚え、正直、食事どころではなくなってしまった。だが横を見ると、絵留やアヤ、近藤の表情は特に変わっていない。

これらは全て周知のこと、というわけか。

牧山が片頬を持ち上げる。

「何か、思い当たることはないか。深町くん」

思い当たる、どころではない。

「いくつかの工作は……この日本にも、仕掛けられていたということですか」

牧山が、じっと辰矛の目を見る。

「そう考えた方が、いろいろと辻褄は合ってくるよな。一九六〇年代から七〇年代にかけて、日本にも学生運動の嵐が吹き荒れた。暴力革命を標榜する左翼学生たちが、日々過激なデモを繰り返した。『あさま山荘事件』なんてのは、まさにそういう流れから起こったものだ。メディアへの潜入といった工作は、今現在も間違いなく続けられている。目の前にある重要課題から国民の意識を逸らそうと、メディアはわざと下らない番組、下らない話題ばかりを提供し続けている。同性愛が奨励され、家族観と性倫理が破壊されたら、やがて国民は、日本固有の天皇制にすら、疑いの目を向けるようになるだろう。天皇制に一体、なんの意味があるのかと。そうやって、軍事侵攻をせずとも、内側から国体を、国家を破壊することはできる……そういう共産主義者との戦いが、もう百年も前から、続いているんだよ。世界の各地、各国で」

つまりそれは、どういうことだ。

5

牧山の話は、世界情勢についてばかりではなかった。

「深町くん以外のメンバーは、むしろ……アレの進捗の方が、気になってるんだろう」

絵留が恐縮したように頷く。

「申し訳、ありません……西村が」

するとスーツの男が、また牧山に何か差し出してきた。

今度は、黒いタブレット型の端末だ。

牧山が、ふさふさとした灰色の眉をひそめる。

「……間違いないのか」

「恐らく」

「これは、いつになる」

「確定はまだかと」

一つ、牧山が大きく息を吐き出す。

「……今、西村の死亡が、確認された。警視庁関係者からのリークなので、まず間違いないだろう」

スッ、と絵留は視線を上げたが、その表情に変化はなかった。

アヤと近藤は微動だにしない。

なぜだ。先頭に立って戦ってくれていた仲間の死亡が確認されたというのに、それだけか。もっと他にないのか。

牧山が続ける。

「それと……警視庁が、延彦と小田倉に対する逮捕状を、裁判所に請求する動きがあるそうだ。八月の上旬には、延長された国会も閉会する。そうすれば警察も逮捕に動ける。どうやら警視庁は、地検特捜部にこのヤマをくれてやるつもりはなさそうだな」

牧山が、赤津のことを「延彦」と呼んだのは気になったが、それについて尋ねる立場に、辰矛はない。かといって、絵留たちが説明してくれる雰囲気でもない。

Tシャツの男が席を立ち、牧山の背後に回り、椅子の背もたれに手を添える。

牧山が、テーブルに手をついて立ち上がる。

「……お見せしよう。まだヘルメットが四割、スーツが二割といった段階だが、ここからはもっとペースを上げていく」

合わせて立った絵留が、深く頭を下げる。

「よろしくお願いします」

スーツの男の先導で案内されたのは、地下基地の一番奥。

やけに太いレバーの付いた、スライドドアの向こうにある別室だった。

「……どうぞ」

牧山を先頭に、辰矛たち四人もそこに通された。

やはり工場のような眺めではあるが、今までいた部屋や飯場と比べると、圧倒的に精密機械が多い。「台」よりは「箱」、「電気」よりは「電子」、手作業よりは機械による自動制御、目視よりはスキャニングによる画像解析。そういった意味では、工場というよりは研究所に近い施設なのかもしれない。

目で数えたところ、作業員は六人。全員Tシャツにゆったりとしたパンツ姿だが、色はまちまちだ。そういった点は、研究所よりは逆に工場っぽい。

牧山は部屋の左手に進んでいく。

立ち止まったところにあるのは、洗濯機ほどの大きさの、箱形の機械だ。天板と正面に窓があり、牧山がスイッチを押すと内部に明かりが点く。

辰矛には最初、それがなんなのか分からなかった。強いて言うならば、緑色をした、丸い壺《つぼ》のようなもの。だが身を屈め、正面の窓を覗いてみたら、分かった。

逆さまに置かれた、ダイバースーツのヘルメットだ。目を覆うシールドもない、内部も配線が剥き出しで、全く仕上がってはいないが、それでも間違いない。

これは、グランダイバーのヘルメットだ。

牧山が四人の顔を順繰りに見る。

「……まあ、グランダイバー第三号といったところかな。君が使用するドローンシステムとのシンクロ率を上げるため、処理速度が従来品の三・七倍あるチップを採用したのだが、今のところはまだ衝撃耐久性と熱暴走に不安がある。第三世代の光半導体とはいえ、電力を全く使用しないわけではないんでね。受信機やモニター、ベンチレーション等の影響を受けると、まだ一万秒に平均二・四回、誤動作が生じる。これが平均一回以下まで抑えられるよう、目下調整中だ……あと、こっち」

そのまた少し奥には、大型の無菌ボックスがある。大人が一人横になれるくらいの、楕円《だえん》形をした透明カプセルだ。その両側には、手を挿入できる丸窓が八ヶ所ある。窓は長手袋と一体化しており、使用していない状態だと、内部に手の抜け殻がぶら下がる恰好になる。

ボックス内にあるのは、濃い灰色をした、ツナギのような衣服だ。おそらく、ケブラー生地を縫い合わせただけの、装甲防護服のスーツ部分だろう。

作業していた二人が、牧山に気づいて手を抜こうとする。

「いい、そのまま続けてくれ……見ての通り、スーツもまだ完成には程遠い状態だ。これは何も、スーツを無菌状態で扱いたいわけではなくて、人体に有害なコーティング剤を使用するんでね。室内に飛び散らないよう、こうしているだけだ……ああ、でも心配はご無用。ちゃんと乾燥させれば毒性はなくなるし、濡れたからって染み出してくるようなこともない。その点はちゃんと、配慮してやっている」

誰が心配すると思って、牧山は言っているのだろう。

次に見せられたのは、大型のデスクトップモニターだ。

表示されているのは、グランダイバーの設計図のようだった。

「西村が最初に使用したダイバースーツは、ヤマト電通が開発した試作品の中で、最も生地が薄いタイプだった。逆に言ったら、一番分厚いのが警察庁と自衛隊に納入された、というわけだ。その薄い試作品をベースに、我々が独自にセットアップして最初のグランダイバーは完成した。ただやはり、耐久性には問題があったな。いくら西村がダーク・ブラッドの摂取に同意していたからといって、スーツが破けてしまっては元も子もない……破けるというか、縫製部分の破損だな。次にヤマト電通から入手したのが、このところ西村が装着していた現行モデルだ。いま実験しているのは、現行タイプと同等の機動性、耐久性、衝撃吸収性を持ちながら、さらなる軽量化を図った最新型だ」

牧山が、ぐっと口を結ぶ。

「……もっと早く、これを完成させられていたら、西村に、着てもらえたんだろうが……すまない。悠長に構えていたわけではないんだが、間に合わなかったのは事実だ。本当に……すまないと思っている」

絵留が小さくかぶりを振る。

辰矛は、今なら訊ける、と思った。

「あの、お話の途中、すみません……先ほどから何度か、『ダーク・ブラッド』と仰《おつしや》っていますが、それというのは、あの……西村さんが注射していた、あの白い液体のことですか」

牧山が、睨むような横目で絵留を見る。

意味するところは明らかだった。

彼には、説明していなかったのか——。

絵留が、さも気不味《きまず》そうに顔をしかめる。

それが、答えになったのだろう。

牧山が辰矛に向き直る。

「……いかにも。『ダーク・ブラッド』とは、西村が作戦前に摂取していたアレのことだが、君はそれについて、なんの説明も受けずに自ら摂取したのか」

「いえ。全く説明されていなかったわけでは、ありません」

「どう説明された」

「西村さんからは、痛みを感じなくなる、それによって筋力を発揮しやすくなる、怪我もしづらくなる、と聞きました」

「他には」

「髪と肌の色が、一ヶ月ほどで抜ける、とも」

「あとは」

「西村さんはときどき、ひどく怠そうにしていました。そういった体調不良も、いま思えば『ダーク・ブラッド』の副反応だったのかな、と」

「なるほど。他にもまだあるかね」

これが一番、問題といえば問題だ。

「……原材料は、人ならざるモノの血液だ、という噂がある、とか」

ふん、と牧山が鼻息を噴く。

「そこまで知っていて、よく自分の体に入れる気になったな」

「四井さんの仰る通り、急を要する事態でしたので。その点に迷いはありませんでしたが」

「……が、なんだ」

「人ならざるモノ、というのがなんであるのか、ご存じならばお伺いしたいとは思います」

牧山は一度、無菌ボックスに目をやってから、また辰矛を見た。

「もしあれが、狼《おおかみ》男の血液を精製したものだと言ったら、君は信じるか」

まさか。

「さすがに……狼男、というのは」

「では吸血鬼なら信じるか」

「いえ、信じません」

「宇宙人だったらどうだ」

西村の、あの肌と、髪の白さ——。

「……若干、可能性としては、あるのかなと」

「じゃあ、宇宙人の血液由来だと思っておけ」

そんな馬鹿な。


ここでもやはり、辰矛にすべきことはなかった。

絵留は自身のドローンシステムと、新型グランダイバーのオペレーションシステムとの同期実験に忙しかった。

アヤはパソコンで様々なデータの処理をしたり、ときおり外出して、誰かと会ったりしているようだった。つまり、彼女は「ＨＵＭＩＮＴ」――対人情報収集担当ということなのだと思う。

まあ、厳密に言ったら近藤も、今のところは何もしていない。でもそれは、あくまでも彼が怪我人だからであって。やるべき仕事がない辰矛とは、やはり事情が異なると考えるべきだろう。

「なんか俺たち、暇人っぽいね」

「近藤さんは仕方ないですよ。早く怪我を治すのが、今の近藤さんの仕事です」

「深町くん、優しいね」

「いや……そういう、ことでは」

研究所ではないこっち側は、「飯場」ではなく「ホール」と呼ばれていた。確かに、その方がしっくりはくる。フロントの飯場より清潔感があるし、何より壁が、錆びたトタン板でないのがいい。あと地下なので、逆に照明が常に点いているのもいい。部屋が明るいというだけで、気分もある程度は明るくなる。

そんなホールで、辰矛たちが何をやっているのかというと、日中はほとんどテレビを見て過ごしている。とはいえ、別に面白いものを見たいわけではないので、たいていはニュース番組ということになる。

あるいは、国会中継とか。

「深町くんって、政治、詳しいの？」

「いえ、全然です」

「でもこの前、牧山さんに、視野が広いって、褒められてたじゃん」

「そんなことないです。たまたま『日立市』を覚えてたってだけで」

牧山の名前が出て、ふいに思い出した。

「そういえば……牧山さん、赤津さんのことを『延彦』って呼んでましたけど、なんで赤津さんだけ、名前で呼び捨てだったんですかね」

近藤は、テレビに目を向けたままだ。

「そっか、誰も言ってなかったのか……牧山さんってね、赤津さんの、実のお父さんなんだよ」

声こそ出さなかったが、辰矛は充分に驚いていた。

近藤が続ける。

「それこそ牧山さんは、ヤマト電通の、装備品開発セクションの、元責任者で。大和一新会の前身の……なんだっけな、なんとかって政党と、関係が深かったんだよね。当時はまだ、ダイバースーツもアイデアの段階か、設計に入ってたくらいの時期で。でもなんか、野党政治家と関係があるからってことで、牧山さん、特定秘密保護法違反で訴えられちゃって。結果、執行猶予にはなったんだけど、もちろん会社はクビ。奥さんとも離婚して、延彦さんは奥さんが引き取って……でもそういうのは、実は全部『偽装』で。牧山さんは、退職後もヤマ電とはガッツリ繋がってるし、延彦さんともずっと連帯してやってきた、ってわけ」

なるほど。

「でも……赤津さんが、逮捕されるかもしれないって聞いても、わりと冷静でしたよね」

「覚悟が、違うんだよね。逮捕くらいじゃ、あのクラスの人たちは全然、動じな……」

急に、近藤の表情が険しくなった。

「お……おいオイ、冗談じゃねえぞ」

近藤は、飛び上がるようにしてソファから立ち、研究所の方に走っていった。

なんだ――。

テレビに目を戻すと、顔は知っているが名前までは出てこない、そんな感じの議員が、囲み取材を受けている。

画面右端には【民自党　新庄孝芳《しんじようたかよし》下院議員】と出ている。

《……繰り返しになりますが、部会では結論が出ませんでしたので、党の合同会議で協議した結果、部会長一任と、いうことを取り付けましたので、九月の、臨時国会での成立を目指して、粛々と、進めて参りたいと》

なんだ。なんの話だ。

牧山や絵留、近藤が研究所から飛び出してくる。あの側近の二人も追い駆けてくる。

近藤が「もう、フザケんなですよ」と頭を掻き毟る。

近くまで来た絵留が「大きくして」とこっちを指差す。

辰矛は、傍らにあったリモコンで音量を上げた。

番組は、国会での囲み取材風景から、スタジオでのやり取りに移行していた。

《……ということなんですが、ヤマガミさん。この外国人参政権については、これまでも民自党内で議論されていた、ということでしたが》

外国人参政権？

《そうですね。昨今の異人問題も、こういった、外国人排斥ともとられかねない、日本人との格差が背景にあったことは、明らかなので》

馬鹿を言うな。異人問題は、日本人との格差が原因なのではないし、日本人は、外国人の排斥なんてこれっぽっちもしていない。

《これからは日本も、国際標準的な人権感覚をもって、こういった問題に対処していく必要があると考えられています》

しかし、思いを口にしたのは牧山の方が先だった。

「くそ……とんだ奇襲を仕掛けてきたな」

絵留と近藤が牧山に向き直る。

むろん、辰矛もだ。

牧山はテレビ画面を睨みつけたままだ。

「……延彦と小田倉の逮捕を急いだのは、これがあったからだろう。国会会期中は議員を逮捕できない。だから通常国会をいったん閉じ、次の臨時国会が始まるまでの間に警視庁を動かし、延彦と小田倉を逮捕させる。地検特捜部にやらせると、なんだかんだ時間がかかるからな。そうやって、大和一新会の動きを封じた上で、臨時国会で、外国人参政権付与法案を提出、リベラル左派の野党は反対などしないから、これは……間違いなく、この秋で成立することになるぞ」

細かいことは分からないが、とにかく、与党民自党の狙いは外国人参政権付与法案の成立であり、それに反対するであろう大和一新会は、前もって潰しておく必要があった。

飯場が襲撃されたのは、そのためのネタ作りだった——そういうことか。

「……四井さんッ」

急な大声に、絵留が振り返る。その視線の先を見ると、研究スタッフの一人が慌てた様子で監視用モニターを指差している。

小走りで向かう絵留。辰矛もすぐにあとを追った。

この施設には、最初に使用した立体駐車場式出入り口の他に、仮設トイレを三台並べてカムフラージュした、徒歩用の出入り口がある。研究スタッフが示したのは、その仮設トイレ前の様子を映しているモニターだ。まだ昼前なので映像も明るい。

その仮設トイレの前に、誰かいる。

絵留が低く呟く。

「……古室？」

左肩を撃たれ、病院に行くといって別行動になった、あの古室か。

キャップをかぶっているので分からなかったが、確かに、体付きはそんなふうにも見える。

研究スタッフが安堵したように息をつく。

「ああ、古室さんですか。じゃあ、開けましょうか」

絵留が「待って」と言うのと、辰矛が「いや」と割って入るのとが同時だった。

思わず、絵留と目を見合わせる。

「なに、辰矛」

あれ以来、絵留は辰矛のことを名前で呼ぶようになった。

「……絵留さんこそ」

「あんたが、なんで止めるの」

「すみません。あの……古室さんの行動には、ちょっと、注意した方がいいかなと」

絵留は、それで全て察したようだった。

「……分かった。じゃあ一緒に来て」

近藤が、ぽかんとした顔でこっちを見ているが、申し訳ない。

今、説明している時間はない。

鉄梯子《ばしご》で地上まで上がり、二人揃って仮設トイレから出るというのは、妙と言えば妙な状況だ。

古室は、すぐそこにいた。

「……絵留」

まだ傷が痛むのか。古室は左腕をほとんど動かさず、右手だけで絵留に握手を求めてきた。

だが、絵留は応じない。

「ここまで、どうやって？　一人で来たの？」

古室が、所在なげに右手を引っ込める。

「ああ。電車とか、バスを乗り継いで」

「最後は電車？　バス？」

「バス、降りてから……あとは、歩いて」

「なんて停留所？」

「あれ、なんだっけ。なんてとこだっけ……まあ、それは措いとくとして、絵留が無事で、よかったよ。深町も、元気そう」

絵留が、無表情のまま鼻息を噴く。

「……で、こんなとこまであんたは、何しに来たの」

「何って、みんなと合流できたら、と思って」

「『みんな』はないでしょ。何人も捕まってんだから」

「あ、うん……それは、ニュースで、見た」

「見て、どう思った」

「どう……大変なことに、なってるって」

絵留が右拳を固く握る。

「大変なことになってる、じゃないだろ。大変なことを『しちまった』だろ」

古室が顔をしかめる。

「おい、それ、どういう意味だよ。なんで……」

「惚《とぼ》けんなよ。お前はヤヒロの現場で撃たれ、一人で知り合いの病院に行った。あの夜、お前だけは飯場に戻らなかった。そのお陰でお前は、お前だけは、警視庁制圧隊の襲撃に遭わずに済んだ……でも、そんな上手い話があるか」

やめてくれよ、とでも言うように、古室が掌を向ける。

「なに言ってんだよ、なんで俺が」

「お前が、あたしたちの動きを警視庁側にリークした。飯場の場所も教えた。その代わりお前は、制圧隊の作戦遂行日を教えてもらった。だから、事前に肩を撃たれて、あたしたちとは別行動をとることができた」

絵留がこっちを向く。

「そういうことだろ、辰矛」

少し、補足が必要なようだ。

「いや、撃たれたっていうより……自分で撃ったんですよね。古室さんは、自分で自分の肩を」

　古室が目を見開く。

「お、お前、深町、なんで……なに言って」

「あのとき、変だなって思ったんですよ。確かに古室さんは、左肩を撃たれていた。でもそれを押さえる右手が、微かに火薬臭かった。あれは、撃たれた人間の手の臭いじゃない。撃った人間の臭いだった。撃った人間の手に付着する、硝煙の臭いだった……古室さんは右手に拳銃を握って、何かを撃った。何を撃ったのか。自分の左肩を撃ったんですよね。病院に行くと言って、自然と戦線から離脱できるように」

「深町、お前ェッ」

　古室がかぶっていたキャップを取り、辰矛に投げ付ける。

　すぐさま、その右手を腰に回そうとする。

　だがそれよりも、絵留が拳銃を構える方が早かった。

　さらにそれよりも、辰矛が古室の左肩を摑む方が早かった。

「ンゲェエアーッ」

　左腕を捻り上げ、傷のある左肩を中心に、弧を描くように回りながら捻じ伏せる。俯せに倒したら、古室の背中に右膝を落とし、全体重を掛ける。そうした上で、腰に差してあった拳銃を取り上げる。

　動けなくなった古室のこめかみに、絵留が、ゆっくりと銃口を押し付ける。

「……心得があるなら、辞世の句でも詠んでごらん。あとで板切れに書いて、お前を埋めたところに立てといてやるから」

古室が、必死に絵留を見上げようとする。

「待ってくれ、ち、違うんだ」

「何が」

「俺じゃない。リークしたのは、俺じゃないって」

「じゃあ誰だよ」

「知らねェよ、知らねェけど、でも俺じゃねえって。俺がそんなことするわけねえだろ、なあ、絵留ッ」

「見苦しいぜ、おっさん」

古室が激しくかぶりを振る。

「そんな、俺なんかより、そいつ……深町の方が、よっぽど怪しいじゃねえか。そいつは、ついこの前まで、制圧隊にいたんじゃねえか」

さらに強く、絵留が銃口を押し付ける。

「辰矛がそんなことするはずねえだろ。こいつは近藤を助けるために、ダーク・ブラッドを自分で打ったんだぞ。西村を見てて、打ったらどうなるか薄々知ってたのに、あたしも、やめろって言ったのに、それでもテメェでブチ込んだんだ。オメェみてえな、自作自演野郎と一緒にすんなッ」

銃口に押され、古室はもうかぶりを振ることもできない。

「だとしても、俺じゃねえって」

「お前しかいねえだろ」

「なんで、なんで信じてくんないの」

「そもそもこの場所について、お前には教えてねえだろうが」

一瞬、古室の身じろぎが止まる。

「……い、いや、聞いてたよ」

「あたしは教えてないぜ」

「そりゃ、え、絵留からじゃ、なくて」

「じゃあ誰からだよ」

「そ……あ、金谷、金谷からだ」

どんっ、と古室の頭がバウンドする。

絵留の構えた銃、S&W9SEから、ゆるく煙が立ち昇る。

古室のこめかみ。そこに開いた小さな穴から、ボコボコと赤黒い血が湧き出てくる。

絵留は安全装置をオンにし、9SEを腰に戻した。

「あたしもあの、襲撃を受けたあとで知ったんだから、その前にいなくなったお前が、知ってるわけねえんだよ、バーカ……こんな奴のせいで西村が死んだのかと思うと、マジで胸糞ワリいわ」

こうなるかもしれないという、予感はあった。

それでもこれは、かなりショッキングな光景だった。

人が頭を撃たれて死ぬのを、辰矛は今、初めて見た。

第5章

1

芹澤は六区の拠点で、カップラーメンを食べていた。

だがそのニュースを見た瞬間、テーブルに立てておいたタブレット端末に、口にある物全てをぶちまけてしまった。

「うーわ、アライさん……何やってるんすか。きったね」

「そんなこと言ってる場合かッ、これ……って、見えねえか」

与党民自党の総務部会長が、秋の臨時国会で「外国人参政権付与法」の成立を目指すと公言したのだ。

これはもう、狂気の沙汰としか言いようがない。

国家とは「国民、領域、主権」の三つから成り立っている。

具体例を挙げるまでもないが、日本でいうところの「国民」とは「日本人」であり、「領域」とは日本の施政権が及ぶ「領土、領海、領空」の全てであり、「主権」とは「国家の意思決定をする権利、権力」の意味だが、憲法前文に「主権在民」と謳《うた》われている通り、日本国の意思決定権は日本国民にある。むろん、政策の一つひとつを国民が審議し、その是非を決するわけではないが、十八歳以上であれば国民全員が等しく選挙に参加でき、その結果選ばれた国会議員が「政《まつりごと》」を担う。これによって、間接的にではあるが「国民による国家の意思決定」を実現していると言うことができる。

逆に言えば、現在の日本が採用している議院内閣制、これを守ることが、つまりは日本の主権を守ることにもなる。

武力侵攻してきた何者かに、法律も何も関係なく「明日からお前らは奴隷だ」と言われ、実際そのようにされてしまったら、もはや日本国民に「主権がある」とは言えない。国が財政破綻し、他国に多額の援助をしてもらう代わりに、様々な要求を呑まされるようになってしまっても、やはり日本国民に主権は「ないも同然」と言わざるを得ない。

外国人に「参政権を付与する」とは、それらと同じ行為だ。

本来主権者ではない外国人に、日本のことを決める「権利」である「選挙権」と「被選挙権」を与えようというのだ。

特に、異人に参政権を与えるのは、国家の自殺行為だ。

その付与対象に、直ちに異人が含まれることは、おそらくない。住民登録のない異人には、投票券を送付することすら不可能だからだ。しかし、事なかれ主義の日本人は「人種差別だ」「人権侵害だ」と騒がれると、簡単に折れる。特に政治家や役人は、こういった抗議に滅法弱い。早晩、自己申告すれば異人であろうと参政権が認められるように、必ずなる。

廃ビルを占拠し、周辺住民を追い出して地域を占領するのと同じように、あの異人たちが、じわじわと日本の政治を支配していく。外国人参政権の導入は、間違いなくその「蟻の一穴」となる。これを狂気の沙汰と言わずしてなんと言おう。

さらにこれについて、民自党総裁である鯉沼泰造《こいぬまたいぞう》内閣総理大臣は、ぶら下がりの取材陣にこう述べた。

《……党の、総務部会での議論は尽くしたということで、あとは部会長に一任と、いうことでお任せした……ということです》

これは、芹澤が聞いている話と全く違う。

民自党総務部会では、この法案に対して反対意見が圧倒的多数だったはずだ。

日本の参政権は日本国民にのみ付与されるべきもの。ヨーロッパでは外国人にも参政権を認めている国が多い、という見方もあるが、それは欧州連合や英連邦加盟国にほぼ限られている。ユーラシア大陸の専制国家群から、数十年にわたって「核の恫喝《どうかつ》」を受け続けている「島国」日本とでは、地政学上のリスクが違い過ぎる——。

芹澤のような公安警察官の立場からしても、部会では至極真っ当な反対意見が多かった。そのことに、芹澤は安堵すら覚えていた。

ところがこれが急転直下、鯉沼総理の判断で「部会長一任」になったというのだ。

通常、党の部会で話し合い、賛成多数なら閣法ないし議員立法という形で、下院に法案が提出される。しかし部会で反対多数だった場合、当然のことながら法案は提出されない。

しかし、この外国人参政権付与法案に限っては、鯉沼総理が「部会長一任」との判断を下し、これを受けて新庄孝芳総務部会長が、法案を下院に提出する意向を示した。

どう考えても、これは絶対にやってはならない「邪道」だ。これが通るならば、じゃあ国会議員一人ひとりは、なんのために有権者の負託を受けて国会にいるのだ、という話になる。国民に選ばれた議員の多くが「駄目だ」と言っているのに、総理大臣が「そこは部会長にお任せしましょう」と言ったらその通りになるなんて、そんな馬鹿な話があるか。

だがこれで、逆に見えてきたものもある。

先の、特殊制圧隊第六中隊が「極左暴力集団」の摘発に動いたという、あの件だ。

逮捕者五名、死者一名という結果を受け、警視庁は上院議員の赤津延彦、下院議員の小田倉真也を逮捕する方針を固めた。今後、二人が起訴され有罪となり、実刑判決を受け服役することになるのか、それとも起訴されることなく無罪放免となるのか。それは、今の段階では分からない。だがいずれにせよ、二人が所属する「大和一新会」の動きが鈍化することはまず間違いない。

大和一新会は保守政党。外国人参政権には当然のことながら真っ向反対の立場。特に赤津延彦は若い世代に一定の影響力を有しており、彼が「外国人参政権など以ての外」と発信すれば、法案成立に向けて逆風となる可能性は充分あった。

だが例の件で、「大和一新会、並びに赤津延彦はテロリスト」というレッテルを貼ることに成功した。

誰が成功したのか。

何がなんでも、外国人参政権付与法を成立させたい勢力だ。

ただし、ここで別の疑問も浮かんでくる。

鯉沼泰造内閣総理大臣の、真の狙いはなんなのか。

経済音痴、外交音痴、安全保障音痴の上に失言多数。政権公約達成率は限りなくゼロに近く、現内閣発足以来の支持率は平均十二パーセント以下という、まさに「死に体」の鯉沼総理が、なぜここに来て「外国人参政権」の導入などという奇策に打って出たのか。今までさして盛り上がってもいない、一般有権者からしても疑問の声が多いこの法案を、「部会長一任」などという悪手を打ってでも進めようとしているのか。

大前提として、警察官は公務員なので、個人的な政治的意図を以て職務に当たることは許されない。相手が民自党員であろうと共産党員であろうと、逮捕すべきときは逮捕するし、守るべきときは命を懸けてでも守る。

だが同じ警察官が、ある政治目的を達するために虚偽の情報を組織内に流布したり、それを以て組織をあらぬ方に誘導したとしたら、どうだ。当然それは糾弾されて然るべきだし、その罪が明らかになれば法によって裁かれるべきだろう。

そのために芹澤が動くことは、決して国家に対する反逆などには当たらない。

警視庁公安部第二公安捜査の、宮松二朗管理官。

いっちょ、洗ってみるか。

とはいえ、警視庁警視の行動を監視するというのは、芹澤にとっても決して簡単な仕事ではない。

公安部管理官である宮松の移動手段は、基本的には運転手付きの公用車だ。毎日、自宅を出てから帰宅するまで、ずっとだ。その公用車に発信機なり盗聴器を仕掛けられれば話は早いのだが、これがなかなかに難しい。

たとえ宮松が公用車を離れても、車には運転手が残っている。見習いの若手とはいえ、一応は彼も公安部員だ。それとなく芹澤が近づいていって、車体下部に何か仕掛けたら、すぐに降りてきて調べるだろうし、そこに何か発見したら、即座に芹澤を追い駆けてくるだろう。あの若いのに追い駆けられたら、とてもではないが逃げきる自信はない。

だがその習性を逆利用する、という手はある。

「タモツくん、頼むよ」

「へい、任してください」

チンピラに毛が生えた程度の小僧だが、逃げ足は滅法速い。

東京都第九区にある老舗ホテル。その地下に駐まっている宮松の公用車に、タモツが近づいていく。あまりわざとらしくならないように、でも確実に怪しい感じでやってくれ、と頼んでおいたが、果たして上手くやってくれるだろうか。

タモツが公用車の真後ろで立ち止まり、しゃがみ込む。運転手は気づき、ルームミラーを注視している。たまたまそこで靴紐を結ぶことも、あるのかもしれないが、もしそうではなかったら。しかも、カツン、と小さな物音でもしたら。

運転手がドアを開ける。立ち上がったタモツは即座にダッシュ。運転手も釣られて走り出す。ここも、一気に引き離したらダメだ、最低でも二百メートル、それくらいは「追いつけるかも」という希望を相手に持たせて引っ張り回してくれ、と言ってある。

それを、タモツがどれくらい実現できたかは分からないが、

「……こうか……こんな感じか……お、よしよし。完璧だ」

なんとか、芹澤は発信機の設置に成功した。駐車場の防犯カメラに自身の姿が映らぬよう、ドローンを低空飛行させて仕掛けたのだが、思ったより上手くできた。

ところが、敵も然《さ》る者。

どこまでタモツを追い駆けていったのかは分からないが、七、八分して戻ってきた運転手は、すぐに探知器で車体を検《あらた》め始めた。

すると、一分もしないうちに芹澤が仕掛けた発信機は発見され、スイッチを切られた上、証拠品としてポリ袋に入れて保管されてしまった。

なるほど。なかなか優秀な若手で、いいじゃないか。


宮松の行動確認をしようにも、発信機すら仕掛けられないのでは手も足も出ない。せめてこっちの手駒が動かせればやりようもあるのだが、さすがにこの件で部下を使うわけにはいかない。こんなことで彼らの将来を台無しにしたくはない。

かといって、芹澤一人でできる尾行、張込みには限界がある。というか、ほとんどできない。芹澤には、こなさなければならない日常業務というものがある。公安部統括警部補としての職務を放ったらかして、同じ公安部の警視の行動確認をしていたなどと知れたら、それこそいい笑い者だ。外国人参政権導入に前のめりになっている鯉沼総理を「死に体」などと笑ってはいられなくなる。

では、なんならできるのか。

せいぜい「OSINT（オープン・ソース・インテリジェンス）」、一般に公開されている情報から分かることはないか、分析してみるくらいしか手はない。

宮松のおおまかな経歴は、安斉製作所の社長にプリントしてもらったので入手済みだ。

現在五十三歳。警察庁に出向して国際捜査部門に勤務。その後、外務省にも出向し在外公館に勤務――。

この「在外公館」を深掘りしていくと、最初はインドのムンバイ総領事館、二番目にパキスタンのカラチ総領事館、最後がオーストラリアのブリスベン総領事館だったことが分かった。これらは、外務省の公式サイトにあるリンクをたどっていって発掘した情報なので、違法性もなければ警察庁のチェックに遭う心配もない。

では、故人ではあるが元外交官のジェニファー・マーコート、さらに現駐日米国大使であるアレックス・マーコートについても、同じ要領で調べてみよう。

まずはジェニファー・マーコート。

生まれはスロバキア共和国だが、十歳のときに家族でアメリカに移住。コロンビア大学で政治学博士号を取得したのち、国家安全保障会議のスタッフを経て、国務省に入省。スイスのチューリッヒ総領事館、フィリピン大使館、オーストラリアのブリスベン総領事館、カザフスタンのアルマトイ領事事務所など、多くの国で勤務経験がある。

その中の一つ、ブリスベン総領事館勤務というのが、宮松のそれとかぶっている。ただし、それが宮松と同時期だったかどうかは確認できなかった。

では、アレックス・マーコートはどうか。

生まれはスロバキア共和国。もうこの時点で、ジェニファーと無関係ということはなかろう、との確信に至る。年齢はジェニファーの方が四つ上。つまりアレックスが弟というわけだ。ジェニファーが家族とアメリカに移住したのが十歳のときだから、この点でも矛盾はない。

出身大学はスタンフォード、学位は修士。卒業後は陸軍、国家安全保障会議、財務省を経て、民衆党から立候補して下院議員に。任期満了後、昨年から駐日米国大使となる――。

国家安全保障会議というのがジェニファーとかぶってはいるものの、宮松と共通する経歴はなかった。しかし、ジェニファーから宮松を紹介され、彼女の死後も関係を継続している、という可能性は充分ある。

これだけなら、海外勤務経験の豊富な公務員同士の、国際的な交友関係、という話で終わりなのだが、そもそもジェニファー・マーコートという女性は、芹澤たちにとってただの米国外交官ではない。常にロシアとの黒い繋がりが噂されていた、むしろ危険人物という認識の方が強い。そもそも、アメリカへの移住を決めた父親が、スロバキアの共産党員だったことが分かっている。もう、家族ぐるみで「共産主義＝親ロシア」だったと思っておいた方がいい。

ロシアのスパイだった可能性が高い、ジェニファー。

その彼女と、ブリスベンで接点を持った可能性がある、宮松二朗。

そして現駐日米国大使である、アレックス。

ここまで繋がってくると、気になるのは徳永の、あの発言だ。

『それと、ジェニファー・マーコートって女は何者だ』

奴はなぜ、あんな質問をしたのか。

すぐに会うのは難しいだろう、と思ってはいた。だがメッセージを入れ、電話もかけ、返事がないのでまたメッセージ、電話と繰り返しても、一向に徳永からの返信はない。

さすがに中隊長警部が行方不明になったり、負傷や病気で入院といった事態になれば、その旨は芹澤の耳にも入ってくる。だから、そういうことではない。訓練か、任務かは分からないが、一定期間外部と連絡がとりづらい状況にあるのだろう、と察するほかない。

そんな状況だから、ことさらに携帯電話を気にしていた——わけでもないのだが、ディスプレイに【主要トピックス】として流れてきた一文に、芹澤の目は釘付けになった。

【鯉沼首相に外国人参政権をゴリ押しした黒幕——産京プライム】

産京新聞は国内唯一といっていいほどの保守系メディア。【産京プライム】はそのネット配信に加え、政界裏話から芸能ゴシップまで、なんでも取り扱う複合メディアだ。

芹澤は有料会員になっているので、この記事もすぐに読めた。

【突如ニュースとして浮上してきた感のある、外国人参政権付与法案。実は民自党内の部会では反対が多数で、通常であれば国会に法案が提出されることなどあり得ない状況だった、と言われているのはご存じだろうか。

にも拘らず、鯉沼総理はこの法案にゴーサインを出した。表向きは「部会長一任」ということで、総務部会長を務める新庄孝芳議員が押し切ったかのように言われているが、そんなはずはない。鯉沼総理の後押しがなければ、閣僚でもない新庄議員にこんな重要法案の提出を押し通す力などあるわけがない。

それにしても不可解なのは、内閣支持率が一向に上がらないにも拘らず、鯉沼総理がなぜ今、外国人参政権などという有権者受けしない法案を強引に通そうとしているのか、ということだ。

実は、このドタバタ劇の裏側には、某国の大物政治家が関わっているという噂がある。本紙は三回連続で、この「黒い噂」の裏側に隠された真実に迫っていく予定だ。】

記事はここで終わっている。今回はあくまでも予告ということらしい。

正直、今どきの新聞社に政治の裏側を調査報道する能力があるとは、芹澤には到底思えない。できるとすれば、懇意にしている政治家からネタをもらい、それをさしたる裏取りもせずに垂れ流す——せいぜいその程度の「御用」報道が関の山だろう。

その、芹澤の見立てが当たっているとしたら、このネタも政治の側からリークされたものということになる。

誰がこのネタを、産京に持ち込んだのか。

赤津か。赤津延彦が、自身が逮捕される前に産京に流したのか。あるいは、大和一新会の別の誰かという可能性もある。弱小とはいえ、一新会にも上下合わせて十人近くは議員がいたはず。いつまでもやられっ放しにはなってないぞ、と意地を見せたか。

そんなところに電話がかかってきたので、ちょっと驚いた。

しかも、ディスプレイには【徳永義一】と出ている。

「……もしもし」

『徳永だ。返事もできず、すまなかった。今から会えないか』

もちろん、会えるとも。

例の如く、徳永の乗ってきた車の中で話すことになったのだが、徳永の様子が、どうもおかしい。

「……おい、何があった」

目が落ち窪んでいる上に、唇がガサガサに荒れている。相手が別の人間だったら、変なクスリでもやっているのではと疑うところだ。

雨が、降り始めている。

徳永は、斑に水滴の載ったフロントガラスを睨んでいる。

「実は今……長野の第一市にある、民間人の別荘の、警備をやらされている。今朝になって、なんとか半日時間がとれそうだったんで、こっそり抜け出してきたんだが」

疑問だらけの発言だった。

まず、警視庁警備部所属の特殊制圧隊が、長野県に派遣されるというのが、通常ではあり得ない。それこそ「あさま山荘事件」のような一大事であれば、他県に派遣されることもないではないが、制圧隊は言うまでもなく、犯罪者集団を「制圧」するための部隊だ。「警備」をするためのそれではない。

さらにその対象が、民間人の別荘というのも解せない。

「……なんでまた」

「そりゃこっちが知りたいよ。だから訊いただろ、この前。ジェニファー・マーコートって女は何者なんだって」

「それにはちゃんと答えただろ。アメリカの元外交官だが、もう五、六年前に死んでるぞって」

「そのよ、死んだ女外交官名義の別荘なんだよ、いま俺たちが警備させられてんのは。だから、外国人に不動産なんか持たせちゃダメだって言ってんだよ。死んだって碌に相続手続きもされねえで、まんま放ったらかしじゃねえか。フザケやがって」

なるほど。そういうことか。

「……じゃあ、実際その別荘にいるのは、誰なんだ」

「アレックス・マーコート。現在の、駐日米国大使様だよ」

よしよし。いろいろ繋がってきたじゃないか。

「つまり、警視庁特殊制圧隊が、長野の別荘地に引っ込んだ米国大使の、身辺警護をさせられているど、そういうことか」

徳永がこっちを睨む。

「だから、そう言ってんだろうが」

一々突っかかるなよ。

ちょっと確認しただけだろ。

2

古室は一人で、茨城県第七市にあるCRFの秘密基地までやってきた。

彼が如何にしてあの場所を知ったのか。それは絵留があの場で射殺してしまった以上、分かりようがない。だが彼を拘束し、拷問し、どこの誰から聞いたのかを白状させた方がよかったのかというと、それは違う。

そんな余裕は、辰矛たちにはなかった。

「オーライ、オーライ……はい、ストォーップ」

パネルトラック二台、ワンボックスカー二台、乗用車一台に積めるだけ資機材を積み込み、すぐさま茨城を離れた。

次に目指したのは長野県だった。ヤマト電通同様、パナテックが潜伏場所を用意してくれたのだという。

誰かを頼れば、それだけ情報が漏洩する危険性は高まる。古室の件にしても、ヤマト電通側から情報が漏れた可能性は否定できない。だとするならば、次はパナテックから情報が漏れ、新しい潜伏場所も早晩襲撃を受けるかもしれない。そういう覚悟は、常にしておかなければならない。

なので、資機材は可能な限りトラックから降ろさず、荷室でできる作業は荷室で行うことになった。

また、絵留とアヤは「今さら」みたいな顔をしていたが、辰矛は、牧山の所持していた血判状に署名、押印し、正式にＣＲＦへの加入が承認された。

「深町くん、よろしく頼む」

「はい、よろしくお願いいたします」

その場にいたメンバー、全員の前での握手。

牧山の手は、指先の皮がぶ厚く、手の甲は傷だらけ、ケロイドだらけだった。長年、直接素手で機械類を扱い、半田付けをしてきたのだろう。科学者というよりは、研究者。もっといったら、職人のような手だった。

「いい機会なので、君に、正式に打診しておく。我々は君に、新しいグランダイバーを装着してもらいたいと思っている。引き受けてもらえるかね」

「はい。謹んで」

「命の保証はないぞ」

「それは……保証がないのは、自分だけではありませんから」

なんだろう。近藤が、しげしげと血判状を覗き込んでいる。

「あれ、俺が押したのって、どの指だったっけな……牧山さん、指の方がなくなっちゃった場合、この血判も無効になっちゃうんですかね」

牧山が、ほぼ白髪の眉をひそめる。

「筆跡、さらには血液のＤＮＡ鑑定で、署名の有効性は充分証明可能だから心配するな」

絵留が溜め息交じりに呟く。

「……そんなこと、真面目に答えないでよ」

しかし、この署名、押印を境に意識が変わったことは間違いなかった。それは辰矛だけでなく、牧山を筆頭とする、ＣＲＦメンバーも同じだったと思う。

「深町さん、試着をお願いします」

ダイバースーツは、辰矛の体形に合わせて微調整された。ヘルメットやその他の装備に関しても、辰矛の意見が積極的に取り入れられるようになった。

「すみません、一ついいですか。今までのキャプチャーって、輪っかを作ったら、そこで自動的に切り離されてたじゃないですか」

「はい」

「それ、切るか切らないかは、こっちの手元で決めるようには、できないんですかね」

「ああ、輪っかは作るけど、切らないで、まだビョーッて伸びるようにできないか、ってことですか」

「そうです。だから、なんか……手錠の鎖が伸びたみたいな形、って言ったらいいんですかね」

「はいはい、分かります。技術的には可能ですよ。試作品、作りましょうか」

「お願いします」

ヘルメットも試着させてもらった。

「す……凄い」

辰矛が警視庁で使用していたものとは、もう全く別のシステムと言ってよかった。

まず、視界が凄い。

絵留が飛ばす八台のドローン。その映像をグランダイバー頭部の、あの背びれのような二枚の角で受信する。ちなみに背びれは、技術者たちにも「フィン」と呼ばれていた。

受信した映像は、グランダイバーに内蔵されたカメラ映像と合成され、場合によっては壁の向こうが透けて見えたり、別ウィンドウが立ち上がって背後が見られたりもする。また絵留がマーカーを付けると、その対象が赤く点灯して映る。これは、ドローンが先に認識した敵を示すときなどに用いられる。マーカーは他の色に変えることもでき、四色までなら同時使用が可能らしい。たとえば、現場内の異人と被害者を色分けすることも可能、というわけだ。

これらと自身のカメラ映像とを合わせると、生身の人間のそれより格段に広い視野を得ることになる。

試しに、と着けてみた絵留も驚いていた。

「スゴ……こんなに見えるんだ。解像度、めっちゃ高いじゃん」

だが、ヘルメットを辰矛に返してきたとき、その表情はすでに沈んでいた。

「もっと早く、これができてたら……西村にだってもっと、楽に戦わせてあげられたのに」

急に、ヘルメットが重たくなったような。そんな気がした。

以前のように、一ヶ所に長く留まることはせず、一週間とか、長くても十日くらいを限度に、潜伏場所を移動するようになった。とはいえ、無限に候補地があるわけではないので、福井、静岡、また長野というように、安全確認を入念にした上で、同じ施設を再び使用することもあった。

正式にCRFのメンバーとなり、開発チームとも密にコミュニケーションをとるようになったが、辰矛自身は技術系スタッフではないので、時間にはゆとりがある。

そこで、空き時間は近藤とトレーニングをすることにした。格闘技でいったら、スパーリングみたいなことだ。

マットも何もないので、仕方なく、原っぱにビニールシートを敷いてやっている。

「近藤さんは、こう、上からガブってください」

「こう?」

「もっとです。全体重かけてください。遠慮はいりませんから」

「分かった……」

相手が異人だろうが共産主義者だろうが、辰矛にできる戦い方の選択肢は、そう多くはない。その中で最も有効な戦い方とは、何か。

ダイバースーツを着用する以上、こちらが銃弾に倒れることはまずない。また、こちらも敵に存在を悟られたくないので、銃器の使用はできる限り避けたい。そうなると、必然的に肉弾戦を想定せざるを得なくなる。

だが、そこにこそ勝機はあると、辰矛は考えている。

「こう、でこう、か……この動き、反復練習させてください」

「オッケー。じゃあ、パンチからいくね」

文化を破壊しようとする共産主義者、そもそも文化を持ち得ない異人。そんな敵と戦うとき、一番の武器となるのは、まさにその「文化」なのではないか。

格闘技は、野生動物の殺し合いとは違う。野蛮人同士の殴り合いとも違う。運動力学や生理学、物理学や心理学をも活用可能な「文化的」戦闘術だ。

文化を壊す者、文化を持たざる者と、文化で戦い、倒す。

たとえば総合格闘技でいう、肩固めとか、腕三角絞めとか。

「……ングッ……グッ」

近藤が、辰矛の肩を叩く——タップ。参ったという意思表示だ。

タップされたら、瞬時に離す。

正座に座り直した近藤が、がっくりとうな垂れる。

「……深町くん、強いね」

「一応、柔道四段なんで」

投げ技も、近藤を持ち上げられれば、たいていの人間は持ち上げられると考えていい。やればやるだけ、自信がつく。

「近藤さん、もう一回いいですか」

「ちょっと……ちょっと一回、休憩さして」

やはり、原っぱにビニールシートで、投げ技の練習は危険か。


ほぼ完成というところまできた、新型グランダイバー。

ある日、辰矛は絵留から告げられた。

「明日、異人の『巣』を一つ、叩く」

いよいよ来たか、と思った。

「県内のアジト？」

「そう。まだ大きくはないけど、レイプ事件も殺人事件も起こってるのに、警察は全く対処できてない。あたしたちがやる、大義名分はある。ここで叩いておく、意味はある。それと……これは辰矛の、最終テストも兼ねてる」

その表情を見れば、大よその意味は分かった。

だが、辰矛は訊いてしまった。

「……最終テスト？」

絵留の視線が真っ直ぐ、辰矛の両眼を射る。

「辰矛に、本当に異人が殺せるのかどうか。そういうテスト」

自身を含む、誰もが思っていながら、誰一人、口にしなかった疑問。

でもそれを、絵留は誤魔化すことなく口にする。

ちょっと前に、近藤が言っていた。あのクラスの人たちは覚悟が違うと。そのときは赤津や牧山について言ったのだと思うが、辰矛からしたら絵留も同じだ。

裏切ったと分かったら、絵留は仲間でも躊躇うことなく射殺する。

同じだけの覚悟が、あんたにはあるのか。

絵留の視線は、そう問いかけていた。

翌日——深夜一時だから、正確には翌々日になってしまったが、辰矛たちは目的地に到着した。

車が停まったら、まずダーク・ブラッドを摂取する。

「ふんッ……」

ガツン、と背骨が極まると、まもなく、一つひとつの細胞がドミノ倒しのように、バラララッと、隙間が埋まって、何かこう、上手くは言えないが、「直結」したことが、自分では明確に分かる。

最初に打ったあれから数えると、これで四回目。毎度、十数秒のショック状態は避けられないが、それにも慣れてきてはいた。むしろこれから戦うのだから、その覚悟の儀式にはちょうどいいとすら思う。

そういえば、髪色はいまだに黒いままだが、これはどうなんだろう。今度、牧山に訊いてみようか。

呼吸と脈拍が安定したら、ダイバースーツを装着する。言うまでもなく、色はあの超低反射黒色塗料で、暗闇の如く染め上げられている。明るいところで見ても、凹凸はほとんど分からない。パッと見はまさに「影」だ。

ただ、あの自動昇降レールは最初のパネルトラックと一緒に置いてきてしまったので、今は近藤に脱着を手伝ってもらわなければならない。

「はい、接続オッケー。スイッチどうぞ」

「……はい、入れました」

メーター、視界、装備、全て異常なし。

巨大ゴーグルを着用した絵留がこっちを向く。

「辰矛、スタンバイOK?」

「OK」

「じゃ消すよ」

荷室の照明が消え、同時に、ヘルメット内のスクリーン映像が暗視モードに切り替わる。ほんの一瞬、ハレーションのように明度が上がり、その後は彩度が多少落ちるが、それでも最新の暗視カメラの性能は驚嘆に値する。ちょっと前の、普通のビデオカメラのクオリティくらいはある。

後部ドアが開く。

「グランダイバー……出ます」

外は田舎の、寂れた漁港だ。

絵留のドローンが先行してくれているため、数十メートル先の映像まで切れ目なく見ることができる。映像は、耳のところにあるスイッチボックスで切り替えることも可能だが、基本的にはヘルメット内のセンサーが装着員の視線を感知し、その部分を自動でズームしたり、死角になっている部分を「透かし表示」してくれたりする。その、視線で映像を切り替える練習も充分してきたので、なんの問題もなく敵陣まで接近することができた。

古い倉庫のような建物だ。特段、セキュリティと呼ぶほどの設備はなく、警備担当者がいるわけでもない。裏手に植わっている樹に登り、高窓から中を覗くと、絵留のドローンが送ってきた映像と全く同じ状況が、そこにはあった。

廃品を拾ってきたようなボロいソファには、三十歳前後と思しき日本人女性が、褐色の、大きな背中の男に組み敷かれ、今まさにユサユサと、行為を強いられている。

少し離れたところには、典型的な「異人顔」の男が、瞼の腫れ上がった「日本人顔」の男性の頭髪を鷲《わし》摑みにし、ソファでの行為を見せつけている。瞼の腫れた男は、ソファの女性と恋人同士だったのだろうか。あるいは夫婦か、きょうだいか。

他には、男の異人がもう二人。二人とも下半身に着衣はなく、股間に力の抜けた男根がぶら下がっているのが見える。

辰矛はその、高窓のガラスを右拳で叩き割った。

すぐさま窓枠の上端を摑み、懸垂の要領で下半身を持ち上げ、爪先から一気に通り抜け、全身を中に落とす。

そして、着地。

警視庁ダイバーだったら絶対にできない動きだが、グランダイバーにならできる。しかも、今の辰矛はダーク・ブラッドも「キメ」ている。いや、グランダイバーとダーク・ブラッドは、そもそもセットだと思っておくべきだろう。

突如、高窓から現われたグランダイバー。この田舎の異人たちの目に、自分はどう映っているのだろう。やはり悪魔か。鬼か、牛か。そんなことは今どうでもいいか。

辰矛は、ちょうど六人の真ん中辺りに置かれていたランタンを、メイスで叩き割った。それだけで室内は完全に暗転。おそらく今、物が見えているのは辰矛だけだ。

下半身を露出したまま、おろおろと辺りに手を伸べる二人の異人。その首元に、キャプチャーをひと巻き、ふた巻き。二人は声を発することもなく、喉を掻き毟りながらその場に倒れ込んだ。こんな残虐行為、警察官時代は考えたことすらなかったが、グランダイバーにとっては、ごくごくノーマルなキャプチャーの使用方法だ。辰矛はこの他にも、いま新しい使い方を開発中だ。

次はソファにいる、大きな背中の男だ。

近くにあった携帯電話を懐中電灯代わりにしようと思ったのだろうが、そうはさせない。

辰矛はがら空きの顔面に、真正面から回し蹴りを叩き込んだ。

仰《の》け反る男。それでようやく、被害女性から異人の男性器が抜け出た。冗談でなく、絵留の前腕くらいの長さと太さはあると思う。絶対にそんなことは口に出せないが。

仰向けに倒れた異人の胴に、跨る。

顎を摑み、強引に口を開けさせ、そこに右拳を捻じ込む。

濡れた舌に、スタンナックルを押しつける。

「ンベベベッベベベッベベッ、ベッ……」

水分は導電率を桁違いに高める。しかも電極を当てたのは舌だ。さぞダイレクトに、脳髄が痺れたことだろう。

そう。これもダーク・ブラッドの効果、もしくは副作用なのだろうか。次から次へと残虐行為を思いつく。日本人にまで同様の行為をするつもりはないが、異人には、もう何をしてもいいような気持ちになっている。

お前らだぜ、吉山を殺したのは——。

さっきまで日本人男性の髪を摑んでいた異人は、今は暗闇を這い、なんとか一人で逃げようとしている。だが、方向がよくない。そっちに行っても、前輪のない自転車に行き当たるだけだ。

まあ、そうしたいのなら、そうさせてやろう。

真後ろまで行って、異人の尻を、真っ直ぐ前に蹴飛ばしてやる。異人は見事、顔面から壊れた自転車に突っ込んでいった。それをさらに、後ろから蹴る。蹴って蹴って、踏みつける。あの日の異人が、無抵抗の吉山を死ぬまで殴りつけたように、辰矛も、顔面が後輪に、ザクザクに喰い込むまで、執拗《しつよう》に異人の頭を踏みつける。

日本人が、いつまでも大人しく、やられっ放しになってると思うな。

正式にＣＲＦの一員となり、与えられた役割を果たすと、これくらいの見返りは求めてもいいかな、という気持ちにもなる。

「牧山さん。実はちょっと、お願いしたいことが、ありまして」

「ああ、なんだ」

「元警視庁警察官の、実家のお墓がどこか、調べることはできますか」

牧山は、正味一秒も考えなかった。

「できるよ。名前とか、年齢とか、個人を特定するのに必要な事項を可能な限り、書き出しておいてくれ」

さすがに「秒」とはいかなかったが、その日の夕方には寺の名前と、住所等が書かれたペーパーを渡された。

「……ありがとうございます」

二日後、辰矛は暇をもらい、そのペーパーが示す場所に向かった。

福島県第三市にある、行林寺《ぎょうりんじ》。ネットで調べたところ、同寺は紫陽花《あじさい》が境内いっぱいに咲くことで有名らしいが、今日は八月十二日。見頃はとっくに終わっている。

対向二車線の市道から石段を上がっていくと、所々に石造りの灯籠《とうろう》や五重塔が立っている。上がった先にある坂道を進んでいくと、途中で日本瓦の載った建物をいくつも見ることができた。僧侶やその家族の住居になっているのか、各棟に何か宗教的な役割があるのか。その辺の事情は、辰矛にはまるで分からない。

でも、なるほど。山の斜面を切り拓《ひら》いて建立した寺だからか。坂を上ると手水舎《ちょうずや》、また少し上ると鐘楼、その上に本堂。全てが段階的に、バラバラに配置されている。さらに奥にある細い坂道を上っていくと、少し開けた場所に一基、また一基、墓石が設けられている。平地に、碁盤の目のように配置された墓地とはかなり勝手が違う。それでも各々に「い・一」「ろ・三」のように記号が振られているので、それを見ながら行けば迷うことはなかった。

まもなく、目的の「は・六」にたどり着いた。

「……」

吉山家之墓。納骨が済んでいるかどうかも、牧山が確認してくれていた。先々週の土曜日に済んでいる、ということだった。

お墓自体は、とても清潔に保たれていた。奥にはまだ新しい卒塔婆《そとば》が数本立っている。いま花がないのは、誰も供えていないからではなく、この暑さですぐに枯れてしまい、寺の方がそれを処分したからだろう。

無駄になるかと思ったが、やはり花も買ってきてよかった。それと、線香。使い捨てライターで満遍なく火を点けるのには苦労したが、でもなんとか、上端全体から煙が立つようにはなった。

供え終えたらしゃがみ、手を合わせる。

吉山――。

会いに来るの、遅くなって、ごめん。君を守れなかったこと、本当に本当に、後悔してる。

自分だけ、装甲防護服に守られて生き延びたこと、ずっとずっと、嫌だった。恥ずかしかった。でもこれも、ごめん。吉山のこと思い出すと、吉山のこと考え始めると、俺、動けなくなっちゃうから。それが前だろうと後ろだろうと、俺、どっちにも進めなくなっちゃうから。だからしばらく、思い出さないようにしてたところ、あったかもしれない。本当に、ごめん。

もう一つ、謝らなきゃならないことがある。

俺、警視庁――向こうが退職扱いにしてるかどうかは分かんないけど、自分としては、警察は辞めて、言い方はアレだけど、テロリストみたいなこと、やってる。今は。でも個人的には、今も異人を制圧する作戦中なんだ、って思ってる。そこは変わってない。ある意味、手法は過激になったけど、これは必要なことなんだって、思ってる。間違ってるとは思わない。心を鬼にしてでも、俺は、この道を進んでいこうと思う。

ただ、吉山のことを、君のことを思い浮かべて、自分を鼓舞しようとしたことは、謝る。卑怯だった。君の死は――君がいなくなってしまったことは、そんなふうに利用すべきじゃないって、あとで思った。君への想いを、異人への憎しみに転嫁したら駄目だって、あとから分かった。そこは、反省してる。

俺は、これからは自分の判断で、異人と――。

だが、心の内の全てを言い終えるより前に、辰矛は微かに、しかし確実に、足音のようなものを聞いた。

誰だ――。

目だけで右側、下り坂の方を見てみたが、それでは分からなかった。幅の狭い坂道。左右は草木が繁っており、とても人が歩いてこられるような造りにはなっていない。誰か来るとしたら、その坂を上ってくるしかない。

空耳、だったのか。

そう思い、辰矛が顔を向けたのと同時だった。

スッ、と人の頭が、地面から生え出てきた。

見覚えのない顔が、地面スレスレの位置から、辰矛のことをじっと見ている。

何者だ。

悪いが、今の自分はただの人間ではない。人ならざるモノの血を受け入れた、グランダイバー装着員だ。徒手空拳でも、生身の人間に負ける気はしない。

その思いが通じたのだろうか。地面の男は少し姿勢を正し、肩の辺りまで正体を晒した。マリンブルーのシャツ、ノーネクタイ。顔は異人ではない。日本人に見える。首と肩の感じから、わりと細身なのではないかと察した。

意を決したか、男は一歩、また一歩、こっちに坂を上ってきた。

辰矛は立ち上がり、男のいる方に正面を切った。それで、男の足元まで一気に見えるようになった。

身長は辰矛と同じか、もしかしたら少し高いくらい。歳は間違いなく上。四十歳、行くか行かないか。

待て、その男――。

「おう、深町」

聞き覚えのある声。

誰だ。何者だ。

男はなおも近づいてくる。手には何も持っていない。グレーのスラックスには、不自然な膨らみも強張《こわば》りもない。おそらく拳銃を隠し持っているということはあるまい。あるとしたら足首、ナイフか護身用の小型拳銃。いずれにせよ、今の辰矛を倒せる武器ではない。

男の様子は、非常にリラックスしている。

「そんな、おっかない目で見るなって、深町」

その呼び方から、先輩警察官なのであろうことは察した。

男は六メートル、いや、五メートル先まで来ている。

そろそろ、辰矛の間合いに入る。

「……どなたですか」

男が足を止める。

「ダメか。やっぱり覚えてないいか」

いや、ぼんやり、浮かんできてはいる。

だが、男が明かす方が早かった。

「十区中央署だよ。お前が卒配で入ってきて、朝の柔道、一緒にやったじゃないか。乱取りやって、俺が足挫《くじ》いてさ、お前、湿布貼って、包帯巻いてくれたじゃないか」

思い出した。

「え……芹澤さん？」

男が大きく笑みを咲かせる。

「お、やっぱ覚えててくれたんだ。嬉しいね」

しかし、それ以上は無理だ。

「動かないで。それより、こっちには来ないでください」

男——芹澤は、再び足を止めた。

顔から笑みが消える。

「……話をするには、ちょっと遠くないか」

「身の安全を考えたら、むしろ近過ぎるくらいですよ。芹澤さん」

「それは深町の安全？　それとも俺？」

「芹澤さんのです」

口を尖らせ、芹澤が頷く。

「そっか……じゃあ、まあいいや。落ち着かねえけど、ここで話すよ」

タバコでも吸い出しそうな間が空いたが、それはなかった。

「……俺さ、今、公安部なんだ。警視庁公安部、外事四課」

通常、公安部員が自ら身分を明かすことはない。

どういうことだ。これは何かの罠か。

芹澤が続ける。

「だから、お前が機動制圧隊にいることは知ってた。装着員になったことも知ってた。頑張ってんな、頼もしいなって思ってた」

果たして、芹澤とはこんな男だったろうか。今のところ、辰矛の記憶の中の彼と重なる要素はない。

「ところが、例の事件が起こった。六月十四日土曜日、東京十七区の、あの事件だ。アレで負傷したお前は、入院先から忽然《こつぜん》と姿を消した。そして……黒いダイバーと、その仲間たちと、行動を共にするようになった」

驚きはない。むしろ納得と落胆だ。現状、ＣＲＦのメンバー五名が警視庁に身柄を拘束されている。彼らが知り得た情報は、全て警視庁の知るところとなった。それくらいに思っておいた方がいい。

その結果、辰矛が現われるとしたら吉山の墓前と読んだ。そういうことだろう。

だとしたら一つ、教えてもらいたい。

「……富樫は。あいつは今、どうしてますか。怪我、どうですか」

芹澤が、ふっと鼻で笑う。

「そっか……そうだよな。富樫晃教《あきのり》巡査部長、彼ならもう怪我も治って、職務に復帰してるよ。心配しなくていい」

すぐに「それと」と芹澤は付け加えた。

「警備部が身柄を確保した、警視庁ＳＡＴの元隊員だった、西村潤司な。彼の死亡に関しては、君らもあんまり、分かっていないんじゃないのか」

その通りだが、どう答えていいものかが分からない。

辰矛が黙っていると、さらに芹澤が続けた。

「もしかしたら、制圧隊が殺したのに、マスコミにはそう発表してない、みたいに思われてんじゃないかな、と思ってな。だったら、それは違うぞと、それだけは言っておくよ……制圧隊が確保した時点で、西村はすでに意識不明だった。心肺蘇生を試みたが、二時間後に搬送先の病院で死亡が確認された。翌日の病理解剖の結果、死因は多臓器不全による心不全と判明した。これは適当な診断名を言ってるんじゃなくて、実際に、西村の臓器はどれもボロボロだったそうだ。よくこれで、昨日まで生きてたなってくらい、胃も腸も萎縮していて、ただもう、本当に心臓が動いて、息をしてるだけっていうような状態だったらしい」

そんな体を、ダーク・ブラッドで無理やり動かしていたと言うべきか。ダーク・ブラッドを常習した結果、生ける屍《しかばね》のように成り果てていたと言うべきか。

「それでも西村は……ああ、関係者には『グランダイバー』って呼ばれてたんだよな、あの黒いスーツ。あれを装着して、異人を粛清して回っていた……そうなんだろ？」

粛清、ときたか。

「それを俺に訊いて、どうするんですか」

「お互い、協力できないかな、って思って」

死角からメイスの、大振りの一撃を喰らったような気分だった。

「協力……って、何を」

芹澤が短く頷く。

「俺たち、現職の警察官にできることには限界がある。一方、テロリストのレッテルを貼られた君らも、もはや自由に活動できる状況にはないだろう。でも俺たちが組めば、もっといろいろできるはずだ。君はなんたって、警視庁機動制圧隊の、装甲防護服装着員だったんだから」

いろいろ――。

「それは……芹澤さん個人の考えですか。それとも警視庁公安部、外事四課の総意ですか」

「俺個人だ。俺が個人的な立場で、深町辰矛という男に申し入れをしている」

「つまり、芹澤さんの計画通りに、俺に異人の始末をして回れと」

「ちょっと引っ掛かる言い方ではあるが、まあ、そういうことだ」

「信用できませんね」

芹澤が首を傾げる。

「なんで？」

「裏切り者がいたんですよ、こっち側に。そいつが流した情報がもとで、二十一区の、俺たちの拠点は特制に強襲された。つまり、俺が芹澤さんと組むってことは、そいつの後釜になるってことなんじゃないんですか」

馬鹿な、とでも言いたげに芹澤がかぶりを振る。

「……深町、それはお互い様だろう。そっちに警視庁の『S《エス》(スパイ)』がいたように、警視庁にだってそっちの『S』がいるはずだ。じゃなかったら、君はこの場所を一体どうやって知った。今の君が、警視庁関係者に正面から問い合わせをすることはできないはずだ。そりゃそうだよな。それをした途端、CRFの仲間の居場所に繋がっちまうんだから……それだけじゃない。異人と繋がってる警察官もいれば、政治家と繋がってる警察官もいる。政治家と繋がってる異人も、海外勢力と繋がってる異人だっている」

だからって、と挟む間もなかった。

「そうなると、どこの組織に属してるかより、その個人がどんな人間かの方が、重要になってくる……少なくとも、俺にとってはね。俺からしてみたら、深町……お前は昔とちっとも変わらない、強くて優しい、馬鹿が付くほど正直な野郎に見えるんだが、違うのか。お前はもう、俺の知ってる深町辰矛じゃゃ、なくなっちまったのか」

何を言う。

「そんな……言うほど、俺のことなんて知らないでしょ。卒配の頃に、ちょっと柔道の朝稽古で一緒だったってだけじゃないですか」

芹澤が、ハッ、と強く息を吐く。

「見くびってもらっちゃ困るぜ。これでも、二十年近く公安で飯食ってきたんだ。人を見る目は、それなりにあるつもりだ」

「だからって」

「それだけじゃない。お前が知らないだけで、俺はお前のことを、お前が思う以上に、ずっと見てきた……十七区の事件のあと、病院を抜け出して、自分の部屋に戻って夜通し泣いてたことも。事件現場近くで、デカの真似して下手な聞き込みして、異人に拉致られてボコられて、グランダイバーに助け出されたことも。異人にガソリン掛けられて焼き殺された、四井貴臣警部の娘、四井絵留と行動を共にしていることも、俺は……逮捕したCRFメンバーから聞き出したんじゃない。自分のこの目で、全部見て、知って、知ってても……誰にも言わないで肚に収めてきた。誓って、上司にひと言の報告もしていない。文字にも起こしてない。なぜだか分かるか」

分かるわけがない。

「お前がこうやって、吉山恵実の墓参りに来るような奴だからだよ。こんなところに来たら、ここからまた尾行が付いて、仲間の居場所まで探られるおそれがある。それでも来たかったんだろ。来ずにはいられなかったんだろ。吉山の墓前で手を合わせなきゃ、お前、一歩も前に進めないんだろうが」

あんたに、あんたなんかに、何が分かる。

「いいよ……ここからは俺が先に帰る。誓ってお前を尾けたりしない。約束する。その代わり、ちゃんと考えてみてくれ」

何を。

「二十一区の基地に特制が踏み込んだのは、お前の言う通り、そっちからのリークがあったからだ。だが事は、そんなちっぽけな化かし合いに留まる話じゃない。ＣＲＦの存在を白日の下に晒し、赤津やその仲間に『テロリスト』のレッテルを貼り、大和一新会の動きを封じようとした奴がいる。その目的がなんだか、分かるか」

牧山が言っていた、あの事か。

「……外国人参政権、付与法案」

「ああ、その通りだ。あれを成立させようとしているのは、むろん民自党総裁である鯉沼泰造総理だが、鯉沼総理の個人的野心とか、そういうことでは絶対にない。必ず、裏で操っている奴がいる。その裏で操っている奴が、いわば黒幕が、警視庁内部の人間に手を回し、二十一区の基地を襲わせたんだと、俺は見ている」

これに「なるほど」と、すぐに納得してはいけないのだろうが。

「……その黒幕が誰だか、分かってるんですか」

「ああ。現駐日米国大使の、アレックス・マーコートという男だ」

それは初耳だ。

「なぜ、アメリカの駐日大使が、そんなことを」

「奴は、アメリカ人とはいっても、血筋からしたら性根は共産主義者だ。米国はもとより、その同盟国である日本の文化的、社会的瓦解を目論んでいる」

牧山が持っていた、あの本と同じ話か。

「……裸の、共産主義者」

「よく知ってるな。つまりはそういうことだ。マーコートは、日本の文化破壊を目論み、駐日大使という立場でこの国に入ってきた。だが今、奴は大使館にいない。週刊誌に暴露ネタが持ち込まれたからか、CRFの残党が日本中を逃げ回っていることに恐れをなしたか……その辺はよく分からんが、奴は死んだ実の姉が遺《のこ》した、長野の別荘に引き籠もってる。そこをなぜか、警視庁の特殊制圧隊が警備している」

警視庁制圧隊が、長野県にある別荘を、警備？

いろいろトンチンカンな話だが、それだけでは済まないらしい。

「だが、上層部と現場では温度差が激しくてな。外交官の住居は不可侵。庭の見張りに立つくらいならいいが、建物内部に入るのは法的に難しいと、半ばストライキを決め込んでいる。それに困ったマーコートは、妙な連中をボディガードに呼び寄せた」

もう、話が飛び過ぎていてよく分からない。

「……ボディガード？」

「ああ」

「駐日米国大使の、ボディガードですか」

「そう。誰だと思う？」

分かるわけがないので、誰ですか、と辰矛は訊いた。

だがまさか、芹澤の口からその名前が出てくるとは、全く思ってもみなかった。

3

辰矛が、警視庁の芹澤という公安部員から「こんな話を聞きました」と言うだけで、CRFが動くことはない。当然だ。今どき、強盗犯グループだってそんな伝聞でヤマを踏んだりはしない。

だが、牧山が自身の情報網を駆使し、全ての点で齟齬《そご》がないと分かれば話は別だ。

実は牧山も、こういった状況をある程度は把握していたらしい。

駐日米国大使であるアレックス・マーコートは日本国政府に対し、人権問題、移民問題、差別問題に関して、非常に強いプレッシャーをかけていた。他でもない、赤津延彦がこれについての裏取りに動いており、知人を介して産京新聞社に情報提供もしていたという。ちなみに、延長国会が閉会した今も、赤津と小田倉が逮捕されたという情報はない。都内某所に身を隠しているというが、CRFは一切、それには関知していない。今は互いに距離を置く方が賢明、ということで意見は一致しているという。

だが逆に、アレックス・マーコートの動きも突如として読めなくなった。大使館にいるのか、いないのかの確認もとれない。政府関係筋からの情報も途絶え、警視庁の警備関係者とは連絡も容易にはとれなくなった。

そこに辰矛が、芹澤経由の情報を持ってきた、というわけだ。

「まさか、死んだ姉貴が遺した別荘に、引き籠もっているとはな」

一つピースが埋まると、あとは早かった。

情報で情報を釣り、繋ぎ合わせていくと、あっというまにマーコートの別荘の所在地は割れ、建物の平面図が取り寄せられ、作戦が策定されていった。

牧山の見解はこうだ。

「マーコートが、どうやって鯉沼に外国人参政権などという、如何《いかが》わしい政策の推進を呑み込ませたのかは分からんが、なんにせよ、奴を黙らせればあの法案が止まる公算は大きい。とはいえ、奴には外交特権がある。警察官であっても、外交官の体には触れることすらできない。むろん、逮捕なんて真似は到底不可能だ。そればかりか、接受国には保護義務がある。それが米国の駐日大使様ともなれば、どんな警備体制を敷いてやってもやり過ぎということはない。国士を気取った公安部員が、別件逮捕でブチ込んじまえばなんとかなる相手……ではない、ということだ」

あっちもこっちも、汚れ仕事は全部、ＣＲＦに丸投げか。


作戦は八月二十日深夜から、二十一日未明にかけて決行することになった。

かつて「軽井沢《かるいざわ》」と呼ばれた、世界的にも有名な別荘地。その北の外れといったらいいだろうか。群馬県に抜けていく、国道一四六号から少し西に入った山中に、その別荘はある。

夜中だろうと、車で国道を走ること自体に問題はない。ただ国道から逸れ、明らかにマーコートの別荘へと向かう一本道を行くのは、マズい。見張りに立っている警察官に停止を促され、荷室を確認させてくれと言われたら一巻の終わりだ。中に乗っている真っ黒なダイバーが見つかったら、一触即発どころではない。即時、戦闘状態突入となるに違いない。

なので、辰矛は四百メートルほど離れた地点でトラックから降り、あとは徒歩で、別荘まで向かわなければならない。

「……グランダイバー、出ます」

装備はメイス二本、サブマシンガンと拳銃が各一丁、フル充電のスタンナックルと、辰矛の提案でカスタムされたキャプチャー。その全てが、超低反射黒色塗料「ムテキ」で黒く塗り潰されている。真夜中の森に入ってしまえば、もう全く、影とすら視認されることはない。

対する辰矛の視界も、決してよいわけではない。頼れるのは、自身のカメラが捉える半径三メートルほどの暗視映像と、絵留が飛ばす八台のドローンが送ってくる映像のみだ。

それらを合成すると、無限の暗闇も「薄暗い白樺《しらかば》の森」くらいには見えるようになる。とはいっても、白黒が反転したような、非常に奇妙な映像であることに変わりはない。現実にはあり得ない、まさに「異世界」の眺めだ。

そんな道なき暗黒の森を、抜き足差し足、一歩一歩慎重に進んでいく。正直、警視庁採用のダイバースーツだったら、敵陣に着く頃には疲労困憊《こんぱい》、とても戦える状態ではなくなっていると思う。いや、これはスーツの性能差ではなく、装着前に摂取する薬物の違いかもしれない。薄緑色の錠剤を服用するのか、ダーク・ブラッドを打つのか。そういえば当時、辰矛はあの錠剤の正体も知らずに飲み続けていた。あれは一体、なんだったのだろう。

絵留が耳元で囁《ささや》く。

《……前方十一時の方向、制圧隊の狙撃手、二名。三十秒くらい待ってみようか》

白い樹々の向こうに、ほんの小さく、赤くマーキングされた人影が表示される。それらが、少しずつ左に移動していく。

《……クリア。前進再開、どうぞ》

「了解」

再び、濡れた草木を踏みながら前進を始める。

夏なので、真夜中でも暑いは暑い。ただ三十度を超えていても、去年の夏よりは、なぜだか耐えられる。夏のダイバースーツは、装着するだけでサウナも同然という過酷な装備だが、今年はそこまでつらくはない。これもダーク・ブラッドの効果か。それとも、これこそ新型グランダイバーの実力なのか。

前方に別荘の屋根が見えてきた。事前に写真で見たそれとは印象がかなり違うが、それは致し方ない。写真は昼間の風景、いま見ているのは夜中の暗視カメラ映像。同じに見えるわけがない。

ヨーロッパの田舎にありそうな城を、ギュッとコンパクトにしたような外観。玄関前には屋根付きの車寄せ、その左にはオープンガレージがある。平面図上では、楽に三台は駐められるようになっていた。

車寄せの奥には玄関。そこから反時計回りに、書斎、キッチン、ダイニング、三十三畳あるリビングで折り返し、階段室、浴室やトイレといった水回り関係が並び、一番奥にあるのが主寝室。

さすがに辰矛も、お行儀よく玄関から入るつもりはない。運動能力に不足はないので、直接二階に侵入するつもりでいる。

同じ反時計回りで二階を見ていくと、書斎の真上にあるのがバルコニー、隣がオーディオルーム、客用であろう寝室、ダイニングの吹き抜け部分と続き、また三十三畳のホール、階段室、さらに寝室、水回り、最後にもう一つ寝室、となっている。

マーコートがどの寝室を使い、ボディガードがどこに待機しているのかまでは分からない。よって、寝室やリビング、ダイニングに直接入るのは避けたい。

一つ狙い目なのは、ダイニングの吹き抜け部分、その屋根にある天窓だ。そこから入れば、少なくとも、いきなり逃げ場がなくなることはない。状況次第で、どの方向にも動くことができる。

オープンガレージの屋根に上り、その先で、さらに本館二階部分の屋根に上がる。周りの見張りの位置にもよるが、寝室が二つある北側か、バルコニーのある南側の屋根を伝い歩き、吹き抜けの屋根までたどり着いたら、天窓から中の様子を窺い、然るべきタイミングで窓を破り、突入する。

だが、その前にクリアすべき障害がある。

事前情報によると、警備についているのは、特殊制圧隊の一個小隊、二十二名だという。

その大まかな配置は、すでに絵留が割り出してくれている。

《森の中の「外周」に十名、建物から半径十五メートルの「中間」に六名、建物の「直近」に六名。ダイバーは外周に二名、中間に二名、直近に三名。ダイバー以外の十五名は全員狙撃手で、各自テーザーガンと拳銃を携行している……まあ、標準装備だわね》

辰矛はすでに、絵留が「外周」と名付けた防衛ラインを突破しつつあった。

《三、二、一……そのまま、そのまま進んで、一時の方向の樹の陰に……そう、そこでストップ》

問題はここからだ。

さらに中間ラインを突破し、建物に張り付いている直近の六名とも全く接触せず、オープンガレージの屋根に上る――というのは、現実的には不可能に近い。

《タイミング見て、西側、生け垣の向こうまで回ろう……十秒待って……六、五……》

直には見えない、生け垣の向こうの風景も、辰矛には見えている。

《三、二、一……いいよ。中間との接触もない。いいよ……そこの植え込み……オッケー。そこで、また少し待とう》

中間の防衛ラインも、これで突破したことになる。

さあ、いよいよだ。

直近のダイバー三名、狙撃手三名。計六名を同時に相手にすることはできない。倒すのは一名か二名、多くて三名。しかも負傷させることなく、一時的に戦闘力を奪うだけにしたい。二、三名を戦闘不能にし、残りの隊員がそれに気づく前に、ガレージの屋根から本館二階の屋根に進む――というのが、最も理想的なシナリオではある。

《……どっから攻めても、あんま変わらなそうだね》

直近の六名の位置は割り出せている。スクリーン右上に表示されている平面図に、絵留が赤と青のマーカーを付けてくれている。

赤がダイバー、青が狙撃手。三名ずつ。どちらを狙うのが楽かと言えば、それはむろん狙撃手ということになる。

辰矛とて、喉元にテーザーガンの銃口を捻じ込んで撃たれたら失神するだろうが、まずそれはあり得ない。その前に倒せないわけがない。それくらいの自信はある。

怖いのはその他のメンバーだ。

仲間がやられたと気づいたとき、ダイバーはどういう攻めに出てくるだろう。狙撃手はどうするだろう。だがそれについても、シミュレーションは飽きるほど繰り返してきた。

今、オープンガレージの前にいるのは狙撃手。ガレージ裏手にいるのも狙撃手。少し離れて、車寄せの下にいるのはダイバー。ガレージ前の狙撃手をやるか、裏手の狙撃手をやるか。だが、裏手のを先にやったところで、その向こうにいるダイバーに駆けつけてこられたら状況は同じ。だったら、車寄せ下のダイバーが目を逸らしたタイミングで、ガレージ前の狙撃手を仕留めた方がいい。

「……よし、行く」

《うん、辰矛ならイケる》

車寄せ下のダイバーが、左を見て、右を見て、また左を向いた。

今だ――。

辰矛は生け垣を飛び越え、最短距離で、ガレージ前の狙撃手に接近した。

狙撃手は一瞬、何がなんだか分からなかったに違いない。黒い影に視界を遮られた。そんな感覚だったのではないだろうか。だが、彼らももう「グランダイバー」の存在は認知している。新たにもう一着あるかどうかは知らなくても、そういう「漆黒のダイバースーツ」が存在することは頭に入っている。

辰矛にしてみたら、最も手っ取り早いのはスタンナックルで眠らせる方法だが、ここは無音のまま仕留めたい。

「ぬぐっ……」

正面から口を摑み、そのまま背後に回っての、裸絞め――英語では「リア・ネイキッド・チョーク」という。要は、上腕と前腕を使い、背後から相手の左右の頸動脈を同時に絞め、意識を奪う技だ。柔道においても基本的な絞め技の一つとされている。

「……」

力の抜けた狙撃手の体を、その場に横たえる。失神したのは間違いないが、いつ蘇生するかは辰矛にも分からない。

なので、カスタムしたキャプチャーで四肢の自由を奪っておく。

まず俯せにし、背中に回した右手首を括り、そのまま伸ばしたバンドを左足首に括りつけ、思いきり締め上げてから「二重結束」にする。これなら、仮に意識が戻ったところですぐには動けない。

このまま屋根まで行けるか。さすがに、もう一人くらいは片付けないと無理か――。

そう、思ったときだった。

オープンガレージを通り抜けた、向こう側。位置的には、主寝室のある角から、ということになる。

もう一人の狙撃手が、こちらを覗き込んできた。

嘘だろ、と思った。

聞いてない。なぜ富樫、お前がここにいる。

だが、さらに予想外のことが起こった。

その狙撃手――富樫晃教は、一瞬、ほんの一瞬だけサーチライトでこちらを照らし、しかしすぐに、それを消した。その一瞬でも、コンクリート地面に寝かされた仲間と、その横に跪《ひざまず》く、黒い鬼の影は視認できたはず。ならば次はテーザーガンで撃つなり、仲間に知らせるなりしなければならない。

しかし、そうはしない。

富樫は追い払うような手振りを見せ、それに辰矛が反応しないと、さらに同じ動きを繰り返した。

あっちに行け、どっか行け、という意味にもとれるが、富樫が示した方向には、ガレージから建物内に入れるドアがある。その開口部は、ちょうど人一人が身を潜められるくらい奥まっている。

そこに身を隠せ、ということか。

富樫が、口に人差し指を立てながら近づいてくる。

ボディマイクが、富樫の声を拾う。

《……深町、なんだろ》

どういうことだ。どこまで情報が洩れている。それとも、これが芹澤のやり方なのか。奴の「仕込み」なのか。

富樫が続ける。

《そのドアからは入れない。俺も、鍵なんてもらってないから。お前、どうやって入るつもりだ。どこから侵入する気だ》

昔の誼《よしみ》で正直に答えるべきか。

あくまでも今は敵、問答無用で眠らせるべきか。

そんな判断をする間もなく、富樫が上を指差す。

《分かった。この屋根伝いに、二階まで上るんだな……よし、俺が今、他のを追っ払ってやる》

そう言ってすぐさま、無線機のボタンを押す。
《至急、至急。東側、リビング向こうの生け垣に、動く何者かを視認。至急確認願います》
それにどう返答があったのかは、辰矛には分からない。
《ほら、行けよ》
富樫が、グランダイバーの肩を叩く。かつて共に出動するときに、休憩に入るときに、勤務中にも拘らず冗談を言って笑い合ったときに、彼は同じように、辰矛が装着した装甲防護服の肩を叩いた。
あのときは、まだ——。
富樫が、見えるはずのない辰矛の目を覗き込む。
《吉山の仇《かたき》を討ちたいのは……俺だって、同じなんだからな》
最後にもう一度辰矛の肩を叩き、富樫は、持ち場に戻っていった。
モニターを見ると、心拍の数値が尋常ではないくらい上がっている。

ガレージの三角屋根に上り、身を潜めながら前進。まもなく本館の屋根に到達。ここの高低差はさほどではないので、簡単に乗り移ることができた。

富樫を含む、直近の隊員たちは東側、いま辰矛がいる位置から、最も遠い地点に集まっている。今のうちに進めるだけ進み、できれば建物内に入ってしまいたい。

この建物は見た目こそ古城のようだが、構造は鉄筋コンクリート製なので、屋根を歩くのにもそんなに気を遣う必要はない。装備まで入れたらグランダイバーは優に百キロを超えるが、それくらいで屋根が崩落することはない。

バルコニー、オーディオルーム、南側寝室の上を通過して、いよいよダイニングの屋根までやってきた。

天窓から内部の様子を窺う。

真下に見えるのは一階のダイニング。吹き抜けになっているので、そのまま飛び下りたらもちろん、一階まで墜落してしまう。だが窓枠を摑み、大きく体を振ってから飛べば、二メートルほど北側にある回廊状の通路に着地することは決して難しくない。その間に気づかれれば、ボディガードから一斉砲火を浴びせられる可能性もなくはないが、そこは「グランダイバー」なので気にしなくていい。

今のところ、一階のダイニングにも、二階の回廊にも人影はない。回廊の向こうは階段室になっているが、上り下りする者もいない。照明は階段の踊り場に点いているだけ。全体としては非常に暗い。

懸念があるとすれば、天窓のこれが防弾ガラスだったら、という点だが、

「フッ」

パンチをしたら、普通に割れた。

即座に窓枠を摑み、下半身から入ってぶら下がる。

「……よッ」

腰を使って大きく振り出し、手を離す――イメージ通り、回廊に向かって飛ぶことができた。吹き抜け部分と、回廊とを隔てる柵《さく》。そこを越えるときに左の踵《かかと》が当たり、ゴツンッ、と大きく鳴ってしまったが、体勢を崩すほどではなかった。ちゃんと回廊に着地できた。

その代わり、妙な連中を呼び寄せてしまった。

《アシ……》
《アシーダバ》
《ア、アシ》
《アシーダバ、ウイッ》
三つある寝室から、オーディオルームから、階下のダイニングから、こっちを覗く顔が次々と現われる。
全員、紛《まご》う方なき異人顔だ。
《アシーダバウイッ》
《アシ、アシーダバウイッ、ウイーッ》
侵入者だ、やっちまえ、とでも言っているのだろう。
望むところだ。
まず、踊り場にある照明を拳銃で撃つ。
《……オ、オホッ》
《オホッハヌ》
《ウイーッ》
その、暗くなった階段を上ってくる異人、寝室から銃器を持ち出してくる異人、大振りのナイフを構えた異人。
しかし、訓練を受けていない戦闘員ほど悲しいものはない。
《……ンバウッ》
辰矛の右からも左からも、同時に撃って仕留めようとする。

それで、辰矛に全弾命中するならいいが、
《ウ、ウイ、ヘウ》
《ンギャッ》
そんなはずはない。何発かは外れ、グランダイバーの横を抜けて、反対側の仲間に命中することになる。つまりは同士討ちだ。
《ンバッ》
《ガウ……》
仲間を撃ってしまった奴も気の毒だ。急に自信をなくし、もうグランダイバーを撃つことすらままならなくなる。
そんな異人を仕留めるなど、造作もない。
顔面を鷲掴みにし、後頭部を柵に叩きつけ、そのままダイニングに投げ落とす。掴み掛かってきた手を取り、反対に押し込んで四本の指をいっぺんに折り、うずくまったら首を抱え、振り回して壁に背中から叩きつける。首の骨が折れたのが手応えで分かった。
後ろから切り掛かってきた奴もいる。おんぶ状態になったので、そのまま真後ろに寝転んでやった。グシャッ、と鳴ったので、たぶん頭が潰れたのだと思う。
もう二人、頭から真っ逆さま、ダイニングに投げ落としてやった。
まだ拳銃を構え、撃とうとする奴もいた。だが手が震え、引《ひ》き鉄《がね》が引けないようなので、そのまま銃口の向きを変え、そいつの口に捻じ込んでやった。優しく手を添えてやると、急に銃声がした。脳幹が吹っ飛んでいた。
床に寝転がっていた奴は、頭を踏み潰して殺した。階段から逃げようとした奴も、背中を蹴飛ばして下りる手伝いをしてやった。だが勢いがつき過ぎたか、下りたところの壁に激突し、首が折れ曲がって動かなくなった。

その他の雑魚《ざこ》は、どうやって殺したのかも覚えていない。一発殴っただけで首の骨が折れたり、胸骨が陥没して心臓が潰れた奴もいたと思う。折り重なった死体を一つずつ確かめたわけではないので、本当に全員が死亡したかどうかは分からない。それ自体が目的ではないので、今は放っておく。

雑魚どもを蹴散らしているときから、奇妙に思ってはいた。

通路の突き当たり。設計図では三十三畳の「ホール」となっていたあの空間は、一体なんなのだろう。

そこにも天窓があるので、ほんの少しではあるが、月明かりが射し込んできている。開口部の幅は約四メートル。一見、とてもオープンなスペースのように思うが、実は開口部全体にガラスが嵌っており、回廊側とは全く空間を異にしていることが分かる。

ホール中央には、キングサイズよりまだ大きなベッドが一台、ある。

そこに、全裸の男が、二人。

上半身を起こしている方の男は、立ったら身長は二メートルを超えるのではないか。肌は浅黒く、胸や肩の筋肉はボールのように、一つひとつが丸く大きく隆起している。太腿の筋肉に至っては、平均的な日本人の胴回りくらいありそうだ。

そんな男の下に、もう一人の男は、俯せで組み敷かれている。

上になった男とは対照的に、その肌は白く、かつ弛《たる》んでいる。凹凸のない背中、横にはみ出た腹、平たく広がった尻。そんな贅肉の小山が、筋肉質な彼の「腰の動き」を受けて、ぶよんぶよんと波打っている。

自身の前腕を枕にし、マッサージを受けて気持ちよさそうにしているようにも見えるが、全く違う。

浅黒い男が、白い男を「姦《や》って」いるのだ。

白い男が、浅黒いそれを「受け入れて」いるのだ。

下になっている、白いのがアレックス・マーコート。

上になって、一所懸命に腰を使っているのが、ジェイだ。

同じ映像を見た絵留が吐き捨てる。

《なんだ、こいつら……気持ちワル》

辰矛はサブマシンガンを構えた。十五度ほど角度をつけ、そのガラスを至近距離から撃ってみた。だが弾き返された。案の定、防弾ガラスになっている。

しかし、全く同じ個所に十発、二十発と撃ち込んだら、どうなるだろう。

ジェイが、マーコートの尻から自身のそれを引き抜く。体の向きを変え、ベッドの縁に足を下ろす。

マーコートものっそりと体を起こし、ベッド下に落ちていた白いバスローブに手を伸べる。

辰矛はなおも、防弾ガラスを撃ち続けた。

立ち上がったジェイが、左奥にあるクローゼットの前まで行き、扉を開ける。中には、あの東京七区で見た装甲防護服が収められていた。

白い、ダイバースーツ。

大きさからして、おそらく日本製ではない。肩や胸のパッドも、辰矛が見たことのない形をしている。マーコートがジェイのために、米国の軍需企業に作らせた特注品かもしれない。

ジェイがそれを、ゆっくりと身に纏《まと》い始める。

辰矛はガラスを撃ち続ける。少し表面が削れてきた。

マーコートはガラスの向こうで、馬鹿にしたように両手を広げている。何か言っているが、全く聞こえてはこない。

クローゼット内には、あの自動昇降レールに似たものがあるらしく、ジェイは背面のファスナーも上げ終えていた。二メートル、二十センチくらいあるかもしれない。グランダイバーとの身長差は三十センチくらいか。

辰矛はもう、十五発は撃ったと思う。防弾ガラスに、ようやくヒビが入り始めた。

マーコートは体を屈し、大笑いしながら手を叩いている。

クローゼットに向き直ったジェイが、中から白いヘルメットを取り出す。

こっちに向き直り、それを、辰矛に見せつける。

グランダイバーとよく似たデザイン。だが、頭頂部のフィンは中央に一枚。向きも反対で、先端が前を向いている。それが機能的にどうなのかは、むろん分からない。

ジェイが、それをかぶる。

防弾ガラスに一本、大きなヒビが入る。

マーコートが、掌サイズの機械に何やら怒鳴る。

《素晴らしいッ》

翻訳機か。わざわざ日本語に訳して、スピーカーから流しているのか。

ジェイが、青龍刀に似た形の武器を構える。それも真っ白に塗られている。

辰矛は、ヒビが入ったところに前蹴りを喰らわせた。

一発、二発、三発。

マーコートは大ウケだ。

《頑張ってェ、日本人、頑張ってェ》

五発目で、ヒビが穴になった。

最後はメイスだ。

五、六回、抉《こ》じっては突き、抉じっては突くを繰り返すと、ようやく身を屈めれば通れるくらい、穴が大きくなった。

《ジェイ、思い知らせてやりなさい。この、小さくて卑しい、日本人に……お前たち日本人には、自分のことを自分で決める権利など、ないのだということを》

そんな難しい日本語、異人に理解できるのか、と思ったが、意外と分かっているふうだった。

辰矛がホールに踏み込んだ途端、ジェイは白い青龍刀を振りかぶり、襲い掛かってきた。

それを、横にしたメイスで受ける。ギンッ、と重たい衝撃と共に火花が散る。

《いいですよ、力、力が全てです》

ジェイの膝蹴り。下半身が浮き上がる。息が詰まる。だがその膝を下からすくい、前に出る。

《おお、日本人、頑張ってェ、頑張ってェ》

タックルの要領で押し込む。

壁際まで追い詰めたが、惜しくも倒すには至らなかった。肩口に肘打ちを入れられたので、いったん離れる。

《あなたたち日本人は、太平洋戦争で、アメリカに負けました。いいですか、「大東亜戦争」

では、ありませんよ。「太平洋戦争」で、負けたんです。だからあなたたちは、勝手に憲法を変えては、いけませェーん。軍隊を持っても、いけませェーん。日本人は、アメリカの戦闘機と、潜水艦の、整備だけしていれば、いいのです。あなたたちは、よく働きますね。だから、頑張ってェ》

青龍刀を受け止め、メイスと絡めて、ジェイの手首の関節を極める。捻りながら「脇固め」のような形に持ち込み、なんとか青龍刀を手放させることはできたが、しかし、

「ンッ……」

直後に襲ってきた、パンチとキックが凄《すさ》まじかった。効く。重さが、桁違いだ。

《日本という国をどうしたらいいのかは、私たち、アメリカ人が決めてあげます。民自党に、教えてあげます。学校では、戦争を起こした日本は、悪い国だったと、教えなさァい。メディアは、日本は弱い国、政治は腐っている、借金塗《まみ》れの、破産国家だと伝えなさい。日本人は下劣な民族、同性愛を受け入れ、乱交を受け入れ、離婚を奨励し、子供は面倒だから、産むのをやめなさァい》

辰矛もメイスを捨て、そこからはパンチとキックの応酬になった。

スピードは、辰矛の方がある。ただパワーは、ジェイの方が格段にある。ダーク・ブラッドを摂取した辰矛でさえ、完全に力負けしてしまう。

新型のキャプチャーを使う手も考えた。だが今ではないと思った。何度も使っていたら、それこそ、そこら中バンドだらけになってしまう。それを逆手に取られ、辰矛が首を絞められる可能性だってある。

《分かりますかァ？　日本人、分かりますかァ？》
なんとか寝技か、立ったまま絞め技に持ち込むことはできないだろうか。いずれにしても、ジェイに組み付けなければ話にならない。何発か貰《もら》ってでも、間合いをゼロにして、体と体を密着させなければならない。
ガードを上げ、パンチから顔面を守る。キックは肘や膝で受け流す。クリーンヒットではなくても、衝撃はそれなりに受ける。ガードの上からでもダメージはある。体力が、削られていく。だがそんな中で、奇跡的にも膝蹴りをキャッチした。下からすくい上げ、再び、ジェイの左膝を抱え込むことに成功した。
そのまま前に出る。
《日本人は移民を受け入れ、彼らに恵みを与えなさい。施《ほどこ》しなさい。あなたたちが働いて、築いた富を、彼らに捧《ささ》げなさい。それが、人として尊い行いであることを、学びなさい。あなたたち、愚かな日本人はッ》
駄目だ、倒せない。床に転がすまで、持っていけない。
《ああ、でもォ、外国人参政権付与は、私がミスター鯉沼に、無理強いしたのでは、ありませんよォ。ミスター鯉沼が、どうしても、アメリカの大統領と、首脳会談をしたい、公賓ではなく、国賓として招かれたい、そのためには、どうしたらいいですかァ？　と訊くので、だったら、私がロバーツ大統領に頼んであげますよ、と、言ったんですねェ》
いや、イケる。膝をキャプチャーで括って、延ばしたバンドを自分が、反対の手で摑めれば――。
《鯉沼総理は、国民からの評価が、低いですからねェ。経済、全然分からなァい。いつも財務省の言いなり。外交、ヘタクソ、弱腰。安全保障、全然知らない。核なき世界？　アメリカの核に守られている弱虫が、何を言いますか。それで、私に泣きついてきましたね。総理就任以来、平均十二パーセント以下の支持率、上げるためには、アメリカ大統領に会うしかない。国賓で招いてもらうしかない。そうやって、自分には外交の手腕があると、国民にアピールしたい。そのためなら、なんでもします。マーコートさん、お願いしまァす、マーコートさん、お願いしまァす。本当にしつこかった》

やった、掛かった——。

ジェイの両膝を、抱え込むことに成功した。

これを捻りながら、前に出る——よし、倒した、転がした。あとは首を取って、絞め上げれば。

《じゃあ、外国人参政権はどうですか？　日本で、やってみませんか？　私は言いました。まさかね、アメリカでも難しいそんな法律、できるわけがない、やるわけがないと思いましたけれど、ミスター鯉沼は、笑顔で言いましたよ。それはいい、素晴らしい、日本にも取り入れましょう、法案を提出して、成立させましょう、その代わり、国賓での招待、お願いします、絶対にお願いしますと、そう言いましたね……あの男は、わずかばかりの支持率を得るために、国を売ったんですよ。自分を国民に評価してもらうために、国民の安全を、外国人に明け渡すつもりなんですよ》

マズい、逃げられた。だが、膝にはまだキャプチャーのバンドが回っている。ジェイは、普通には歩けない。

まさに、そうなった。ジェイはつんのめり、辰矛の前に、がら空きの後頭部を晒す恰好になった。

チャンスだ。

《あんな男が総理大臣なんですから。馬鹿ですねェ。日本人は可哀相ですねェ。どうしようもない、オヒトヨシデスネェーッ》

もう、あれしかない。

前からジェイの背中に覆いかぶさり、同時に胴に両腕を回す。

ヘソの前でガッチリ両手をグリップしたら、今度は思いきり、背筋を使って体を反らし、ジェイを引っ張り上げる。

ジェイの体が一回転、上を向くまで一気に伸び上がる。

《滅びればいい。日本も、内部から移民に喰い尽くされて、ボロボロになるがいい。アメリカは、もうひと押しです。ペンシルバニアは堕《お》ちました。カリフォルニアもネバダも、アリゾナも終わりました。ニューヨークは崩壊寸前です。もうすぐバージニアも地獄と化します……私はここで、日本で外国人参政権を成立させて、それを手土産に、帰国後はワシントン州知事か、大統領を目指しますよォ》

引っくり返ったジェイの腰が、自分の肩の高さにくる。ちょうど、反対向きの肩車——ジェイの頭は今、ほとんど天井に届くくらいの高さにある。

その体勢から、全力で前に、ジェイを振り落とす。

三メートルの高さにある頭を、渾身の力で、地面に叩きつける。

スラム、あるいはパワーボム——総合格闘技も、プロレスも知らない異人には、受け身のとり方も分かるまい。

《ドウフッ……》

ジェイの頭が、大理石の床に激突し、大きくバウンドする。

首の骨折か、脳挫傷か、脳挫滅か。

それとも、まだやるか。

いいぜ、いくらでも相手になってやるよ。

4

あの日、吉山家の墓前で、深町辰矛と再会することはできた。直に話をすることもできた。

しかし、握手をするには至らなかった。

「今の自分には、もう……新しい、仲間がいるんで」

芹澤は「だからこその協力、共闘だろう」と喰い下がった。

それでも、深町の答えは変わらなかった。

「いずれこちらから、何かしらの意志が示されることも、あるのかもしれませんが、でもそれは……やっぱり、自分の役目ではないので……すみません。今日はここで、失礼します」

深々と一礼し、深町は去っていった。

芹澤とすれ違って、坂道を下りていったのではない。

三十メートルほど先で行き止まりになっている坂道を、逆に上っていき、深町は姿を消した。

ああいう帰り方は、想定していなかった。

深町、もしくはCRFの残党との協力関係を構築できなかったのだから、致し方ない。

芹澤はマイク付きのドローンを、安斉製作所の社長から自腹で購入した。

「受信するパソコンに、ちゃんとアプリをインストールしてから、使ってくださいね。じゃないと、なんにも聞こえませんから」

「分かってる」

通常、ドローンにマイクを搭載しても拾えるのはモーターとプロペラの回転音だけだが、逆相の周波数で相殺する「ノイズキャンセリング・フィルター」というアプリケーションを使えば、そういった音は消すことができる。あとは、残った音をどれだけ元の音に近づけられるか、の勝負になってくる。

試験的に飛ばしてみると、まあまあ使えるレベルのクオリティだったので、長野の別荘まで持ってきた。

CRFが、いつマーコートの別荘を襲撃するのか、といった情報はなかった。芹澤自身、一週間も十日も張り込むのは難しいと思っていたので、三日目の夜に事態が動き始めたときには、緊張や興奮といった感情よりも、むしろ安堵の方が大きかった。自分がいるうちに始めてくれてよかった、と。

芹澤が気づいたときにはもう、その黒い影は別荘の屋根に到達していた。どこからやってきて、どうやって屋根に上ったのかは全く分からなかった。

暗視映像なので、屋根全体はぼんやりとした灰色に映っている。そこを、真っ黒な人影が進んでいく。身を屈め、一歩一歩慎重に。

地面の辺りでは、警備部の特殊制圧隊が行ったり来たりしている。無線で何かやり取りしているのは分かったが、残念ながら内容までは聞き取れなかった。

やがてその――十中八九「グランダイバー」を装着した深町辰矛なのだとは思ったが、その黒い影は屋根の中ほどに至り、大胆にも、そこにある天窓を叩き割って侵入した。すぐに銃撃戦が始まり、連続する破裂音と共に、暗かった窓が激しく明滅するようになった。

グランダイバーの周辺には、常に複数台のドローンが並走するように飛行しているという。芹澤が迂闊に機体を近づければ、むろんそれらと接触する可能性が出てくるわけだが、ドローンの操縦技術に関していえば、もう間違いなく向こうの方が上。しかも、双方とも監視を目的とした機体なので、鉢合わせしたところで空中戦が始まるわけではない。

接触しそうになったら、たぶん向こうが、上手いこと避けてくれるだろう。

芹澤は、ドローンを真っ直ぐ天窓に向けて飛ばした。

事前に入手した平面図には「ホール」と記されていた、三十三畳もある大部屋。

芹澤の機体が天窓から侵入したときにはもう、グランダイバーがサブマシンガンを構え、そのホールと廊下とを隔てる防弾ガラスに集中砲火を浴びせているところだった。

まもなく、グランダイバーは防弾ガラスを突破。それを、純白のダイバースーツに身を包んだジェイが迎え撃つ恰好になった。

事前情報によると、アレックス・マーコートとジェイは男色の関係にあるということだった。そう思って見ると、少し離れたところにいるアレックスが、白いバスローブ姿というのにも、なんとなく頷けた。

グランダイバーとジェイが殴り合いを演じる一方で、アレックスはマイクのようなものを口に当て、何やらがなっている。だがホールの壁材のせいだろうか、音が反響してしまってちゃんとは聞き取れない。ときおり《頑張ってェ》とか、《州知事か、大統領を目指しますよォ》など、聞き取れた日本語もあるにはあったが、結局なんの話かは分からず終いだった。あとで録音したものを、また安斉社長にでも復元してもらおう。

ダイバー同士の戦いは、まさに一進一退。途中までは、パワーで優《まさ》るジェイが有利なように見えたが、そこはさすが、二代目とはいえ「悪魔」と恐れられたグランダイバー。最後はジェイの体を高々と担ぎ上げ、後頭部から真っ逆さま、ホールの床に叩きつけてみせた。プロレスでいうところの「パワーボム」だ。その一撃で見事、ジェイをノックアウト。

それを見たアレックスは、どうしたか。

ほんの一瞬、マイクのようなものを手にしたまま立ち尽くしたが、すぐに放り投げて逃走。バスローブのベルトも碌に結んでいないものだから、前のモノをブラブラさせながら回廊を走り、倒れた異人どもを跨ぎながら階段を下り、割れたガラスでも踏んだのか、二回尻餅を搗《つ》いて足の裏を気にしていたが、なんとか一階の玄関から出ることができた。

「Help me! Thug is inside.（助けてくれ、暴漢が中にいる）」

そう叫びながら警視庁特殊制圧隊に助けを求め、無事保護された。

別荘の警備に当たっていたのは警視庁特殊制圧隊の一個小隊だが、だからといって現場に、パネルトラックや装甲車しかないわけではない。それなりの上級幹部もいるので、セダンタイプの車両もちゃんと来ている。

とりあえず、アレックスはその中の一台に保護されているということだった。

「……話、できるか」

「ああ。お手柔らかにな」

一応の許可は得たうえで、芹澤はその車両に乗り込んだ。

後部座席奥に、バスローブ姿のアレックス。あとは、運転席にダークスーツを着た若いのがいるだけだった。

「君、ちょっと外してもらえるか」

「……はい」

若い彼は降車したものの、何かあればすぐ対応できるよう、車両から一メートルほどのところで「休め」の姿勢をとった。

それでいい。

では、早速始めるとしよう。

「……初めまして。私、警視庁公安部の、芹澤と申します」

英語なので、アレックスもすぐに安堵の表情を浮かべた。

「ありがとう。セキュリティの専門家とは、心強い」

「お怪我や、体調不良はありませんか」

「私は大丈夫だ。特に問題はない」

けっこうだ。

「では、いくつかお尋ねいたします。二階のホールで、白い装甲防護服を着用したまま死亡しているのは、誰ですか」

アレックスは、鼻息を噴きながら前を向いた。

「私に、答える義務はないな」

「では、こちらで勝手に調べさせていただきます。彼が何者か判明し、何かしらの犯罪に関与していたような場合は、また改めてお尋ねいたします」

「ちょっと待て」

少しは、慌ててもらえたようだ。

「はい、なんでしょう」

「勝手に調べるとはどういうことだ。外交官の不可侵権はその私邸にも及ぶことを、君は知らないのか」

「いいえ、存じております」

「ならば、勝手に調べるなんてことは不可能であると、そこのところは理解できるな」

何を偉そうに。

「ミスター・アレックス・マーコート。あれが、駐日米国大使の私邸であるならば、確かにそうでしょう。しかしあの建物の名義人は、すでに亡くなられているあなたの実姉のはずです。少なくとも、あなたはその相続人にはなっていない」

「同じことだよ。あの建物の使用権限は私にある。それを示す書類は後日必ず提示する。だから今は勝手な真似をするな。あとで恥を搔くのは、君と……この国の、総理大臣だぞ」

芹澤自身はともかく、あの総理に恥を搔かせてやるのは大賛成だ。

「おかしいですね。あなたは『助けてくれ、暴漢が中にいる』と言って、周辺警備に当たっている警察官に助けを求めています。つまり、中の暴漢を逮捕するための立ち入りは、そもそもあなたの要望だったことになる」

アレックスの鼻の穴が膨らむ。

「私がどうにかしてほしかったのは、黒い方だ。黒い方はどうした。逮捕したのか」

「黒い方？　それはまた、なんのことです」

暗い車内でも、それと分かるくらいアレックスが目を見開く。

「……黒い、装甲防護服の、暴漢だよ」

「死亡していた、白い装甲防護服の男、の間違いでは？」

「違う、黒だ。真っ黒なダイバースーツだ」

「落ち着いてください。黒いダイバースーツとは、なんのことです」

アレックスがこっちに向き直る。裾がはだけ、見たくもないものが丸見えになる。

「惚けるなッ。グランダイバーだよ。異人を無差別に殺して回っていた、『悪魔』と呼ばれた男のことだ」

「その『グランダイバー』というのが、あの白いダイバースーツの男を、殺したのですか」

「そうだ」

「ということは、あの白いダイバースーツの男は、異人ということでしょうか」

アレックスが、ぐっと息を呑む。

「それは……知らん」

「そこのところは、きちんとご説明いただいた方が、よろしいかと存じますが……仮にですよ、ミスター・アレックス・マーコート。あの白いダイバースーツ装着員が異人であった場合、つまりは不法滞在者であった場合、あなたはそれをどう説明なさるおつもりですか。日本の法律では、不法滞在は刑法犯です。刑法犯は言うまでもなく犯罪者です。あなたは大使というお立場で日本国にいるにも拘らず、日本国側が犯罪者とする人物を私邸に招き入れていたのですか。

あの建物があなたの私邸であったならば、むしろ大問題になりますよ」

今度は睨みつけるのか。

「……キサマ、誰ニ、口ヲ利イテイル」

そんなところだけ日本語にしてくれなくてもけっこうだ。

「あなたにですよ、ミスター・アレックス・マーコート……それも、あれがただの異人なら、まだいい。もしですよ。仮に彼が、グループでそれなりのポジションにいる異人だったとしたら、これはさらなる問題になりますよ。ご存じの通り、日本政府はかねてから、違法薬物や密造拳銃を密売する異人グループに手を焼いてきた。そんなグループのリーダー的存在と、駐日米国大使が自身の私邸で、一つベッドの上にいたなどと世間に知れたら」

「黙れ」

「……失礼。米国社会に知れ渡ったら」

「キサマッ」

「日本ではそういうのを『恥晒し』と言うんですが、アメリカの方は、あまりそういうことは、気にされないんですかね。犯罪グループのリーダーと、裸でベッドの上にいたなんて、別に大したことではないんですかね。そんな方でも、州知事や大統領として、支持を集められるんですかね」

アレックスが奥歯を喰い縛る。

「……なんだ、それは。私を、脅迫しているつもりか」

「いいえ。ただ我々は、ペルソナ・ノン・グラータ……『好ましからざる人物』として、あなたを、いつでも一方的に、国外退去させることができる……そのことを、思い出していただこうかと思いまして」

ペルソナ・ノン・グラータによる国外退去処分は、ウィーン条約に規定されている、接受国側の確固たる権利だ。

しかし、米国の外交官と、共産主義陣営のスパイ。二足の草鞋《わらじ》でここまで食い繋いできただけはある。アレックスは、早くも肚を括ったようだった。

「……私に、どうしろと」

ええ。実は、折り入ってお願いがあります。


マーコート別邸襲撃事件の翌々日。

八月二十三日、土曜日。

芹澤は東京都第一区にある警視庁本部に上がった。

十五階、Bウイングにある第七会議室。

ここが芹澤にとって安全な場所かというと、必ずしもそうとは言えない。ただ無線式マイク等、自衛の手段は可能な限り講じている。相手もそうと承知した上で、交渉のテーブルに着くに違いない。

公安部第二公安捜査、管理官、宮松二朗警視。

芹澤がドアを開けたとき、宮松はすでに「ロ」の字に組んだ会議テーブルの向こう側に着席していた。会議でいったら、議長席の一つ右隣だ。

芹澤はすぐ近くまで行き、型通りに一礼した。

「遅くなり、申し訳ございません」

「……いや」

五十三歳。それにしては頭髪が極端に寂しい。ストレスのかかる職務に長年従事してきたからか。それとも、単なる遺伝か。

宮松が、目でキャスター椅子を示す。

「掛けなさい」

芹澤は応じず、手にしていた書類を立ったまま差し出した。だが、受け取ってもらえそうになかったので、テーブルの、彼にも読めるであろう位置に置いた。

「……これは、宮松管理官がお書きになったレポートですね」

ＣＲＦの拠点を叩く作戦。その根拠となったレポートだ。

宮松は答えず、ただじっとその表紙に目を向けている。

「当初は、ジェイの一派とは違う異人グループが台頭してきている、その拠点を叩く、という話だった。警備部特殊制圧隊も、そういう想定で作戦を策定した。ところが現場に行ってみると、そこにいたのは、国政政党『大和一新会』が組織した実力部隊、ＣＲＦのメンバーだった。そうとは知らない制圧隊は予定通り作戦を遂行し、逮捕者五名の他、死者一名を出す結果となった」

依然、宮松はいかなる反応も示さない。

「……不可解なのは、警視庁はマスコミに、この一団を『極左暴力集団』と発表したことです。政治信条の支持、不支持とは関係なく、大和一新会が組織した部隊が『極左』ということはないでしょう。彼らを『極右』と呼ぶならまだ分かる。実際、彼らの思想は顕著に右傾化している。警察が把握していない事案まで入れれば、彼らが殺害した異人は三桁に上る可能性すらある。だとしても、それを『極左』とは呼ばない。誰も。少なくとも、警察官であるならば」

無駄か。この男に何を言ったところで。

「あなたが……在外公館勤務で何を吹き込まれてきたのか。私は、そんなことには興味がない。女か、金か、真っ赤な思想か、あるいはその全部か。いずれにせよ、あんたの脳味噌からその赤い思想を綺麗さっぱり洗い流すことは、今すぐには難しい。私一人の告発で、あなたを辞職に追いやるのも、おそらく簡単ではない」

まったく。警視庁はなぜ、こんな男を公安部に配置したのか。しかも、よりによって極左担当の公安二課なんぞに。実に理解し難い。

宮松の、乾いた唇がゆっくりと開く。

「……一介の警部補に、何が分かる」

ようやく喋ったと思ったら、それか。

「そのお言葉、そっくりお返しいたしましょう。在外公館に勤務したくらいで、外交の何たるかを知り尽くしたとでもお思いですか」

「少なくとも君のような、『井の中の蛙《かわず》』よりはね……諜報《ちょうほう》の世界において、日本ほど弱い国はない。こんな島国で粋がってみたところで、しょせんは負け犬の遠吠《とおぼ》え。下手に嚙みついても返り討ちに遭うのがオチだ。やめておきたまえ」

芹澤自身、もう自分を「若い」などとは感じなくなっているが、それでもこういう年寄りを前にすると、いささか青臭い怒りも湧いてくる。

「それは、島国に住む日本人が舐《な》められたんじゃない。あんたが個人的に舐められただけだ。

あんたみたいな日本人がいるから、この国は舐められるんだ。だが、みんながみんな同じだとは思わない方がいい。武器を手に取り、一人でも戦おうとする日本人はいる。己の信念とこの国の法律と、どちらが正しいかを天秤《てんびん》に掛け、己の信念を貫く覚悟を決める日本人はいる……昔も、今もな。俺自身がそうだとは言わないが、どちらに手を貸すかと訊かれれば、俺は、その武器を手にした者に、安全な逃げ道を指差して教えるよ」

宮松が何か言おうとしたが、図らずも遮ってしまった。

「それと、アレックス・マーコートな。ペルソナ・ノン・グラータをチラつかせたら、ほいほい交渉に乗ってきたよ」

小馬鹿にするように、宮松が鼻息を噴く。

「……それを決めるのは政府だ。君ではない」

「あんたこそ、そろそろ自分が諜報の素人だってことを自覚した方がいいな。この国の総理大臣が、いつでも自分の意志で政策を決定していると思ったら、大間違いだぜ」

「だとしてもだ」

「まあ見てろよ。あんたのケチな裏工作と、俺が仕掛けた裏の裏工作。どっちが表に出るか……でもそれ、分かってからじゃあんた、手遅れかもしれないぜ」

宮松は会議室の真ん中、誰もいない、ぽっかりと空いたパンチカーペットの床に、目を向けていた。

「……君の、狙いはなんだ」

決まってるでしょう。

そんなのは一つですよ。

男同士の話は、風呂屋に限る。

そんな言葉があるかどうかは知らないが、徳永義一が指定してきたのは、東京都第三区にある古びた銭湯だった。

むろん、昭和の映画に出てくる番台のようなものはない。携帯端末で事前に決済し、出入り口にある読取機にかざして入店する。だがその先は、昔も今もさして変わらない。空いているロッカーを見つけ、その中に脱いだ衣服を納め、扉の鍵を閉める。浴場に持って入るのはタオル一本だけ。これぞ銭湯の醍醐味《だいごみ》というものだ。

備え付けのシャンプーやボディソープで身綺麗にしたら、早速一番大きな浴槽《よくそう》に向かう。奥の壁に富士山《ふじさん》の絵はないが、それはまあ、よしとしよう。

少し前から浸かっている徳永の顔は、すっかり真っ赤っかだ。

「……遅い」

「すまん」

徳永が銭湯を指定してきた理由は、おそらく二つ。

この湿気と、反響だ。

昨今は、どこに誰のドローンが飛んでいるか分かったものではない。中には小指サイズの、本当に虫のような機体まで製造、販売されている。通気口から侵入される場合もあるので、高級ホテルの一室すら安全な場所とは言い難い。

とはいえドローンにも弱点はある。あまりに湿度が高ければレンズは曇る。反響が大きければ会話は拾えない。そこで選ばれたのが、銭湯というわけだ。あとは周りに人の耳があるか否かだが、それは都度、黙るなり移動するなりすればいい。

徳永が、お湯をすくった両手で、顔を拭う。

「……奴《やっこ》さん、引いたよ」

もう少し話せば確かになるだろうが、でも十中八九「奴さん」というのは宮松警視のことだろう。

「別荘の鑑識結果と、バーターってことか」

「俺が直に、長野県警に通報したからな。当たり前だろ。あそこは東京じゃない、長野県警の管轄だ。警視庁にはあの現場、指一本触れさせなかった。俺がな……さあどうすんだ、って話だよ。たまたま、県警刑事部の鑑識課長が、俺の知り合いでよかったぜ」

それが嘘か本当かは、あえて訊かない。

「しかし……お前がCRFの『S』だったとはな。言われるまで、全然気づかなかった」

徳永が、苦そうに口元を歪める。

「俺も、もう少し早くお前を引っ張り込めばよかったと、後悔してるよ。あの……二十一区の拠点をやるって聞いたときには、ほんと、血の気が引いたぜ。作戦は『カク秘』扱い。外部との通信は徹底的に禁じられた。奴さんも必死だったんだろうな。俺はあいつらに逃げろとも言えず、たった一つできたのは……一人も殺すな、必ず生け捕りにしろって、当たり前の命令を出すことだけだった」

だがそのお陰で、CRFの側に死者は出なかった。西村のあれは、医学的には寿命だったとの結論が出ている。徳永の下命は決して無駄ではなかったと思いたい。

一つ、確かめておこう。

「お前と、ＣＲＦの繋がりって、なんなんだよ」

徳永は、少し照れ臭そうな笑みを浮かべた。

「まあ、牧山剛久だよ。あの人がまだヤマ電にいる頃、警視庁も、装備品開発チームに何人か出してて。そのうちの一人が、俺だった。なんか……技術者にしちゃあ熱っぽいこと言う人だな、とは思ってたけど……そのうち牧山さんは、大和一新会の前身の、あの……ああ、『日本政友会』、あれとの関係が問題視されて、ヤマ電を辞めざるを得なくなった……その頃に、俺から個人的に連絡をとったのが始まり、って感じかな」

ということは、十五、六年前か。

もう一つあった。

「そういえば、富樫晃教が特制に配属されてたが、あれもお前の差配なのか」

それには、徳永はかぶりを振った。

「特制への配属は通常の人事だが、ウチの中隊に引っ張ったのは俺だ。それと、やるなら二十日から二十一日の夜にしろって、ＣＲＦに言ったのも俺だ。じゃないと、最悪、張りきった若いのが深町を逮捕しないとも限らなかったからな」

それは聞き捨てならない。

「おい、決行日が決まってたんなら、なんで俺に教えてくれなかったんだよ」

徳永が、また両手で顔をひと撫でする。

「情報ってのは……どこでどう漏れるか分からない。敵を欺くにはまず味方から……だろう？」

そう言って徳永は浴槽の縁を掴み、勢いよく立ち上がった。

大きく波が立ち、分厚い筋肉に覆われた背中と、岩のような臀部《でんぶ》が目の前に出現する。

「……のぼせた。先に上がるぞ」

待て。話はまだ終わってない。

終章

辰矛が驚いたのは、大理石の床に叩きつけてジェイを仕留めた、その後だ。

逃げ出したアレックス・マーコートを追おうとすると、鼓膜を刺すような声で絵留が言った。

《いいッ……辰矛、追わなくていい》

「なんで。奴を逃したら」

《逆。奴に手を出したら、政治問題になる。国際問題になる。マーコートには、他にまだ使い道がある。それは、あっちの人間に任せよう》

あっちの人間。警察官か。それとも政治家か。

いずれにせよ、辰矛の出る幕でないことだけは確かなようだった。

「……了解。じゃあ、離脱する」

《今ちょうど、マーコートが玄関から出て、そっちにみんな集まってるから、ホールを出て右手、階段室の窓を割って、裏手から逃げて。辰矛が林に入ったら、こっちで催涙ガス撒《ま》くから》

玄関の方に集まっている、というのもまた、富樫の誘導か。

作戦終了後は、群馬、栃木、茨城と経由し、県北部から千葉県内に入り、南第四市を目指した。太平洋沿岸部に広大な工場地帯を有する東亜スチールが、コンテナ会社に貸していた倉庫を一つ、ＣＲＦに提供すると言ってくれたのだという。

　これには牧山も、大いに勇気づけられたようだ。

「あそこの幹部は、日本の重工業の根幹を担ってきただけあって、もともと保守への支持が厚い。今でも、外国人労働者はほとんど入れていないという。当然の如く、長きにわたって民自党を支持してきたが、鯉沼の外国人参政権発言で、もう完全に、君島《きみじま》会長がキレたらしくてな。金輪際、民自党には一票たりとも入れてはならんと、息巻いてるそうだ」

　しかも、現役稼働している製鉄所の一番奥、鉄鉱石や石炭を輸送する船舶が出入りする港、その片隅にある倉庫なので、部外者はそう簡単には入ってこられない。たとえ警察であっても、だ。

　さらにいえば、製鉄所の高炉は何十年という単位で稼働し続ける。深夜だから、早朝だから人がいない、などということは絶対にない。警備体制も万全というわけだ。

　とはいえ、ＣＲＦはあくまでも非合法組織。東亜スチールのような大企業が、テロ組織の支援なんてして大丈夫なのか、と辰矛なんかは逆に心配になってしまうが、それについては前園アヤが説明してくれた。

「海外では、企業が内部に諜報機関を創設したり、民間諜報機関にサービスを依頼するのは普通のことです。その中には、国軍の特殊部隊も顔負けの実力部隊が組織されている例もあります。だからといって、ＣＲＦが東亜スチールのお抱えになるわけではありませんが、将来的にはそういうことも、あるかもしれませんね。日本の企業だって、常にテロの危険に晒されているわけですから」

　今回借りた倉庫に、茨城の研究所のような地下施設はないが、二十一区にあった飯場よりは広いので、使い勝手はよさそうだった。

牧山の指示で、技術者チームが次々と機材を配置していく。久々の「定住」となりそうなので、彼らの表情も幾分明るい。

腕を組んで見ていた絵留が、ふいに呟く。

「なんか最近、みんな……『フロント』って、言わなくなっちゃったね」

それは、辰矛も感じていた。

「上の人たちが、一緒に動くようになったからね」

か細く、絵留が息を吐く。

「辰矛は……『フロント』のメンバーだからね。あたしと西村が、あんたを仲間にしたんだから。それだけは……絶対に忘れないで」

「オオオォーイッ」

辰矛の「分かってる」という答えは、果たして、絵留の耳にちゃんと届いていただろうか。

「みんなァーッ、始まりますよォ」

テレビの前で、近藤が大きく両手を振っている。

「カイケーンッ、始まりますよォーッ」

研究者たちもいったん手を休め、全員がテレビの前に集まった。

アヤが、真ん前の特等席に椅子を用意する。

そこに牧山が座ると、すぐだった。

《……ただ今より、鯉沼内閣総理大臣の記者会見を行います。まず初めに、鯉沼総理から発言がございます。それでは総理、よろしくお願いいたします》

画面が、会見場の全景から鯉沼総理のバストアップに切り替わる。
《はい。ええ……百九十五日間に及ぶ、本年度の通常国会が、閉会、いたしました。この、通常国会を振り返ると共に、今後の政権運営について、お話ししていきたいと……思います》
冒頭の二十分ほどは、先の常会での成果、来月に控えた臨時会の必要性、積み残した法案について、などの説明に費やされた。
それが終わると、ようやくだ。
《またかねてより、民自党内の、総務部会において、慎重な審議を重ねて参りました、外国人参政権、付与法案についてですが》
いよいよか。
《法案提出については、その是非を、総務部会長に一任、秋の臨時国会での、成立を目指す……という方針で、ありましたが、党内での、引き続いての協議の結果、一部、審議が尽くされていないとの声も、ありました。これを受け、法案成立に、慎重を期す必要性を、重視する観点から、次の臨時国会での提出は、見送ることと、いたしました》
総理が言い終わる前から、あちこちで声が漏れ始めていた。
だが《見送る》のところで近藤が拳を突き上げ、「オオーッ」と叫んでしまった。そうなったら、絵留が「うるさい」と睨んでも、アヤが「静かに」と宥《なだ》めても、もう止まらない。誰にも止められない。あの牧山でさえ、両隣にいた研究者たちと手を取り合い、泣き笑いのような表情を浮かべ、やったな、やったなと、握り潰さんばかりの握手を繰り返した。
今、画面内では総理が、臨時国会後に予定されている、国賓待遇での訪米と首脳会談について話している。

正直、この程度のことで、という思いが、辰矛には否めない。

総理が「見送る」とひと言言いさえすれば、そもそも国賓待遇での訪米なんぞに拘りさえしなければ、「フロント」がここまで追い込まれることはなかったし、西村だって、ひょっとしたら生きていたかもしれない。

だが「この程度」が怖いのだとも、改めて思う。

自国では豊かに暮らせないから、そもそも自前で国家が持てないから、豊かな他国に忍び込んで、内部から食い荒らそうとする。そういった勢力に「もしこの国を食い尽くしてしまったら」という懸念はない。そもそも自分たちで築いた国家ではないから、作り上げた社会秩序ではないから、壊れてしまえばそれまで、また別のところに流れていけばいいとしか考えない。

だが、日本人にとっての国家とは、社会秩序とは、そういうものではない。千年も二千年もかけて、一枚一枚、薄紙を重ねるようにして築いてきた、固有の国家であり社会秩序だ。

辰矛はそれを、守りたいと思う。そのために戦力を行使しなければならないのだとしたら、躊躇すべきではない、とも思う。

そして敵は、外からやってくるだけではないというのも、思い知った。

信じられないことだが、外敵を招き入れ、国体の破壊に手を貸す日本人も、確実にいる。

自分が戦うべき相手は、異人だけではない。

その想いの方がむしろ、今、辰矛の中では大きい。

千葉に落ち着いて、四日後だった。

「……みなさま、お久し振りです」

なんと、赤津延彦と小田倉真也が新拠点を訪れたのだ。

その場にいた全員が、ワッと寄り集まる。

「赤津さんッ」

「もう、大丈夫なんですか、赤津さん」

「小田倉さん、よかった。よかったです、ご無事で」

その輪に、ゆっくりと牧山が入っていく。

「延彦……よく、持ち堪《こた》えたな。とにかく……拘束されずに済んでよかった」

赤津が深々と頭を下げる。なんとも、不思議な親子の形だ。

「はい、なんとか……公安部が、捜査の終了を正式に決定したとの情報が、昨日になって入りましたので。そろそろ動いても大丈夫だろうと、党の代表と、小田倉とも相談しまして」

絵留が、挑むような目をして前に出る。

「赤津さん、飯森や金谷はどうなるんですか。長谷川、原田、村井は釈放されないんですか」

一瞬、アヤが表情を険しくしたが、むしろ赤津は冷静に、絵留に向き直った。

「飯森たちに関しては、まだ分からない。だが、あの作戦の立案過程に、不可解な部分があるとの情報もある。どこまで切り込めるかは分からないが、上手くいけば、証拠不十分で釈放、起訴は見送り……というところに持っていけるよう、目下調整中だ」

ひょっとして芹澤が動いてくれているのか、と辰矛は思ったが、むろん口には出さない。

赤津が、改めて全員の顔を見る。

「いろいろ、ご心配をおかけしました。また、みんなにも大変な思いをさせてしまいました。全ては、私たちの力不足が招いたことです。本当に、申し訳ありませんでした」

そんなことはない、と誰もがかぶりを振る。

ふいに赤津が、こっちに顔を向けた。

「それと、深町くん」

「あ……はい」

「ありがとう。君には、どんなに礼を言っても言い足りない。君がいてくれたから、君が先頭に立って戦ってくれたから、今回は、あの法案を止めることができた」

「いえ、そんな……自分は」

「でも、国を守る戦いに終わりはない。我々が、西村を失っても歩みを止めないように、異人もまた、ジェイを失ってもすぐに立ち直り、またすぐ湧いて出てくるだろう。決して……君一人に、全てを背負わせたりはしない。次の手、次の次の手も考えている。今は少し、人数が減ってしまったが、ここから立て直して、また前に進んでいきたい。私からも正式に、お願いしたい……深町くん」

赤津は、辰矛の前まで来て、右手を差し出した。

「これからも、一緒に戦ってください。お願いします」

その手を、辰矛は握り返した。

「ありがとうございます……こちらこそ、よろしくお願いします」

慣れないので、こういうのは正直、照れ臭い。

新拠点を出ると、百メートル先には東京湾が広がっている。

対岸に見えるのは、かつて「東扇島《ひがしおおぎしま》」と呼ばれた神奈川県第二市の人工島だ。同地は工場の夜景が美しいことで有名だが、あっちから見れば、実はこの製鉄所も似たような夜景に見えているのだという。たいていのものは、少し距離を置いた方がよく見える——そういうものなのかもしれない。

岸壁に腰掛け、足を海に投げ出し、一人で夜風に当たっていると、後ろから、分厚い靴底の足音が近づいてきた。

「……辰矛、なにタソガレてんだよ」

まさかとは思うが、絵留は「黄昏《たそがれ》」が「夕暮れ」の意味であることを知らないのだろうか。機嫌を損ねられたくはないので、あえて指摘はしないが。

「ああ……俺、育ったのが、海のすぐ近くだったからさ。なんか、ちょっと懐かしくて。いいな、と思って」

絵留が、だいぶ汗を掻いた缶を差し出してくる。

「飲む？」

「うん、ありがとう」

五百ミリリットルの、無糖のレモンサワーだった。

絵留も同じものを飲んでいる。

「ほい、乾杯」

「……乾杯」

タイミングとか、気分とか、雰囲気とか。

そういうものが、ふと重なり合うときが、ある。

今かな。そんなふうに、思う瞬間だ。

あのさ――。

でもそれは、思っただけで。

沈黙を破ったのは、絵留の方が先だった。

「前にさ……あたしのこと、名字に『さん付け』じゃなくて、名前で呼び捨てにしててって言ったら、辰矛……気づいてる？　あたしのこと、名前でも呼ばなくなってんですけど」

何を言うかと思えば。

「だって……無線でマン・ツー・マンで繋がってたら、名前、呼ぶ必要ないでしょ」

「無線で繋がってなくても、呼ばなくなってるんです」

「あそう……気づいてなかった。意識してなかった」

「ウソ。じゃあ、いま呼んでごらん」

「え？」

「今、あたしのこと呼んでごらん。『絵留』って」

そんなの、恥ずかし過ぎる。

「……いいよ」

「照れる方が変でしょうが。呼んでみろっつーの」

何度も何度も催促されて、結局、聞き入れざるを得なくなった。

「……絵留」

「こっち向いて、もう一回」

「いいだろ、一回ちゃんと言ったんだから」

「ダーメ。こっち向いて呼ばなきゃダメ」

仕方なく、言う通りにしたら、笑われた。

「……辰矛、そういうとこ、意外と可愛いよな」

このまま、ちょっといい雰囲気になってしまっても、よかったのかもしれない。でもまだ、自分にそんな資格はないと、もう一人の自分が、半分体を重ねながら、耳打ちしてくる。そんな感覚がある。

だから、髪に触れてきた絵留の手を、摑んで――図らずも、万引き犯を捕まえたような恰好になってしまったけれど、でもこの際だから、思いきって訊いてしまおう。

「……なあ、絵留」

今は、素直に呼べた。

「うん、なに？」

「俺の髪、黒いままなんだけど」

絵留が、ただでさえ大きな目を、限界まで見開く。

「えっ……今この空気で、それ言う？」

「気になってたんだ、ずっと。絵留、前に言ったよな。警視庁から、俺の血液検査の結果を入手したって。それを基準にして、ダイバースーツの装着員は選ばれてるって。だからフロントも、俺を引き入れようとしたんだ、って」

もう、完全に絵留は機嫌を損ねていたが、それでも、会話を中断して逃げるような真似はしない。

「……言ったよ」

「あれ、どういうこと」

「なに、あれって」

「だから、なんのための血液検査なんだってことだよ。それと、俺の怪我の治りが早いことも、関係あるんだよな。どういうことなんだよ。検査の結果、俺の血はどうだったの。血がどうだったら、装着員に選ばれんの。なんで警視庁は、そんなこと調べてんの」

絵留は、遠い対岸の夜景ではなく、足下の、真っ黒い水面に視線を向けていた。

「……あたしも、全部知ってるわけじゃない、という前提でなら、話せるところまでは、話せる」

「話せないこともあるのか」

「じゃなくって、知らない部分もある、ってこと」

「分かった。いいから話してくれ。知ってること、全部」

絵留が、長く息を吐き出す。

吐いた分だけ、その体が、小さくなったように見えた。

「まず……そこそこ稀なケースではあるけれど、人によっては、ダーク・ブラッドに極めて近い成分が、最初から血中に含まれている場合がある。辰矛は……その割合が、警視庁の検査開始以来、図抜けて高かったの。だから辰矛は、百点満点合格みたいな感じで、制圧隊の装甲防護服装着員に抜擢された。その情報を、あたしたちは入手した」

芹澤が言っていた、警視庁内にいるCRFの「S」からの情報提供、ということか。

絵留が続ける。

「実際の検査結果を見て、あたしたちも、マジでビックリした。嘘でしょ、って思った。同じ検査で、西村は二十六パーセントだった適合率が、辰矛の場合は……八十三パーセントもあったの。ちなみに、あたしはゼロ。全くの不適合者ってわけ」

自分の血は、最初から、ダーク・ブラッドに近い性質を、持っていた——。

絵留の手が、再び辰矛の髪に伸びてくる。

「もともと八十オーバーあるところに、ダーク・ブラッドを摂取してるわけだから、その……親和性、っていうの？　そういうのがあって、だから副作用も、少ないんだと思う。だから体調不良にもならないし、髪も白くならない。そういうことなんだと、思うよ」

だとしたら、だ。

「じゃあ、なに……俺は、宇宙人の子孫、ってこと？」

絵留が、プッと吹き出す。

「バカ。なにそんなの真に受けてんの。辰矛は宇宙人なんかじゃないし、狼男でも吸血鬼でもないよ」

「じゃあなんなんだよ。ダーク・ブラッドって、そもそもなんなんだよ」

それには、絵留はかぶりを振った。

「分かんない。本当にあたしは知らないし、赤津さんも小田倉さんも、詳しいことは知らされてないと思う。知ってるとすれば牧山さんだけど、まず教えてくれないと思うよ。あの人は、言わないって言ったら、絶対に口割らない人だから」

絶対に言えないようなモノを、自分は体に入れていたのか。

テロリストのレッテルを貼られたからといって、開き直って本物のテロリスト集団になってしまっては元も子もない。自ら日本の治安を乱すような行為はしない、というのがＣＲＦの基本方針だ。それは西村の時代も、辰矛が「グランダイバー」になってからも変わらない。

それでは手ぬるい、と思うことも、ないではない。

たとえば、鯉沼泰造のような政治家は、はっきり言っていない方がいいと思う。後先を考えなければ、辰矛が鯉沼を暗殺することも決して不可能ではない。だが、それはすべきではない、ということだ。

気に喰わない政治家は、片っ端から始末する——日本を、そんな組織が暗躍する国にしてはならない。

それでいてシロアリのように、日本という国を土台から喰い荒らす異人、異人を利用して私腹を肥やそうとする日本人、そんな日本人を思いのままに操ろうとする外国人まで相手にしなければならないのだから、「闇の制圧隊」も楽ではない。

今日も、絵留特製の「茶色一色の野菜炒め」で腹ごしらえをしたら、出動だ。

今日の現場は、東京都第三区にある高級ホテル、エンパイヤ・ガーデン東京。

その地下駐車場だ。

《ゴ、ヨン、サン、ニ……はい、切れた》

ホテル側の防犯カメラに暗視機能がないことは確認できている。その上で配電盤を操作し、駐車場内の照明設備の電源をオフにした。

「……グランダイバー、出ます」

《よろしく》

今回、作戦の対象とする異人は五人。ワゴン車を降り、通路を歩き始めていた彼らは今、暗闇の中でパニック状態になっている。二人はダークスーツ、残りの三人もジャケットを着用している。異人とはいっても、解体現場で汗塗れ、泥塗れになっている連中とは明らかに違う。

スーツの二人は最初、日本人女性を誘拐して強姦《ごうかん》、気が済んだら下っ端の異人に払い下げ、それも終わったら殺害し、死体は埼玉県内の作業場で焼却していた。だが、日本人女性の誘拐はビジネスになると気づき、異人コミュニティー内に売春施設を開業。これに目を付けた人権派の日本人弁護士が、日本の国政政党「労働共産党」の議員と情報を共有。発覚しないように便宜を図る代わりに、いろいろと協力し合わないか、と異人側に持ち掛けた。

これに関する、前園アヤの見解はこうだ。

「ただひたすら国家に害毒を広めようとする、実に共産主義者らしい発想です」

証拠となる画像や映像も多数確認したので、辰矛も手加減する気は全くない。

《……ブゴウッ》

最初の一人は、メイスの鉄球で顔面を「穴ぼこ」にしてやった。致命傷になったかどうかは分からないが、とりあえず戦闘能力を奪えれば、今はよし。余裕があれば、息の根は最後に止める。

二人目は「フェイスロック」。背後から、自身の前腕を相手の顔面に回し、頬骨を絞め上げるようにして、最終的には頸椎を捻じ切ってやった。

《ぼぐっ……》

次の三人目ともなると、さすがに何か起こっているのではと警戒するようになる。拳銃を取り出し、暗闇に敵の姿を見出《みいだ》そうとするが、こっちはそこまで鈍間《のろま》ではない。

喉回りに、キャプチャーをひと巻き。

ヒュッ、と息を漏らすと同時に、その場に体が崩れ落ちる。

四人目も同様。

《……フコッ》
三、四秒は喉を掻き毟っていたが、でもそれだけだった。
最後、こいつが親玉だ。

《ダ、ダレダァ……ダレガ、イルンダァ》

せっかく日本語が喋れるようになったのに、残念だな。

辰矛は親玉の頭髪を掴み、思いきり引き下ろした。強引にお辞儀をさせた恰好だ。

《ナニィ……ナニスルノォ、ネエ、ナニスルノォーッ》

その背中に覆いかぶさり、相手の腹の前で手を組み、自ら伸び上がるようにして、異人の体を引っ張り上げる。スラム。ジェイを仕留めたときと同じ技だ。

ただし、今日は担ぎ上げたまま少し歩く。

異人たちがこのホテルを訪れたのは、労産党関係者と会うためだ。一方、労産党関係者は盗聴器等が仕掛けられていないか、事前に確認したかったのだろう。二時間も前にチェックインし、今も入念に予約した部屋を調べているという。

だから労産党関係者の車も同じ、この地下二階に駐まっている。次の柱の向こうに鼻先が覗いている、ブルーメタリックのプリウスがそれだ。

担いだ異人をそこまで運んでいき、ボンネットに、思いきり叩きつける。

《ンドッ……》

けたたましく防犯ブザーが鳴り始めたそこで、異人はまさに大の字。後頭部が激突した衝撃でワイパーが折れ曲がり、右側の一本が「L」字に起き上がってしまった。

本当は、地面に叩きつけたトマトのように、赤いものがブシャッと、グチャッとなるのかと思っていたが、そこまでではなかった。ボンネットの中央が陥没し、左右の縁が一センチほど浮き上がっただけだった。もしエンジンが掛かっているときだったら、その隙間から水蒸気くらいは上がったのだろうか。

《……辰矛、早く戻ってよ》

防犯ブザーはまだ鳴り続けている。

「ああ、すまない」

念のため、親玉と最初の奴にもキャプチャーをお見舞いしたが、反応はなかった。すでに死亡していた。

それらも含め、結束バンドを全て回収してから、車に戻る。

駐車場の天井高の都合もあり、今回はパネルトラックではなくワンボックスカーで来ている。その感じが、ちょっと警視庁の機動制圧隊時代と似ていて、辰矛には、妙に懐かしいような、切ないような——やや複雑な気分ではある。

近くまで行くと、左側のスライドドアが開く。

中には絵留、三列目シートには近藤も乗っている。

《お疲れ》

「おう」

ヘルメットを脱ぐまでは、周りの音もイヤホン経由で聞くことになる。

辰矛に続いて、絵留のドローンも次々と車に戻ってくる。

《六、七、八……オッケ。辰矛、閉めていいよ……こちら四井。金谷さん、点けてください》

別動隊が再び配電盤を操作し、地下二階の照明を回復させる。

今日の運転手はアヤだ。

《では、出します》

《お願いします》

死体の転がっているところは通らず、大回りで地下駐車場から出る。電力回復直後に動き出したわけだから、普通に考えたらこの車両が真っ先に疑われてしかるべきだが、機械では読み取れないようナンバーは加工してあるし、のちほどトラックに積んだコンテナに車ごと乗り込む予定なので、いずれにせよ追跡される心配はない。

絵留が、タブレットで駐車場の防カメ映像を見ている。まだハッキング状態をキープしているらしい。

辰矛もヘルメットを脱ぎ、隣から覗き込む。

「……来た来た。ようやくお出ましですよ。書記局長代理、万平義博《まんぺいよしひろ》先生が」

画質がよくないので辰矛には分からないが、でも今、自車のボンネットに載った死体を発見し、慌てふためいている三人のうちの一人が、万平義博ということなのだろう。

近藤も、三列目から覗き見ている。

「なんすかね……うわー、死んでますよォ、うるさい騒ぐな、お前、局長に知らせろ、でも、この死体はどうするんですか、それを局長に相談するんだ、バカ野郎……みたいな感じっすかね」

アヤも、ハンドルを握りながらくすくす笑っている。

「本当は、万平みたいな外道こそ、異人より優先して始末した方が、効率的なんでしょうけど……上の人はそういうの、絶対に駄目だって許しませんからね」

絵留が「うん」と頷く。

「しょうがないよ。政治と連動してなきゃ、あたしらはただの殺戮《さつりく》集団なんだから。馬鹿な政治屋が馬鹿やらなくなるまで、地道に一人ひとり、異人を血祭りに上げていくほかないんだよ」

やはり、ダイバースーツを着てワンボックスというのは、懐かしい。

この狭さと、仲間と交わす雑談というのが、辰矛には、妙にしっくりくる。

絵留がこっちを覗き込んでくる。

「辰矛。なにニヤニヤしてんだよ、気持ちワリい」

「いや、別に」

「なに考えてたんだよ」

「ほんと、別に……何も」

「さっきの異人、上手いこと潰せたなぁ、とか思ってんのか」

「そんな不謹慎なこと、俺は考えない」

「ブシューッて、血ぃ噴いてたなア、ザマーミロ、みたいな」

「そんなこと思ってない。俺は、たとえ異人であろうと、始末したあとは……冥福を、祈っている」

「ウッソだ。それはいくらなんでも嘘だわ」

確かに。それは嘘だ。

本書は、「小説 野性時代」二〇二四年一月号～九月号に
掲載されたものを加筆・修正した作品です。

誉田哲也（ほんだ　てつや）
1969年、東京都生まれ。学習院大学卒業。2002年、『妖の華』でムー伝奇ノベル大賞優秀賞を獲得しデビュー。03年『アクセス』でホラーサスペンス大賞特別賞を受賞。19年『背中の蜘蛛』で第162回直木賞候補。映画化された『武士道シックスティーン』などの青春小説から、斬新な女性刑事像を打ち出した“姫川玲子シリーズ”の『ストロベリーナイト』、“ジウシリーズ”といった警察小説まで、ジャンルを超えて高い人気を集めている。他に“魚住久江シリーズ”や“妖シリーズ”、『ケモノの城』『もう、聞こえない』等著書多数。

暗黒戦《あんこくせん》鬼《き》グランダイヴァー

2024年12月12日　初版発行

著者／誉田哲也《ほんだてつや》

発行者／山下直久

発行／株式会社KADOKAWA
〒102-8177　東京都千代田区富士見2-13-3
電話　0570-002-301(ナビダイヤル)

印刷所／大日本印刷株式会社

製本所／本間製本株式会社

ISBN 978-4-04-114745-0　C0093